中国书籍文学馆·散文苑

心安是归处

蒋岭——著

中国书籍出版社
China Book Press

图书在版编目（CIP）数据

心安是归处 / 蒋岭著 . —北京：中国书籍出版社，2014.3
（中国书籍文学馆·散文苑）
ISBN 978-7-5068-3973-0

Ⅰ . ①心… Ⅱ . ①蒋… Ⅲ . ①散文集－中国－当代 Ⅳ . ① I267

中国版本图书馆 CIP 数据核字（2013）第 305191 号

心安是归处

蒋岭 著

图书策划	武　斌　崔付建	
特约编辑	陈　武	
责任编辑	王文军　刘　娜	
责任印制	孙马飞　马　芝	
出版发行	中国书籍出版社	
地　　址	北京市丰台区三路居路 97 号（邮编：100073）	
电　　话	（010）52257143（总编室）（010）52257153（发行部）	
电子邮箱	chinabp@vip.sina.com	
经　　销	全国新华书店	
印　　刷	三河市华东印刷有限公司	
开　　本	650 毫米 × 940 毫米　1/16	
字　　数	281 千字	
印　　张	22.5	
版　　次	2014 年 6 月第 1 版　2019 年 1 月第 2 次印刷	
书　　号	ISBN 978-7-5068-3973-0	
定　　价	65.00 元	

版权所有　翻印必究

序

李敬泽

"中国书籍文学馆",这听上去像一个场所,在我的想象中,这个场所向所有爱书、爱文学的人开放,不管是白天还是夜晚,人们都可以在这里无所顾忌地读书——"文革"时有一论断叫做"读书无用论",说的是,上学读书皆于人生无益,有那工夫不如做工种地闹革命,这当然是坑死人的谬论。但说到读文学书,我也是主张"读书无用"的,读一本小说、一本诗,肯定是无法经世致用,若先存了一个要有用的心思,那不如不读,免得耽误了自己工夫,还把人家好好的小说、诗给读歪了。怀无用之心,方能读出文学之真趣,文学并不应许任何可以落实的利益,它所能予人的,不过是此心的宽敞、丰富。

实则,"中国书籍文学馆"并非一个场所,它是一套中国当代文学、当代小说的大型丛书。按照规划,这套丛书将主要收录当代名家和一批不那么著名,但颇具实力的作家的长篇小说、中短篇小说集和散文集等。"中国书籍文学馆"收入这批名家和实力作家的作品,就好比一座厅堂架起四梁八柱,这套丛书因此有了规模气象。

现在要说的是"中国书籍文学馆"这批实力派作家,这些人我大多熟悉,有的还是多年朋友。从前他们是各不相干的人,现在,"中国书籍文学馆"把他们放在一起,看到这个名单我忽然觉得,放在一起是有道理的,而且这道理中也显出了编者的眼光和见识。

当代文学,特别是纯文学的传播生态,大抵集中在两端:一端是赫赫有名的名家,十几人而已;另一端则是"新锐"青年。评论界和媒体对这两端都有热情,很舍得言辞和篇幅。而两端之间就颇为寂寞,一批作家不青年了,离庞然大物也还有距离,他们写了很多年,还在继续写下去,处在最难将息的文学中年,他们未能充分地进入公众视野。

但此中确有高手。如果一个作家在青年时期未能引起注意,那么原因大抵有这么几条:

一、他确实没有才华。

二、他的才华需要较长时间凝聚成形,他真正重要的作品尚待写出。

三、他的才华还没有被充分领会。

四、他的运气不佳,或者,由于种种原因,他的写作生涯不够专注不够持续,以至于我们未能看见他、记住他。

也许还能列出几条,仅就这几条而言,除了第一条令人无话可说之外,其他三条都使我们有足够的理由对这些作家深怀期待。实际上,中国当代文学的丰富性、可能性和创造契机,相当程度上就沉着地蕴藏在这些作家的笔下。

这里的每一位作者都是值得关注、值得期待的。"中国书籍文学馆"收录展示这样一批作家,正体现了这套丛书的特色——它可能真的构成一个场所,在这个场所中,我们不仅鉴赏当代文学中那些最为引人注目的成果,而且,我们还怀着发现的惊喜,去寻访当代文学中那相对安静的区域,那里或许是曲径幽处,或许是别有洞天,或许是,众里寻他千百度,蓦然回首,那人却在,灯火阑珊处……

人生"馥郁香"(代序)

我们总是在说:"真是忙,忙得不知道自己究竟在做什么。"表面上看,这话似乎很有道理,但往深层次里瞧瞧,透露出一点伤感:忙,左为心,右为亡。心已不在,还有什么?这是人世间最苍凉的事情了。或许,我们在"忙",都不必为说自己"忙"吧!?

丢下那随时随地任何人都能找到你的"铃铛"手机,去往山间田野,将自己身处"石器时代",或许能结缘"世外桃源"。我是一名普通的小学教师,迎着春光去往教室,教一门课,结识一帮孩子,丢开不必要的一些繁琐,能结缘幸福一片。

为什么婴儿一生下来就啼哭?因为幸福得太少,所以哭泣。在成长的过程中,渐渐地,婴儿会为了追寻幸福而去努力。在追寻的过程中,婴儿欢乐成了儿童,儿童懵懂之中成为了少年,少年意气风发成了青年,青年在积蓄中成了壮年,壮年步入老年,这就是人生。

岁月流逝,青春不再,追寻幸福的脚步却一刻也没有停止过,这就是人生。

每个人的人生都会起起落落、坎坎坷坷,这些并不能给自己有太多的遗憾。因为这是人生"馥郁香"——一种人生的积淀、人生的感知。

依稀记得工作的前三年，我们一起毕业的同一乡镇的同学们，个个都很出众，要么课堂教学水平有明显提升，得到了周围人的赏识、认可；要么在语言表达上滔滔不绝，对于诸事都能说上一些自我的观点；要么还有一技之长，能展示自己的个人修为……问及我有什么？我总默默不言语。

在秋风吹遍的时刻，我喜欢对着仍旧是满目葱茏的田野回想着过往。这里面，我没有为自己的不足而感到难过：因为成长的历程需要时间的调教。一路走过来，一路会有内在的积累。

一别往事二十多个年头。

我们能有几个二十年度过？而我已经在这一方土地上度过了两个"二十"多年。"年轻时，要浓烈；中年时，要淡定；老了，要厚重。"这就是人生"馥郁香"。

年轻的时光早已远逝，那过去的岁月总有太多的难忘与叹息，只是过去的都已过去，未来还在未来。自己把握自己，淡然地去面对自身，这才是首要之位。中年的我，不再意气风发，不再迷惘失落，多了一份"世外"之见，多了一份"于事无补"之心。

退，不是畏缩；淡，不是懈怠。

目录

第一辑 岁月静好

印记·色彩 /002

水凉好个秋 /007

雪花儿飘 /009

门前的梧桐树 /012

难忘往事 /013

踩着高跷去过年 /015

雪 /017

生活的变迁 /020

绵绵喜雨 /022

田埂之行 /024

团 聚 /026

我爸我妈 /028

赴京赶考 /030

"年 味" /033

二十多年的记忆 /035

"头顶大事" /038

美存留在"行为" /040

那一刻我怦然心动 / 043

喜忧参半，偶天成 / 046

又见花开花落 / 048

你若安好便是晴天 / 050

又到职称评审时 / 052

马不停蹄的暑期 / 054

"我的世界不能没有你" / 056

慌·乱 / 058

感谢"培训" / 060

小时的年味 / 062

岁月静好 / 064

致青春 / 066

致我们终将逝去的童年 / 068

第二辑 旅游之际

旅游之际 / 072

北京之旅 / 076

游无想山 / 090

出门转转 / 093

游天生桥 / 095

世博之行 / 097

商丘之行 / 099

午后的蒲塘 / 109

第三辑 深浅自知

那些人，那些事 / 114

倾听"神话" / 116

幻由人生 / 118

因为有爱 / 122

藏书不如读书 / 125

放慢脚步去长大 / 128

幽默风趣的"超人群" / 131

行为决定结果 / 133

"深""浅"自知 / 135

"无情有心" / 139

说说"读书" / 143

再说读书 / 148

看书的姿势 / 152

"儿童"是什么？ / 154

像孩子一样地去生活 / 161

有状态才有成长 / 164

教师就是这样 / 166

十年磨一"见" / 170

"水似晨霞照，林疑彩凤来" / 175

静待花开 / 181

第四辑 放飞心灵

行到水穷处,坐看云起时 / 188

清晨,一个人 / 190

低头走路,抬头看远方 / 192

幸福在哪里? / 195

心安是归处 / 197

学会释然 / 200

让阳光照进来吧! / 202

放飞心灵 / 205

"舍""得"之间 / 208

Πr^2 / 210

换个地方呼吸 / 213

"缘"来 / 215

欲速则不达 / 217

"心中有佛万物秀" / 220

不犹豫,不后悔 / 222

"月""月"相惜 / 224

我如何这样的"温柔" / 226

"牵一发而动全身" / 228

保持冷静,继续向前 / 230

得之不喜,失之不悲 / 232

你若盛开,清风自来 / 234

与田野为邻 / 238

第五辑 家有小儿

孩子，你是我们的未来 / 242

不争的事实 / 244

"我的未来不是梦" / 246

你的明天有落叶吗？ / 249

选择"自己" / 252

内心的强大才是真正的强大 / 255

撕撕撕 / 259

榜上无名，脚下有路 / 263

孩子，你就是一棵小辣椒 / 265

"我不是一只鸵鸟" / 267

明天会更美好 / 270

喝咖啡 / 272

榜样的力量 / 274

进步就好 / 276

慢慢地陪着你成长 / 278

即将开学，你做好准备了吗？ / 280

寻 找 / 283

保留那份"声音" / 285

如喷涌的甘泉 / 288

让孩子的心灵去闲逛 / 290

"三副面孔" / 293

不要让"写作"远离了孩子们 / 295

忧与爱 / 298

第六辑 博言博语

绿的精灵 / 302
春的使者 / 303
春　雪 / 304
春之舞 / 306
清风明月 / 309
眼中的你 / 312
原　点 / 313
那只跳动的蝴蝶 / 315
我是"鱼人" / 318
心如原野 / 320
博言博语 / 322
珍惜当下 / 325
做些什么？ / 327
无　言 / 329
寻找"点" / 331
片片翠叶 / 333
当财神遇到情人节 / 335
一"网"情深 / 337
蝴蝶飞呀飞 / 340

第一辑

岁月静好

印记·色彩

1. 玻璃窗·蓝色

玻璃窗外,有一株高大的我叫不上名字的树,一堵五彩的画廊,还有那一道亮丽的风景……

就这样,我喜欢隔着玻璃窗透看窗外的风景,那层淡淡的,稍微显得有些模糊,但又使人怡然的蔚蓝色,总抒发不够自己欢乐的心情。

早晨的阳光直射到我的办公桌上,刺得人眼睛有些生痛,站或坐片刻,脊背上都有阵阵的热浪在亲吻着,一刻不停息。这份热情让我退步墙角。还好,时隔不久,一道宽幅绿练遮挡住了阳光的浪漫与温柔。此刻坐在椅子上的我,安然而又静然地在键盘上敲击着一天的心得。

累了,泡上一杯浓浓带有苦涩的茶水,站立,遥望操场那已褪色的草坪,浮想着蝴蝶与蜜蜂的嬉戏;近看那有着浓密树阴的树,枝条已悄然间伸展到了玻璃框上,一经意间,枝条也会轻轻地探头俯视着我的工作,偶尔还会用绿绿的手指敲敲蓝色的玻璃,微笑着与我招呼了一声。

神情集中时，我总是感觉有一群群的身影在关注着我。隔着玻璃窗，我没有见到任何的一个伙伴。低头不语，继续着我的劳作，耳旁又传来了一阵窸窸窣窣的声响，我左顾右盼地寻找着，一直未果。再次坐定，窸窣之声又起，仔细辨识，轻捋窗幔，它在窗外笑——一群麻雀轻轻地敲打着玻璃窗。

西天风起云涌，玻璃窗上"滴答、滴答"地滑落下几道雨丝，湿湿的，如同玻璃窗长长的眼睫毛。

玻璃窗外的世界是丰富的，玻璃窗内的温度是润润的！

2. 操场·红色

清晨的阳光散落在朱红的跑道上，那暖色向操场的四周漫漫地伸展，直至边缘。偶尔一颗小小的露珠滑行在人造草皮上时，周身也一下子被染成了红色，它惊异的神情还未稳定，那思绪早就游离于操场的躯体之外……

一只孤独的小麻雀站立在栗树的枝头，唧唧喳喳地啼叫着，那声音委婉动听，一声高于一声。欢快的啼叫声引来了一只又一只的麻雀，一只又一只地排列在枝丫上，挨挨挤挤。你一言我一语，相互间随声附和着。那歌声此起彼伏，一浪高过一浪，愉悦的心情感染着每一只麻雀的身心，也感染了树下休息的蚂蚁们。蚂蚁们也一只接着一只地向树干上爬行，希望早早地来到枝丫聆听这一场美妙的交响乐。此时，连风打着旋儿都传递着一颗颗音符，游荡在校园的操场，回响在树阴丛中。

突然，风裹挟着粒粒黄沙了迎面扑来，正兴致高涨的鸟儿们的嘴巴立刻塞进了几粒苦涩的沙砾。交响曲的音调中立刻传出了"嘎嘣、嘎嘣""呼哧、呼哧"的嘈杂声，美妙的乐章出现了刺耳的声调。鸟儿们慌不择路、扑棱着翅膀飞走了，小蚂蚁们连滚带爬地落入了巢穴。

一切又都回归到自然———一只孤独的小麻雀站立在栗树的枝头。

它的眼中充满了疑惑。定睛再一瞧，风沙来源于脚下的草场地。

时间一晃又一春。鸟儿站立在枝头，亮了两嗓子，准备着高歌，当第一个"叽"发出时，它被迎面吹来的风儿吓得立刻闭上了嘴巴，生怕再有片片沙砾进入口中。它无奈地昏昏然间伏在枝头打起了盹，微闭上双眼，陷入自由飞翔的梦境之中……

当旭日挣脱着升至中天时，鸟儿还依然在梦中翱翔。一不小心，它晃悠的身子向前倾倒，猛然间失去平衡，本能的它展开双翼滑行了起来。

眼前怎么一片彩色？那灰色的记忆呢？鸟儿摇动着轻盈的翅膀，向上，向上，再向上。鸟瞰操场时，它看到了绿，那么茂盛，它一个倒栽，以一个轻巧的一百八十度的翻越，稳稳地停在了绿色的草地上。它"唧唧"地伸长脖子，用力轻嗅着那含有芳香的草地，只是其中还夹杂着淡淡的胶的谜味。

鸟儿用自己的脚轻轻划着草地，希望能刨出地中的泥土，希望泥土能散发出迷人的春的气息，希望看到那勤劳耕作的小蚯蚓们，希望……很可惜，它的脚黏到了条条的类似于塑料布条的东西，情急之下，它振动双翅，拍打着翅膀，飞行起来，脚连着"草"，"剪不断，理还乱"。

鸟儿看出了，那是一种新颖的草地，是自己生活区内从未见识过的"草地"。它又停息在草地上，用嘴啄着"草"，用另一只脚踩着"草"。此时的它全身已被绿草所包裹，成了绿色一点。

鸟儿欢快地"唧唧"直叫，引来了无数的同伴，你挨着我，我挤着你，享受着这午后阳光撒满"草地"的惬意。

远处，几位天真的孩子抱着足球飞奔而来，还未见其身，先闻其声；还未见其影，足球已飞腾过来。

鸟儿忙扑棱着翅膀，重新又飞回了栗树的枝头，怡然地欣赏着树下孩子们的一足一投。沉沉中，它又睡去了……

3. 小池·绿色

泉眼无声惜细流，
树阴照水爱晴柔。
小荷才露尖尖角，
早有蜻蜓立上头。

不知从何时起，小池就存在于我的视野之中。我只是依稀记得，当初来到这里的时候，那喷射着水花的小池就印在了我的眼帘中。那汩汩的水花蹦跳着，一颗颗，一粒粒，似喷涌而出的心情，又似前呼后拥的孩子们的身影……

也不知从何时起，小池被赋予了美的涵义。当盛夏来临之际，朵朵粉红的莲花绽放在水池中时，孩子们会一个接着一个地来到水池边，比划着、谈笑着，那片片的花瓣可能饱含着莲叶的梦想，包含着孩子们的宏伟蓝图，也可能饱含着小池的小小心愿。

一轮又一轮的身影在小池的身旁驶过，一句又一句的话语在小池的上空飘过。也不知过了几多年，也不知年有了几多轮回，小池在朦胧中越来越小，逐渐地被人们遗忘了。如同那枯萎的莲枝，如同那凋谢的莲花，如同那潭再也流不动的池水一般，渐渐地淡出了众人的视线。

小池变了，变得沉默不语了，它不愿意再多想什么，也不愿意再多说什么，只是默默地停止了活跃的思维。偶有微风轻抚水面，圈圈涟漪也仅仅一晃而过。池中的小鱼儿不甘寂寞，时不时地露出那宽大的额角，张大嘴巴，呼吸两口新鲜的空气，张望一下那天的蔚蓝，幻想着孩子们簇拥在池边的情形。一片枯叶随风滑落到了水面,顶在小鱼的额头,覆盖住了那片湛蓝的天空,只留下一团黑黑的光影。

时隔不久,小池幻化成颗颗向天而立的箭竹,延续着它绿色的生命……

水凉好个秋

时节进入了秋季，天气也渐渐地有了许多的凉意。许多的树叶经受不住风的猛烈吹刮，忽悠悠地从树枝头飘落了下来，在空中时不时地划出一道亮丽的弧形，为的是做着最后一次姿态的展示。

落叶犹如蝴蝶一般谢幕了。

我走出办公室，顺着过道来到了楼下。一阵微风拂面，我禁不住打了一个冷颤。其实，天气晚来秋，阳光还正在头顶，依旧是那样得温暖如初。

我顺着楼角转着圈。在第一转弯处，我看到几只小麻雀正在一个没有挥发完的"小池塘"内洗澡。说是"池塘"，因为它里面有漫过麻雀脚的水；说是"小池塘"，因为那里面仅仅是一点没有散尽的水渍而已。

小鸟们根本没有在意我这么一个大活人，它们旁若无人的洗着澡，那份惬意，那份悠然自得。其中一只小麻雀伸出了左边的翅膀，用力一展，翅膀成了飞翔的滑翔翼。我以为它要振翅高飞，但它却没有，而是再猛地一收，用翅膀用力地在"小池塘"的水面拍打着，溅起的点点水珠让它们兴奋不已。

另一只小麻雀也不甘心这份快乐被别人所独吞，也展开双翅在水中扑楞楞地拍打着,不时地发出"唧唧"的呼唤。一时间,小麻雀们,这个伸伸翅膀,那个踢踢小爪,你推我攘;有时你挤我一下,身体倒戈在我身上,我挨你一下,又相互之间跳开,相识一笑,各自做着鬼脸……甚是热闹。

  我呆呆地观望着,竟然没有挪动一寸地方。

  突然间,小麻雀们振臂一挥,"呼啦啦"地全部飞向了高空,只留下一滩凌乱的水痕与痴呆的我。

雪花儿飘

1

雪花在飞,人心在舞。雪花细细密密,如同你柔柔的性情,它随着风儿在动。银装素裹的世界在你我的手指间轻轻地滑过,洁白、淡雅。任凭雪儿调皮地在你我的肩上跳跃。

你那里下雪了吗?手足并用地感受着雪的冰清。呵一口气,雪儿左旋右转引得风儿哈哈直笑,那份笑意,那份纯洁暖暖地填入我的心田。

雪儿继续飞舞着,到处都有它娇小的身影。我站在它的的面前,感觉到了它的丝丝凉意。雪儿的兄弟、姐妹们在一起招呼着来到了可爱的、第二个家园——地球。此时,忙碌的人群突然间静默不动,大家你瞧着我,我瞧着,感受雪儿所带来的清新、明朗。

音乐声中,几位孩子"疯狂"地飞到雪儿的身边,生怕雪儿顷刻间又会离开他们。

孩子们轻柔地把雪儿一捧在手心,脸上充满了欢乐。

孩子们轻轻地把雪儿揉成了一个团,团在内心,团在自己那早已冻得通红的小手心中。

2

我张望着漫天飞舞的雪儿,想象着我就是一朵小雪花,随着风儿的召唤,在天空自由自在地与大伙一起漫步。只见眼前一片晶莹,一片洁白。

随着风儿,我来到了树枝,告诉栖息的鸟儿,那来自天空的信息;我来到屋顶,告诉那檐下的雀儿,此时的北方的景色;我来到了荷池,轻轻地融化成一点小小的珠水,告诉小鱼儿,我曾经有过的梦想……

一阵风儿扑面而来,我浑身一颤,陡然间我看到了风儿,看到了雪儿,同时我也看到了月儿在天空淡淡的容颜。风儿"追逐",月儿"半影"。漫天飞舞的其实就是你我跳跃的思绪。

3

指针已到了傍晚,雪花丝毫没有减弱,也丝毫没有退缩多少。有的只是那片片的、丝丝的轻抚,在你不经意的时候,它偶尔钻入了你的怀中。

来到车棚中,我推出自行车,此时的地面已经变得光滑无比,那是"精灵"们在地上画出的一块块"自由地",为的是更好地游乐、玩耍。这份顽皮的情结影响着我的心绪,我不由得驻足,探身仔细地观望着,只见它们一个个在尽情地交流着,在嬉戏着,在相互打闹着……我不由得蹲了下来,仔细辨认着哪个是最美的,哪个是最活泼的,哪个是娇气的……我像一位裁判似的,在做着裁决,它们也似乎了解了我的本意,故儿整齐地列队,接受着我的"检阅"

与"审视"。

哦！这些可爱的"精灵"，你们给我们带来了欢乐，带来了片刻的愉悦，同时也给我们带来了远离都市生活的那份清静，那份心安理得。

白白的、有规则的车印在我的身后慢慢地延伸出去，自行车碾过去的地面留下了淡淡的痕迹，那是否"精灵"们强拽的车轮印记呢？

4

冒着风雪，我回到了家中，寒风始终停留在我的脸颊不想逝去。当看到房屋内的众多人儿的时候，它慌张、羞涩地躲藏了起来。我用力搓了搓手，感觉雪儿的影响还我的掌心。

入夜，我站在窗台前，张望着远处的高山、近处的小路，心中涌动着汩汩"清泉"，那是怎样的一幅景象啊：雪白雪白的，万物似乎都包裹在白色的衣装中。那份清凉，那份纯洁，无法用语言表述出，只有高明的画家才能用手中的笔表达出此时雪儿给人们带来的惊异。

远处的青山不由得让我想起"窗含西岭千秋雪，门泊东吴万里船"的诗句；观赏近处的小路、花圃，感觉是千万朵"梨花"在簌簌声中左摇右摆。月儿此刻探出了脑袋，俯视着被它撒下颗颗白雪的蓝色星球，不由得抿嘴一笑。笑得爽朗，笑得得意，笑得开悦，笑得尽情。

清风在月影中追逐着自己的梦想，清风在月影中留念着自己的追求。

门前的梧桐树

我常常从梧桐树下悠闲地迈过，也曾经驻足张望那表皮干裂的梧桐树，也仰望梧桐树枝头上密密层层的树叶……因为它的与众不同，所以我喜欢。

当枝头挂满绿油油的手掌叶时，梧桐树遮挡着阳光，树下坐在椅子中的人儿舒适、平和地诉说着自己宏伟蓝图。偶尔飞过的云雀"唧唧喳喳"地与之聊上两句，便又"飞入青云端"，自在逍遥。

梧桐树上结满了"开心果"。那一颗颗毛茸茸的果儿"啪啪啪啪"地落入了大地母亲的怀中，立刻从四周传来阵阵"哈哈"的笑声。接着就有一群顽童拣起开心的果实，用那柔嫩的小手抚摸着、感受着来自绒球的柔软。在不经意间，"啪啪啪啪……"更多的果儿随着风儿坠落。此刻，笑声更多、更欢。阵阵余音围绕着梧桐树爬上了树梢，如缕缕云烟消逝天宇。

<u>丝丝凉风入怀</u>。树叶"沙沙"作响，地面撒满了阳光点点斑驳的影子。这儿一簇簇，那儿一<u>丛丛</u>，似大海中游弋的海轮，又似雪地里五花的脚印……

叶儿习惯了春去秋来，看惯了树下来往的人儿，听惯了枝头鹊儿的叽喳声……在昏沉沉中，叶儿只觉轻摇直上，反反正正，正正反反，晃悠悠地流入云际。

门前的梧桐树一夜间树叶落尽，只留下光秃秃的枝杈直刺天空。

难忘往事

又是大年三十。

见到父母,十分欢愉。"老人不图儿女为家做多大贡献呀,一辈子不容易就图个团团圆圆……老人不图儿女为家做多大贡献呀,一辈子总操心只奔个平平安安……"老人们见我们回来,忙前忙后,准备着年夜饭。

午后三点多钟时刻,父亲组织了家中的祭祖活动,简单的,表达心意的。我伴父亲一道在屋外燃起了一堆火,烧点纸钱,说上几句祝福的话语,寄托我们的期望,捎去我们对祖先的怀念。那一簇簇的火苗燃起我们欢欣的脸庞。在细雨中,火苗子舔舌得我脸庞热乎乎的,从那火光中,我看到了父辈们的期待,看到了对生活的美好祝愿、期盼。

春节晚会的音乐声响起的时候,屋外也响起了零星的鞭炮声。站在阳台上,放眼望去,黑暗中,除了"沙沙"的雨点声外,还有那满天的烟花。一闪一闪,五彩缤纷,那一团团的火花,不正是人们生活的真实写照吗?

过年了!

屋内,我与父亲聊起了许多的往事。父亲滔滔不绝地打开了话匣子，聊到以往曾经有过的艰辛，聊起了以往许多的无奈、苦难的岁月……他清晰地记得每年春节时奔波溧水、蒲塘，张贴着春联，打点着各项未尽的事宜；他还记得兄弟、姊妹们儿时团聚的情景，他历数着过去的许许多多……

"不是我们一家是这样现实，家家户户都是如此，以往苦哇！"从他的叹息声中，我感受到生活的不易，他顿了顿，接着说："现在的生活好了，我是知足了，没有什么好担忧的啦！儿女们的生活还是比较稳定的。到老来，我还有退休工资，刚刚还加了工资呢！"那份喜悦是掩饰不住的，他转身拿出了工资存折给我看看。数目不多的储蓄，对父亲来说，那就是满足，那就是幸福。

看着父亲开心的脸庞，想到父母曾经为了我们过年能有一套新衣服，能有美味的饭菜，能有一副好心情而日夜忙碌的身影。老人的生活有了很大的改观，但是他们仍然没有忘记过去那苦难的岁月，时时、刻刻让我们铭记在心。

老人的脸上流露着喜悦，流露着对生活的知足，洋溢着那份久违的兴奋。

踩着高跷去过年

我听到康的声音:"爸爸,起床了!"一切事情准备停当,我来到阳台,只见屋外飘起了小雨花。雨可是越下越大。母亲说:"今天街上有踩高跷活动呢!"妻听了后,显得有些激动,非要去看不可。

下午的天依然下着毛毛细雨,我们不得不呆在屋内。这时,只听见妻在阳台叫道:"踩高跷的!"大家一起来到阳台,我顺着她手指的方向看去。真的,在对面的马路上,一行人在行走着。一排排,一行行的彩旗在飘舞着,"一个、二个、三个……十个,总共有十个人踩高跷!"父亲在一旁数着。

锣鼓声从对面的马路上还飘来。妻建议着:"我们到街上去,他们肯定要从街上走的,是吗?"她转身看着母亲,母亲肯定地点了点头。我们俩拉着康来到了集镇的街道上。天虽然还在下着小雨,但丝毫没有减弱人们对踩高跷的热情。人流络绎不绝。我们站在别人家的走廊上,翘首等待着踩高跷队伍的到来。

"咚咚咚……咚咚咚……"随着一阵锣鼓声,踩高跷的队伍慢慢地印入了我们的眼帘。

踩高跷队伍前有锣鼓开道,旁边有举五彩旗的人,中间就是踩高跷的。你看,他们每个人的脚上都踩着直直的两根高跷,足有两米多高，身上的装扮异常得漂亮：有神通广大的孙悟空，只见他手拿金箍棒在舞弄着，似乎要铲除一切妖魔鬼怪；有嘴里念念有词的唐僧，只见他身披袈裟，手持佛杖，面目和善；有手提花篮的蓝采和……真是"八仙过海，各显神通"啊！鼓乐手更是激情高涨。随着鼓乐声，踩高跷的人踩着鼓点，一步一步地向前迈去。

随着鼓乐声，观看的人们的心情也是异常得欢快，大家在一起谈论着，那种心情溢于言表。

我携着小康，伴着妻站在街的旁边，感受着这份热闹，感受着这份欢乐。在回家的路上，妻与小康还不断地"咀嚼"着那份快乐，那份惊喜，那份从未体验过的"中国年"。

雪

1

拉开窗帘，呀！一片白雪，真的好美！房顶上、树枝上、田野里……到处都是皑皑白雪，从未有过的激动涌上了心头。"康康，下雪了！好大的雪哦！"孩子在被窝里着急地说："爸爸，我也要起床！"妻插上一句话："打个电话给公公，让他不要清扫门口的雪，我们回去好堆雪人！"在小康的急切的话语声中，我帮他穿好了衣服。他顺手拿过妻的小灵通拨通了电话："喂，你是谁呀！哦，公公，你不要扫掉门口的雪哦！我要回来堆雪人的！……"看者孩子兴奋的表情，我们的内心也即刻回到了童年玩雪的情景。

电话铃声响。妻接过电话，原来是堂姐开车来接我们一道下乡。当汽车奔驰在马路上时，我们透过玻璃窗望出去，眼前到处都是一片白色，令人心旷神怡，令人心神荡漾，令人浑身清新。

下午，天气有些转暖，天上飘着朵朵乌云。小康说："我要堆雪人。"他东一团雪，西一团雪地抓在手上，脸庞被风吹得红彤彤的。妻关切地问他："你冷吗？"他摇了摇头。雪给他带来了惊喜，雪给他带来了快乐，雪给他带来了想像，他能感觉到冷吗？

我团了一个小雪球，在其他有雪的地方滚一滚。滚不起来的地方，我就抓起雪，捏在手上，成一个小雪球，然后在把几个雪球合在一起，不一会儿就做成功了雪人的"身子"。小康看了高兴地举双臂欢呼着。

下面该做雪人的"头"了，这个比较好做，不需要太多的雪。当我把两部分的雪球合在一起时，我对妻说："去找两个纽扣，一个胡萝卜来！"早晨小康早就说了这个方案，纽扣做雪人的"眼睛"，胡萝卜做雪人的"鼻子"。在大家共同的努力下，雪人出现在我们的面前，样子是那样得憨态可掬。小康很开心地说："雪人真好看！"

天空的乌云散去，太阳出来了，阳光照射在雪人的身上，闪着晶莹的亮光，妻对小康说："康康，快来照张相！"

"咔嚓！咔嚓！"随着一声声的照相声，这堆雪人，玩雪的情形永远地被记录了下来，同时被记录下来的还有那份欢乐与满足。

2

我们沿着村中的水泥路向村口走去。

清水塘是一个比较小的村子，人口不是很多。村子的经济状况还算一般。路的两边是潮湿湿的，由于天气开始转暖的缘故，走过一户人家的门口，只见停放了许多辆的摩托车，足以看出人们生活水平的提高。

此时的田野里被一层薄薄的雪覆盖着，这样的景象已是久违的了。田地中的油菜苗已经开始生长，并且已经有了青绿色，被雪覆盖着，是否预示着"来年枕着馒头睡"呢？远处的青山在雪的包裹下，显出了少有的妩媚，朦胧之中，它忽隐忽现。青山雪景，田间小道，人影晃悠，所有的这些构成了今日我们独享的人生境地。

继续向前进，我们出了村子，来到了环村的水泥路。北风还在猛烈地吹着，我们只有背对着风行进，才能躲避一点风的寒冷。妻与孩子的舅舅走在一起，谈论着今年一年的种种感受，谈论着家中的一切琐碎小事，同时也谈论着今后的打算，我没有过多地参与他们姐弟两个的讨论之中。看看四周，欣赏着那份山区独有的冬景。孩子欢蹦着在路上奔跑着。

我们一直向村子的东头迈进。在路途中，我们看到了许多的草垛，那是农村独有的一风景，人们舍不得丢弃这些，当农活忙完的时候，一堆堆的草垛也形成了，这儿一堆，那儿一堆，像一座座避风的港湾。由于是草垛，所以它能够承住许多的雪。我团起一堆雪，然后滚雪球般地再团起雪，越聚越多，越聚越大，我招呼着前面奔跑的小康："康康，你看！"他激动地奔到我的旁边，我把雪团给了他，他小心翼翼地捧着。我想像着孩子内心的那份喜悦。

妻说："康康，冷吗？""不冷！"是的，他的内心充满了快乐，充满了激情，所有这些传递到手心的时候，是热乎的，哪能觉得冷呢？一不小心雪团掉到了地上，"哈哈！哈哈！"小康开心地笑着。笑声传得很远，回荡在空旷的田野……

生活的变迁

"我深深地记得初次到你妈家时候的情景,你还记得吗?"妻笑了笑。我继续着思绪:"那时真是有些困难呀!"我深有感触地停息了一下。"你妈家给我印象最深的就是床上用品的变化。"妻仍旧没有做出评判,而是静静地听着。我抿了抿嘴:"当初来的时候,条件是多么得艰苦啊!我清楚地记得床上铺垫的还有稻草,那时是冬季。"

我笑了笑,拍了拍她的肩膀,相视一笑。

"再后来,我们的孩子出生了,也是在冬天,你坐完月子之后回到这里,我当初也已经放假,于是我们在这里小住了一段时间。你记得吗?"这点她怎能忘记呢?我指了指对面的房间:"喏,那间房间当初是我们回来之后住的。那时小康吵闹得比较厉害。我们还一直以为他不乖,谁知当初他没有奶水喝饿的!"

默不作声了一些时刻,我又拾起了话题:"那时情况稍微好转了,但是衣被仍旧不充裕,总是感觉不暖和,总感觉被子是硬硬的。""因为棉花的质量不好!"妻插上话。"是的!""现在呢?昨天晚上你睡得好吗?"妻话锋转到了现在。"好得很!"我满心欢喜地说起了昨天的感受,"你看!"我指指床上的被子,"你爸买了海绵垫子,这个本身就已经很舒服了!再加上被子软软的,舒服极了！我今天都舍不得起来！"开心的笑容立刻显露在我的脸庞。

回到自己的小家，将自己埋在沙发里，我与妻又聊了起来，说着我们自己家的变化。妻说："你看，我们现在每个人都有许多套衣服，特别是羽绒衫！大年三十，我们还一人又买了一套。想想以前真是无法相比呀。"妻回忆起过去我们较为艰苦的岁月。"我们刚刚结婚后，几乎是没有一件像样的衣服。我的第一件羽绒服还是去南京买的呢？因为当初溧水还不多见。真不容易呀！"妻显得有些激动了。

是的！人们的生活随着时间的推移在不断地变化着，生活的质量也一天天的提高，当然人们的心情也一天天的开心、愉快了。

绵绵喜雨

早晨起床后,看到了屋外下起了毛毛细雨。这时,我猛然间想到了去年的此时正是北风呼啸,大雪纷飞,天地之间一片白茫茫的。今年的一切似乎也在重复着昨日的故事,天似乎也在祝福着我们,想与我们一同分享新年的喜庆,于是就飘飘然地驾临人间。只是这次它们来的是温柔的绵绵喜雨。

你瞧,它们细细的、轻轻的、柔柔的,生怕滋扰了大地温馨的梦境。我们在蒙蒙细雨中出了门。一路上,我们感受着春雨带给人们的欢乐,带给人们的喜悦与欢乐。虽说有点点的小雨,仍没有削减人们出门拜年的热情,大街小巷到处都有出门的人群,每个人的脸上洋溢着春天的气息,每个人的衣着都是那么得体与艳丽。

坐上前行的车子,我们默默地想象着到达目的地的情景。时搁不久,我们到了目的地,孩子的外公、外婆早已在等待了。

丈人家的门口今年堆积了一些木料,经过聊天得知今年他们准备要将房屋进行修整一下,使得住宿的条件有所改善。小康看到许多木料的堆积,就爬上去,在上面嘻嘻哈哈、开心地玩闹着。我们在一旁也在感受着孩子的欢乐,时不时地回想起他小时的欢乐。

喜雨仍旧不紧不慢地下着,丝毫没有停止的意味。点点雨丝飘落在我的脸上略显些凉意，我时时地用手去轻抚雨丝的肌肤，然它却时时、顽皮地躲闪着。它伴随着和煦的春风，趁着夜色悄悄地飘洒大地，绵绵密密，无声无息地滋润着万物，不求人知，无意讨好。夜幕降临，万家亮起了灯，像星星的眼睛。

我们围坐在一起谈论着一年的收获，谈论着来年的计划、打算。那阵阵的热气萦绕在我们的四周，那阵阵的关怀暖暖地填入在我们的心中。"爆竹声中一岁除，春风送暖入屠苏。"屋外还时不时地响起鞭炮的声音，也偶尔听得雨丝在滴滴答答地嬉笑声。

田埂之行

老家河对岸的田埂有着我许多挥之不去的欢乐,特别是幼年时期在这河里与小伙伴们一同游泳、玩耍的情形。当时的河水是多么得干净,水中的鱼儿常常在我们周围游荡,而此时的河面却是污浊不堪,什么样的垃圾都有,河面已经缩小得不能够再小了,仅有的一点水面上也是塑料袋与垃圾漂流。

走着走着,孩子问我:"爸爸,这个水里怎么有这么多的草呀?"我定睛再仔细一瞧,原来是水面上堆积而成的水草。根据相关的研究报道,类似于这类的水草主要是由于河道里的氧分缺少,而大量的生活废水流入河道内之后增加了磷的含量,于是水草"疯"长,于是造成了现在的状况。看着这一切,说:"这个地方由于水受到污染,所以长出了许多的水草,时间一长,这个河面就成了现在这幅模样。"孩子仍旧不罢休:"为什么是这样的呢?""污染造成的!你看,这个河面的水草这么多,已经形成了沼泽地!"孩子一听"沼泽地"忙又追问:"'沼泽地'是什么呀?"我解释:"沼泽地表面上看起来好像非常厚实,其实下面是空的,一脚踩上去,人就会陷下去!是很危险的!"孩子对此更加感兴趣。他拉着我的手,想去尝试一下。

我带着他来到河道的边岸，他近距离地观察了一番，他想用脚去踩踏，当然地被我拒绝了。我带领着妻小来到了田野之中。

我边走边对妻述说着自己的感受："小时候，我觉得这些河是多么的宽，现在再看，仅仅是一道小沟渠。"妻接过话茬："小时候看起来的东西都是非常大的，那是因为小，就像孩子画画时候把大人的纽扣画得非常大一个道理！因为他觉得那是大的！"我默认着。

孩子在一旁认真地聆听着，时不时地插上一些话语。在田野之中，他是活泼好动的，因为那里有他的乐趣所在。

团 聚

时针指向十点半,门被一阵急促声敲击着,我们听出了是小舅子一家。小康跑过去开了门,他最为开心的是他的舅舅今天终于来到了。在小康的心目中,他的舅舅的本领是最大的,原因就在于小舅子修理电器的本领是极强的,家中许多的家用电器和其他相关联的一些东西坏了,小康总会说:"把舅舅喊来修一修!"

大家陆续进来,同时来的还有小康的舅母和他们的孩子婷婷,另外还有小康的外婆。欢笑声中大家在相互问着好。作为哥哥的身份的小康立刻体现了出来,他拿出了玩具以及自己喜爱看的碟片,招呼着大家与他一同观赏。小婷婷这边跑跑,那边跑跑,显得很是新鲜。大家相互之间也谈论着杂七杂八的话题,总之是开心。

时间非常迅速,转眼间到了吃中午饭。我们全部围坐在一起,拿碗的拿碗,倒酒的倒酒,夹菜的夹菜,每个人的脸上都洋溢着笑容。小康更是欢乐,一会儿给你倒点茶水,一会儿又拿来他自己的学习作品给大家欣赏,一会儿又给你说着他自己想象的经历……我与小舅子的脸上慢慢由微红转为深红,内心更是红润一片,难得的一次团聚,相互之间的心灵都被幸福填充着。

时间慢慢在交流中转瞬即逝。电话铃声响起,原来是父亲打过来的，告诉我二哥也回到了老家，我应允着，答应着下午回渔歌和他见面。

转乘了两次车后，我顺利地达到了渔歌。仍旧是熟悉的街道，仍旧是熟悉的房屋，仍旧是熟悉的人群。我无暇顾及其他的，直接向父母的家奔去。回到家中，见到了二哥，大家相互间有些激动。

我们坐在一起聊了起来，父母在一旁开心得笑呵呵的，在他们的眼中，儿女是他们最大的幸福，是他们最大的欣慰。团聚在一起的时候，兄弟间谈的最多的还是整个一年的收获与对于大家庭的感受。谈话是轻松的，聚会是欢乐的。

"一家和睦一家福，四季平安四季春。"

我爸我妈

每个人都有属于自己的天伦之乐,每个人都有自己的父母,每个人都有父母对自己的牵挂。

每个人往往会忽略父母对我们的无私的爱。

每个人往往也会不经意间忽略父母内心感受。

父母把我们从小到大的抚养成人,而从未有过任何的要求。当父母年龄大的时候,任何一个做子女的都应该"反哺",慢慢地"抚养"他们安度晚年。

父母的一生是坎坷的,是奋斗的一生。

本是住在小县城的父亲,为了"大家"的生活,在六十年代那个特殊的时期,下放到乡村,并且在那里成家立业。令他自己都没有想到的是在那个乡村一呆就是五十年。他常常说这说那,为的是解除自己积郁在心头的惆怅。

母亲的淳朴厚实是周围所有人的共识,也是我们做子女的骄傲。母亲从来都是任劳任怨的,她随着父亲从被一场大火烧尽所有的东西之后,白手起家,没有牢骚,没有埋怨,默默地将我们抚养长大。她的一生从未与任何人红过脸,吵过嘴。她的品质是我们子女一生的财富。

我们从父母的身上接受下了淳朴、厚实，做事踏踏实实，诚心诚意待人。

当我们一个翅膀都丰满的时候，一个接着一个地离开了那个温暖而温馨的巢穴，朝着各自的人生新目标而再度地努力。父母也总是带着骄傲、自豪目送着我们一个又一个地走上新的征程。那满脸的欢欣是那样得安详与惬意。

时光不饶人，父母在岁月的漫漫征程中，两鬓染满了白发，脸上也出现了老人斑。当父亲的听力不足时，当父亲的身体消瘦时，当父亲皮肤上出现了过敏性的炎症时，当母亲每日服侍着父亲，腿部也出现了炎症的时……我们感觉到了父母的年迈。

父母在乡村呆了一生，农村生活上的不便，我们沟通的不便。我与妻商量着为年迈的父母在县城买一套住房，以便照顾。当新房买下之后，当我与妻决定着为父母装潢新房时，父母已经在筹划着准备搬迁了，那是怎样的一种期盼？是怎样的一种欣喜？我看在眼里，听在耳里，记在心中。

时值今日，新房的买卖、装潢都已完工。在那个炎热的夏日，我打电话邀父母今天去新房看看装饰一新的房子。

当进入装潢一新的房屋时，我看到了父母那满心欢喜的笑脸，父亲到处欣赏着。他摸摸墙壁、踏踏地板、地砖，嘴里一直不停地说着"好！好！"母亲试着厨房的玻璃推拉门，坐在房间的飘窗上欣赏着宽敞的房子……笑意一直挂在两位两鬓斑白的老人的脸上。

看着他们满意的笑脸，我内心也被快乐充溢着。

常回家看看，不要忽略了父母的感受；常为父母做点小事，不要忽略了父母的需求。

赴京赶考

阳光明媚的 7 月 25 日，我坐在疾驰的轿车上，眼望着车窗外一片片向后倒去的树影，心中全被绿色占据着。这是一个期待已久、令人渴望的日子——中学高级教师职称评审面试之日。

7 月 24 日接到通知后，自己将整理的材料电子稿重新又审阅了一遍，对于上交的论文、论著的主要观点，自己则用小纸片重抄了一遍，以备面试之用。坐在车内，自己还一直在回放着材料的只言片语，生怕漏失哪个环节。

进入面试的华山宾馆二楼会议室，周身立刻被无形的紧张气氛包裹了。只见本不宽敞的大厅内聚集着五六百人，一排排、一行行，每个人都无暇顾及其他，埋头背诵着准备的一篇篇文章，身边熟悉的朋友们手中也都带着厚厚的资料在研读着、记忆着。我掏掏自己准备的几张薄薄的小纸片，内心的担忧涌上心头。

面试主持人早已将面试的几百号教师安排妥当了。我们则安静而紧张地等候着。下午三点一刻，我的名字在会场上响了起来，我进入到了面试的实质阶段。

315 房。

我手略略地抖动着，抽取了面试的一张纸条，上书："请结合自己的教学实践，谈谈怎样促进不同层面学生的发展的？"服务员微笑地引导着我来到了准备室。

我看着题目，脑袋"嗡嗡"作响，意识一下子全无，始终在想："怎么办？怎么办？"少顷片刻，自己又不得不提醒自己：不能这样，否则十五分钟的准备时间将就这样消耗掉。我摆了摆头，定下心来，努力找到答题的"点"，不一会儿，我寻找到了答题的"切入点"。

"下一位！"315房传出了令我为之一惊的声响。

我进入房中，三位评委微笑着示意我坐下。

"请陈述你对问题的看法？"主考官老师招呼着我可以开始了。

"'不同层面学生'其实就是全体学生，而'促进不同层面学生'其实就是每个学生的个体得到尊重。'发展'就是让学生能够在教师的引领下得到进步。依据这些，我认为以下两点至关重要……"

"很好！"主考官老师面带笑容，"看了你的材料，我们感觉你是一位善于思考，善于研究的老师，因为你发表了许多文章，而且还有著作。我对你《'分层设计'的弹性决策》的观点很感兴趣，想与你探讨一下其中的'测试'的渠道、方法究竟是如何操作的呢？"

"发展学生归根究底还要在形式、方法上的一个能力的展现，我们要在课堂上予以促进。一则是在每篇课文的教学目标设计上要有层次性，让每位学生都有参与课堂的机会与可能性；二则在作业的设计上进行分层设计，从而使得每位学生可以根据自身的学习状况来巩固自己的学习任务，达到自己的认识与提升；三则在评判（检测）上也给予一定的分层，从而使得每位学生都有获得成功的喜悦……"

面试时间原则上是十五分钟，而我与主考官老师的交谈是那样轻松。一问一答，我努力将自己的实践操作的策略、方法表述清楚，时间远远超出了规定的那短短的十五分钟。

在和谐的气氛中，我完成了答辩的任务；在主考官老师的微笑目视中，我走出了315房。屋外，阳光正艳，站在空旷的停车场上，仰望多多白云飘荡的天空，我高声呼喊到："天高任鸟飞，海阔凭鱼跃！"

"年 味"

说起过年,每个人都能说出自己对"年"的印象,也都能说出自己心目中的"年味"。

这几日,我一直蜗居在家里,享受着来自新春的快乐。电视上播的是新春来临的最后"脚步",收音机里谈的是新春的"节奏"。我们也动手打扫着,清清爽爽、干干净净地迎接新年。

早晨起床,天空还有一丝阳光,不过阳光总是躲躲藏藏,稍瞬片刻之后就躲到了乌云的背后,我们再也瞧不见她的尊容。

我与孩子走在去往父母家的路上。

路上,孩子唠唠叨叨地问这问那,我只听得一句:爸爸,这过年怎么不下雪呢?

我问为什么非得要下雪?他回答得也不含糊:下了雪才像过年呀!

是的!下雪之后,一切都是皑皑一片,大地被白雪包裹着,让人感觉内容那么得清净,似乎在迎接新春之际,接收了一次"换洗"。这样的感受的确才像"过年"。

天空更暗了,乌云在天空压得低低的。空旷地带的风卷着寒气阵阵袭来,路人都将自己裹得紧紧的。

下午时分，我有些困，倚靠在床头小憩，似睡非睡般地眯起了眼。朦胧之中，我看到了许多欢乐、沸腾的场面。

"飘起了雪花！"我被孩子的欢呼声惊醒了。

站在窗边，看着屋外，那细细的、密密的小不点，不仔细看，还真不知道是雪还是雨？来到楼下，站在空旷地，只听全身"噼里啪啦"，细看，是雪冰子。

下大雪的前奏曲。

天色渐渐地黑了下来，我们也得去父母家团聚。我骑电瓶车带着孩子准备飞驰而去，这时方知雪冰子已经转成了密密集集的雪花了，随着北风，斜斜地飘落着，那力道似乎要阻止我们的前行。

算了，还是走路吧。

我没有打伞，一路都被雪花戏耍着，全身上下都落了雪花。我的头发上湿湿的，身上的羽绒服也闪现着亮晶晶的雪珠子。

"爷爷，下雪了！过年了！"孩子一进门就嚷嚷起来。

是呀！下雪了，才有年味。

吃罢晚饭，与父母唠叨了一会，我们就踏上回家的路。屋外的雪花更大了，地上都有明显的薄薄一层，路边的黄杨树上、汽车上、屋檐上……已积了厚厚的一层白雪。孩子捞起一层雪花，用力地掷向我。随着散落的雪花，孩子的笑声也在回荡起来，妻也一旁欢笑着。

"下了雪才像过年嘛！"孩子的这句话道出了我们全部的期冀。雪，白色一片，纯洁一片。如此的境地，难道不让人肃然对待以后的人生道路？

二十多年的记忆

上个世纪八十年代末期,一些略带青涩年轮的人来到了大定坊,开始了为期三年的师范生涯。师范没有高楼大厦,甚至与当初梦境中的有着天壤之别,但因为是一群快乐的、无忧无虑的人儿,所以他们尽情地享受着那份天然而淳朴的心情。

一晃二十多年过去了。

昨日星辰,我们团聚在金元宝酒店,感谢兄弟姐妹们的热情的策划,真的很辛苦!

昨晚,每一位到场的人都是满脸堆笑,二十多年的岁月虽然爬上了额角、眼角、脸颊……但没有带走我们当年的年少轻狂。这是二十多年前的同学聚会,无拘无束,毫无社会的陈腐,毫无人情的世故,有的只是欢乐,有的只是内心的那份激动,真心的激愤。

"不醉不归",那是久逢甘霖的状态。昨晚的同学们便是如此。甘霖何在,二十多年的相思,二十多年的牵挂,二十多年的心怀你我。

"不醉不归",那是久别重逢的冲动。你一杯我一饮,无需多言;你一颦我一笑,无需忌讳其他。

"不醉不归",醉在心田,归在心田;醉在记忆,归在记忆;醉在你我的情感,归在你我的情絮。

"不醉不归",无论是天涯海角,无论是近在咫尺。

夜已深,心已醉;歌已魅,眼已迷。

这是二十多年的你情我愿,这是二十多年的卿卿我我,这是二十多年的牵肠挂肚。

二十多年的师范学校在哪里呢?

早已不在的场所,在我们的记忆之中,我们追寻着曾经的欢乐。一个个指指点点这里是什么,那里是什么。

学校的大门早已更新,直入的林阴道、梧桐落叶已随往事红尘流入记忆。

那一群群的欢声笑语,那一阵阵紧跟的步伐,那一声声的欢叫声也随叽喳的鸟鸣而遁入天际。

映入眼帘的只有那改装过的三层行政楼,耳畔似乎听到了运动员进行曲的声响,似乎听到了每日的午间的乐曲声响,似乎听到了寻物启事、各项通知……

那层层的操场台阶像一位不愿多言语的老者,默默地坐在那儿,一声不响,连看我们一眼也懒得。大伙都不约而同地道着心声:"这儿没变!就是这儿没变!"在欢喜声中仍旧不乏有淡淡的伤感,"可惜,我们教室楼房不见了。"

是呀!那是生活、奋斗,纷纷扰扰的场所。怎能说不见就不见了呢?

二十多年,不见的何止是一幢教学楼,太多的都已物是人非。

操场,成了塑胶跑道,原有的石子跑道穿透而出,扎入了我们的心间,那红色围墙,默默地坚守了二十多年,不易的校园墙。

二十多年的记忆一直萦绕在每一位同学的心间,说出的、不说的都在追忆着自己的影子。

二十多年的思绪一直萦绕在每一位同学的脑际,拍摄的、抹去的都已深深地在心间留存。

二十多年的韩府山！

二十多年的大定坊！

二十多年的铁心桥！

二十多年的记忆！

"头顶大事"

"哟!你理的发还是比较有特点的嘛!"

"哈哈!你这次的头型还是有个性的!"

"不错!不错!你应该理这样的头!多么有精神气!"

"你这样理发之后,年轻多了!"

……

随着一句句的赞美与评论声,我一次次地用手摸着自己短短的头发,傻笑着。一次小小的发型的改变,引来了无数的目光。不管如何地变化,人没有变。

坐在理发师的座椅上的时候,已是黄昏时分。劳累了一天的我有些倦意,刚刚把眼睛微闭的时候,感觉思维立刻停顿了,思绪也无影无踪了。我要进入半梦半醒之间了。昏昏然间,我的头直往前冲,好在理发师是我的熟人,并不计较我的怪异的行为。理发师扶正了我的脑袋,我惊醒了。片刻,稍瞬,我又转入了睡眠状态……

"嗡嗡嗡……"是电动剃头剪子在我的头顶游离,"吱吱吱……"一圈又一圈,剃头刀变换着声音。"喀嚓喀嚓"剪刀又来到了耳际。我一直紧闭着双眼。

我的头又一次向前倾斜了过去,一双手扶住了我。我向后坐了坐，依旧没有睁眼。朦胧中，我似乎听到理发师在与我进行着交谈，我模模糊糊地听着理发师的建议："……你的头……是否修剪得短些？……"不经意间，我的头又向前倾了过去，理发师没有了询问。

"醒醒！醒醒！"我被理发师的嚷嚷声惊醒了。我重新戴上眼镜，呀！镜中的我怎么成了另外一幅模样：短短的头发。

"怎么理成短发了？"我有些不解地问。

理发师像对待陌生人似的看着我："诶，我问你是否理成短发，你应允的！"理发师并没有在意我的疑惑，继续说："我问你的时候，你的头向前点了点，我以为你同意的！"

哦！原来如此。我哑然一笑。

美存留在"行为"

溧水古称"中山",置县于隋开皇十一年,距今已有一千四百多年历史。溧水境内丘陵连绵不断,沟河湖泊众多,山水间青山绿树,风光秀丽、景色宜人。如今,县制已改为区制。

城东面群山起伏,有东庐山、廻峰山,一座座山峰青翠挺拔。

城南方是天然形成的石臼湖,泛舟湖上,别有一番情趣。由石臼湖乘船,进入胭脂河,就会来到小三峡——天生桥。胭脂河两岸崖壁陡峭,一座石桥卧跨在河上。

城东是著名的傅家边旅游景区,有着万亩的梅园。春天到来,各色的梅花竞相开放,煞是好看。

据史料记载:溧水实小始于清光绪三十一年(公元1905年),清政府废科举、办学堂,溧水县、县尉陈凤蔚遵照上谕,改高平书院为县立高等小学堂,后更名为溧水县大东门小学,这是溧水实小前身。学校的人文底蕴厚重。

俗话说得好:"环境造就人"。基于具有悠久历史的地方风情,学校在不改变活动场地的基础上,铺设了地砖,并且在四周墙壁上用大理石绘制了具有浓郁特色的"溧水中山八景"("中山八景"分别是琛岭神灯、芝山石燕、观峰耸翠、金井涌泉、龙潭烟雨、洞壁琴音、东庐叠山献、曰湖渔歌。据考证,"中山八景"最迟形成于清朝乾隆年间),同时用文字呈现故事的缘由。

小学生的天性就是活泼、好动,学校也不可能地限制学生的活动自由以及活动区域,而事故的多发往往都是发生在活动的区域之内。"人创造环境,同样环境也创造人。""文化墙"以无声的"师者",在学生活动、欣赏之余,逐渐浸染着学生的心灵,爱校园、爱家乡、爱祖国的一草一木的思想也渐入他们的自觉行为中,文明举止必将得到规范:

雨中深闭轿窗纱,惊见孤光射眼花。一顾平湖山尽处,碧铜镜外走青蛇。(南宋·杨万里《攸山望石曰湖》)

闲步东皋林树幽,辉中曲径望中收。千峰滴翠开新障,四面浮青豁远眸。(清·萧霆《东庐叠巘》)

百丈危峦俯一泓,玻璃倒插青芙蓉。四周怒筍辣而立,中藏大厦宽能容。(清·卢文弨《观峰耸翠》)

声濑银床新雨夜,色分红片落花天。瑶浆汲饮消烦虑,太阳留题味共鲜。(清·王正学)

初由石臼微微出,俄向琛山簇簇分。好景匪遥空想像,夜深珠缀岭头云。(清·卢文弨《琛岭神灯》)

深沉潭底隐潜龙,预雨先看烟雾浓。疏影乍迷古树色,繁阴渐没晓山容。(清·严肇象《龙潭烟雨》)

飞峰耸翠逞芳姿,白燕瑶光振翮迟。风助竹声音上下,苔生春色羽差池。(清·萧霆《芝山石燕》)

高山自昔引知音,洞里伊谁鼓玉琴。断续声从云表落,悠扬韵向壁间侵。(清·王名标《洞壁琴音》)

教育心理学研究指出:学生行为习惯的养成,是学生良好品德形成的重要阶段，也是管理教育的最终结果。这类物质环境的净化，有助于学生心灵世界的净化。

"文化墙"坚持以人为本的理念，弘扬着学校"文明、和谐、严谨、开拓"的校风，创造友好、和谐、优美的校园环境，使学生学习氛围有品味，把心灵塑造得更美好，从而造就"性格良好、体魄健康、兴趣广泛、成绩优良"的实小学生。

那一刻我怦然心动

有许多安安静静的事情等待着去回忆,有许多纷纷扰扰的事情等待着去搁置……人生之中,最多的还属令人怦然心动的事情值得去回味。

早晨起来,天就阴沉着。不一会儿,天也露出了笑容。望着屋外的缕缕柔和的阳光,我悄然间也怦然心动起来,这份欢乐的晴雨表也影响到了我的心情。

午间时分,宏君电话:约我带上孩子去省城溜达一番,顺便看看 3D 电影。这份的挂念让我驿动的心再次的怦然起来。午后,天露出狰狞之色,看来一场"怒火"避免不了。我回话给了宏君:是否可以取消活动,就近欢聚。

天不快,人心也似乎跟着不悦。我窝在沙发上小憩了很久,那场淅沥沥的雨点不再敲打玻璃窗的时候,我才坐起了身姿。宏君的电话再起,约定:继续行程。

那一刻我怦然心动:朋友的盛情真是"一而再,再而三",这是一份执著的私人情感。相约康一起上了路。在约定的地点、约定的时间,我们坐上朋友的轿车飞驰而去。

康与宏君孩子河是幼儿园的同学,相互间有着许多的相同、相近的话题。一路，我也与宏君有着许多的话题。车窗外的风凉丝丝的拂着脸颊，周身感觉舒畅。

说不完的话语，道不尽的欢乐，宏君更多的只是一句："只要你们开心就好！"我怦然间心动，感念朋友间兄弟的情谊。

乐天和尚每天都乐呵呵的，有个小沙弥感到好奇和羡慕，就问："师父，我看你每天都乐呵呵的，太令人眼馋了，有什么诀窍吗？"

"什么诀窍也没有，"乐天和尚笑眯眯地说，"我这张被阳光抚慰过的脸，就像花骨朵开花一样，自然而然地就笑了。"

小沙弥就说："阳光怎么不抚慰我呢？我怎么就笑不起来呢？"

"那是因为你没抚慰阳光，"乐天和尚依然笑眯眯地说，"其实，阳光对每个人都是一样的，我经常看到你的脸上也满是阳光的。"

小和尚就更加迷惑了，不解地说："阳光怎么抚慰呢？"

"珍惜每寸光阴，不虚度每一天。"乐天和尚还是笑眯眯地说，"早晨迎接朝阳的升起，傍晚目送夕阳的余晖，不就抚慰阳光了吗？"

快乐是一种心情，如同早晨的阳光起起落落，不变的是一模一样的四季自然轮回，而我的心却有些些许的转变：是阳光普照才有抚慰？还是人心本身就已有抚慰？

轿车飞快地行驶。水游城展现在我们的眼前，欢乐即将呈现。水游城是以流动的水为主体，营造的一个集购物、休闲、餐饮、娱乐、旅游、文化等为一体的休闲购物主题公园。说是公园，其实就是全方位的玩乐场所，包括许多国际品牌店，以时尚、新潮为主流；有一流的院线影城，如横店影视城；还有餐饮，包括异国风情美食街，大型特色餐饮，咖啡座、甜品屋、面包坊、茶餐厅地方以及风味小吃，根据不同消费群体分设于各个楼面。

来此游玩的人只步入这幢建筑，无需在寻他处，因为所有的欢乐尽在其中。

孩子们去了电玩城，那是他们难得一次的释放。小丑的表演让我们流连忘返，我与宏君驻足观赏。最让人难忘的便是到处流动的水。孔子对水情有独钟，他曾这样说及："夫水者，启子比德焉。遍予而无私，似德；所及者生，似仁；其流卑下，句倨皆循其理，似义；浅者流行，深者不测，似智；其赴百仞之谷不疑，似勇；绵弱而微达，似察；受恶不让，似包；蒙不清以入，鲜洁以出，似善化；至量必平，似正；盈不求概，似度；其万折必东，似意。是以君子见大水必观焉尔也。"

在水游城，我与宏君聊了许多，在诸多喷水池旁留了一张合影，因为水。孔子逢水必观，我们虽感悟不到水"真君子"的品质，但柔柔的、清凉的性格能肤浅地感受到。

心中有景，处处生花。

观水、赏水之余，我们还观看了3D《泰坦尼克号》影片，再次感受了十五年的杰克、萝丝的不灭的情怀。

农说：一花一世界！

佛说：一叶一菩提！

那一刻我怦然心动。

喜忧参半，偶天成

有的人希望自己安安静静，不要起落不定，做好自己的"凡人"小事，那样的生活就是安逸；有的人希望自己能"平步青云""一飞冲天"，那样的生活就会轰轰烈烈。实际上，我们每个人更多的生活就是朴实无华，甚至如"死水微澜"——你不喜欢，但却是事实。

将是喜欢清静的人，没有什么大的兴趣、爱好，多半时候都是在独处，有时还喜欢与清风一道翻翻书。春暖花开季节，他也喜欢到处扑风追蝶，赏尽春光无限；烈日炎炎之日，他喜欢抬眼望月，追忆着那来自天宇的月宫信息；秋雨潇潇，他喜欢听窗外的雨滴声，用键盘敲打出缕缕的心绪；北风呼啸，他更多的是躲藏在楼阁，有时会登上高楼，望尽天涯路，聆听来自天籁之音。

这是一位充满着幻想、喜欢让自己思绪随风飘荡的小人物。他就这样一直慵慵懒懒地过活着，没有多大的追求，没有过高的奢求，更不会如别人那般地强烈欲望地追名逐利。但，这一切在遇到阳子之后就改变了。

快过年了，在外地工作的阳子回到了老家，邀上好友将海阔天空地畅谈着外面的花花世界。将默不作声地听着阳子眉飞色舞的讲述，内心也涌动着阵阵涟漪：自己的生活真是太过于平淡了，能否也有一番作为呢？

过年之后，将也如阳子一般，自己筹备了许多物资，准备外出大干一场，积极地准备的过程是令人热血沸腾的。将每日都做着"白日梦"——梦想着自己成功之后周身闪烁着五彩的光环，梦想着自己成功后周围围聚着许多亲朋好友……时隔不久，阳子从外地传来消息，他的事业失败，先前叙说的一切都是"泡影"。慌乱之余，将庆幸自己还未如阳子那般"虚浮"。将似乎一下子又恢复了往日的平静。日子又在周而复始中轮回度过，不知不觉又将年关。

暖冬的某日，将在大街上一个人溜达，站在珍珠桥边欣赏着水中的景致，忽然水中一阵微波散开，出现了一圈圈美丽的花纹。将觉得新奇，内心也一阵惊喜：冬日里哪来的鱼儿在水中畅游呢？兴致所至，他携来了鱼竿，一个人在河边独钓。

对岸是葱郁的松树林，林间本有一人多高的蒿草，现在只剩下光秃秃的枝丫张牙舞爪地伸张着。正在将心情怡然之时，他看到沿河边有几位正在拔取枯萎的芦苇杆的人。他放下鱼竿，走上前去，咨询他们在做什么，方知事情的缘由：芦苇枯萎了，无人问津，拔起，取下芦苇根。芦苇根是中药的一种，具清热生津、止呕、除烦之功效。冬季来临，有些人容易生病上火，这些芦苇根是很好的良方，用于热病伤津、烦热口渴、舌燥少津之征或胃热呕逆、肺热咳嗽、痰稠、口干及外感风热的咳嗽。

钓鱼本是消遣之事，而此时增长一生活知识，将的内心特别欢乐。他提起鱼竿，拔起芦苇根，扛于肩头，哼着小曲，回家。

"祸兮福之所倚，福兮祸之所伏。"人生不过如此，每个人也不必太过在意我们的得失成败，说不定会"偶然天成"。

又见花开花落

"又是一年春好处,绝胜烟柳满皇都。"早春在寒冷的春风吹拂下来到了我们的身边,似乎迈着迟疑的脚步。

但,春的脚步还是迈开了,春还是来了,欢喜鼓舞、心潮澎湃的心情还是溢满了早已期盼的心田。

花开花落、花落花开——这早已成为了我们熟知的自然景观。只是岁岁年年花常开,岁岁年年人不同。

岑子漫步在小区的花园里,享受着春风拂面的那份惬意。花园里人来人往,黄色迎春花在阳光的照耀下显得更加得艳丽,暖暖的春意散发到每个人的心扉。小拱桥上,有许多孩子在嬉戏追闹,额头上已渗出颗颗汗珠,冬衣也解去了扣子,时常与春风碰个满怀。

岑子看着张张活泼的笑脸,内心也一阵欣喜。他不由的想到了去年花开之际。

去年春暖花开,孩子康步入了小学的最后的学习阶段。某日,孩子由于又和其他小朋友又有了矛盾,在表达的过程中没有正确地处理。冲动的岑子对康进行了惩罚,痛打了一顿。

只是这次,他有些声嘶力竭。好友新君说:孩子虽然已经步入小学毕业,但还小,只是一朵在春天待放的迎春花,需要的是阳光的照耀、雨露的滋润，更多的还应是原定的呵护。

岑子在那晚，一个人静静地坐在小公园的石凳上，仰望着星星点点的天空，思考了许多。是呀！孩子处于成长的阶段，许多的学习、生活行为都有了自己的解释，而作为家长岑子缺少的是对他真正的理解。

岑子从小生长在农村，父亲的严厉教育一直根植在他的思想里。有了孩子之后，岑子根据自身的生长情形采取了更为"严厉"的教育，这样的"严厉"实质是不顾及孩子的自身感受的成人的独断专行。

此时，正是春季来临之时，岑子石凳旁的迎春花也如天空的星星一样，稀稀疏疏地绽放，似乎还能听得到花朵努力开放时呼出的声响，那时生长的一种快乐，那时成长的历练。他回顾着康的成长过程也如同花开一样，一则需要自身的努力，更为重要的是适时的培育、精心的修剪。

康上中学了，岑子很是担心孩子：是否能适应中学的生活？是否有学习的主动性？是否能跟上学习的节奏？是否还有许多小学的"故事"？如此等等

看着眼前的花开的景象，岑子的内心被迎春花的暖意包裹着，内心从未有过如此的踏实。自从孩子上了中学之后，岑子每日都与康进行着交流，了解着他的喜怒哀乐，了解着他的每日状况，了解着孩子成长中的点点滴滴，了解着他心智的发育轨迹……虽然，岑子偶有"怒火冲冠"，但都"忍住"，因为他的内心早已将从前的"训斥教育""严厉教育"抛之脑后，取而代之的是平等地与孩子一起慢慢成长。

花开总有花落时，春去春还会再来。我们的脚步虽然不能停歇，但脚步可以稍稍迟缓一些，说不定那样走出来的是坚定、坚持、坚决。

你若安好便是晴天

老师的椎间盘突出症又复发了，他一直忍受着疼痛坚持着上班，坚持着给孩子们上课。在疼痛之中，他的脸上始终是挂着微笑。下课铃声一响，老师实在忍受不住，要坐下休息。此刻，一张椅子早已蹭到了他的身后，老师回头一看，原来是好几个孩子搬着椅子，轻放在他的身后。老师看着一张张笑脸，内心涌起阵阵暖流，嘴上不停地说着："孩子们，谢谢！"

几位孩子欢笑着，围聚在老师身边，孟同学还随口应答着："你好好地才能给我们上课呀！"老师内心又是一阵激动。接下来的几日，椎间盘疼痛并没有由于老师坚强的意志而减轻半分，反倒是进一步加深——连走路都无法迈出半步了。无奈之下，老师唯有躺在床上休息、静养。

虽说在家，老师的思维也没有闲着，他一直牵挂着班里的孩子们，不知道落课给他们带来的影响是否巨大？

第三日，老师的病症稍稍有所缓减，他便执意要去上班，家人、同事和领导们都希望他再修养几天，但他终究还是放心不下孩子们，第四日踏着清晨的朝晖来到了班级。

此时，孩子们正在早读。他们读得那样整齐，那样动听。老师欣慰地坐在教室后面，静静地聆听着孩子们的朗读，享受着童声带来的欢乐。他随手翻开练习册，准备批改走之前的作业，猛然间看到有红笔批改过的痕迹，一道道红勾与一个个红圈错落有致。他以为自己拿错了本子，看看封面，是班级孩子们的本子！翻开第二本，仍旧是整齐划一的红勾与红圈，翻了许多本，都是如此。他觉得很是蹊跷：谁帮助自己批阅的呢？

老师招呼着孟同学来到面前，指了指课桌上的本子问道："里面的内容怎么改了呢？"孟同学没有说话，只是一直笑着。一再追问下，孟同学说出了实情："老师不在的时候，我们几个班干部进行了批改！只要您安好，我们就很开心了！"

老师内心一阵激动："看啊！这就是我的孩子们！当我不在的时候，她们已经知道怎么做了，她们已经成为了老师的心腹，已经成为了班级的真正的主人，成为了大伙的领路人啦！"第一节课的铃声响起。老师站立在讲台前，椎间盘虽然还是有些酸胀，但他满脸充满了笑容："同学们，今天来了之后，有事让我非常感动！我生病休息的日子里，M同学她们几个帮助我批改了本子，在这里我要谢谢她们！"老师身怀着感激深深地向孩子们鞠了一躬。

"您若安好便是晴天！"孩子们质朴的话语，表达着对老师的敬意。

"你若安好便是晴天！"老师发自肺腑的话语，表达着对孩子们的无限爱意。

又到职称评审时

职称——每位教师既恨又爱的一个称谓；每位教师既想放弃又想获得的虚无缥缈的一个称谓。许多人大有"不拿下这个高地死不休"的状态。

教师——传道、授业、解惑，这本是这个职业的三大状态，但曾几何时，变味的事太多太多，职称评定或许属于其中之一。

职称的评定，本是为了教师专业化发展的一个必由之路，由于"僧多粥少"的缘故，使得许多教师"懈怠"而不再去顾及"职称"的存在，这也意味着"发展"成了一句口头禅。

是不是教师本身的懈怠？

一些教师兢兢业业，将自己的一生奉献给了教育事业，学生们喜爱，家长们欢迎。但，教师自身缺乏"整理"材料的意识，"宣传"自我的力度没有，终老一生时几乎没有什么大的"作为"——荣誉等评选的必备项目少之又少，给人的感觉是"荒废了一生"。

一些教师有课堂教学的研究意识，从小事做起，从点滴做起，说不清道不明的原因，总与一些"对外展示"失之交臂，也不能凑齐评选的必备材料。内心的焦虑、牢骚自然满腹而生。

一些教师有科学研究的思想意识，但总沉醉在自我的小天地之中，不能将知识转化为"生产力"，不能够真正为全体学生的全面发展而去研究，常常做着徒劳的片面教育教学的事件，教学成了花拳绣腿，于是评审之时也欠缺火候。

列举种种的现象，数不胜数。

有朋友给我留言：

  职称一张纸，争了一辈子；晋升一张纸，斗了一辈子；房贷一张纸，还了一辈子；存款一张纸，攒了一辈子；奖状一张纸，虚名一辈子；证书一张纸，奋斗一辈；病历一张纸，痛苦一辈子；悼词一张纸，了结一辈子……淡化这些纸，明白一辈子。

我已过了职称的评审，回首观望，感叹良多。我们有时怨天尤人，那只能是徒劳；我们奋臂疾呼，那只能是枉然。我们有的应是寻找我们自己走过的足迹中到底缺失了什么？

缺失了心境，缺失了平常心态。

我们在前行的过程中，是否"急功近利"了？因为功利，我们往往会看不清方向，会迷途；因为功利，我们会如"乞铃之犬"，整日摇头晃脑，毫无主"见"。

我们在前行的过程中，是否"太过虚化"了？因为浮躁，我们往往会不求上进，会将自己的时间、精力耗费在无聊的杂务之中，浪费了太多的人生光阴。

我喜欢对学生们说：关键在平时，重在积累，好在表现。这是一环套一环的前行方式，对于职称评定也好，个人的发展也好不失为重要的工作"三吉言"。

马不停蹄的暑期

坐在沙发上看电视，突然感觉沙发有些抖动。我对妻说："你那么抖动干嘛？"她说没有，再定睛一看，电视机也有些晃动——地震。正当念头闪现应对措施时，地震结束了。

许多时候，许多事情还没有容我们做过多的思考，事情就转瞬即逝，如人所说"呼之即来，挥之即去"那般神速。就是如此的转变，如此的节奏，也应该要有思考。

暑假——每位教师都向往的日子，但今年的这个暑期对于我来说，还真是不很如愿，因为每日都有事情要去做，每日都有消耗时间的事情要去做。

马不停蹄地向前走。

从七月初开始，我操作过留下印迹的事情许多，大多都从指缝中悄然落地，安然地回归到大地的怀中，来无踪去无影。偶尔有一滴两滴会慢慢地、从容地滑到指缝尾端，迟迟不肯离去。

有幸在忙碌的暑期中接收了一项任务，学校申报了市级青奥示范学校第一轮成功了，紧接着要去市局进行申报材料的陈述，校长将此光荣的任务给了我。接受任务是晚上 8 点，直至 9 点半结束、讨论，10 点钟到家，我首先了解"2014 青奥会南京教育行动计划"，感知上级的文件精神，翻阅学校前期的申报材料，吸收大家交流的意见，然后真正思考"陈述"。

时间一分一秒地流逝，午夜不知不觉就过了。

陪伴我的是夜。

陈述，有条有理地表达出"思想"。

对于一个学校来说，什么是"思想"？我个人狭隘的理解就是学校的文化底蕴，学校的发展的底线，学校的发展轨迹。

我们学校创办于1905年，至今已有一百多年的历史。如果不将"历史"的精彩呈现，不将文化的内涵呈现，"陈述"也仅是空洞的。

"文化内涵"是指文化的载体所反映出的人类精神和思想方面的内容。我们的"文化内涵"又该如何？

两个关键词：精神、思想。

基于此，我们的陈述材料的初稿我便出台了：

思想——学校办学思想。从小角度来说，也就是学校与众不同之处，与别的学校相比的优势。我们的优势有什么？我寻根到"四个一流"作为"思想"是再合适不过，因为"四个"方面的阐述内容与我们学校今年，乃至于未来的发展都是契合的。

精神——学校的人文精神。一所学校是培养人的场所，一所小学是发展孩子、成就教师的场所，是基础性工作的地方。我们学校很好地对教师、学生的发展做了规划：发展"品德高尚、学识渊博、业务精湛、言行儒雅"教师群体；培养"性格良好、体魄健康、兴趣广泛、成绩优良"实小学生。

这两个"十六字"的目标精辟地体现了学校的"精神"。

思考些什么？留下些什么？总结些什么？这都是要斟酌、务实的，而非是空穴来风或闭门造车。

马不停蹄的暑期有利有弊：利在不停地去思索，弊在停滞的思维定势。

但，只要扬长避短，相信一定有精彩的暑期让我们每一个人回味。

"我的世界不能没有你"

晚间,孩子告诉我,老师要求写一篇"我的世界不能没有你"的作文。他咨询我该写什么。还没有等我回话,他说了老师的要求:这里的"你"不单单是指父母、亲戚朋友,应该有更多的范围,为了表现出思维的可拓展性,老师提议孩子们不要将"你"写成爸爸、妈妈,还包括人世间的事、物。

这是一个很有创意的话题,在柔软的内心深处,我们常常会不由自主地呼唤:"我的世界不能没有你!"这个"你"究竟为何物呢?从我的自身说起,我觉得最为重要的当属"信念"。孩子也表示同意,他觉得"信念"的确是不可能缺少的"你"。

信念,在人的生活、学习中确实给予了人以很大的心理支撑。我是一位小学语文教师,工作的初始是在乡镇的偏远小学教书。所任教的小学离家步行需要一小时,开始的工资只有几十元钱,根本买不起一辆几百元的自行车,只有步行上班。早起晚归。那时的我并没有觉得这是一个很丧气的事情,倒是每日里来去开心。

半年之后,我凑够了钱买了一辆自行车,骑上它之后走在乡村道路上,欣赏着只有乡村田野也有的景致,不知不觉也度过了许多时日。虽然晴天的道路是颠簸的,雨天的道路泥泞不堪,我还会扛着自行车走过稻田，甚至有时还会栽倒在稻田里，但所有的一切回忆都是美好的。

我内心感受到快乐，想尽我所能教好我的第一届农家子弟们，这是我当初的信念，无怨无悔。

信念可以帮助人拼搏。随着时间的推移，在乡镇呆了五年，我想到小城来获得更大的发展空间。我找到了许多熟知的人请教，其中不乏有我的兄长、师长以及亲戚。他们都给予我许多意见，让我更加坚定了当初立下的信念。好事多磨，事在人为。经过自己的努力，加上众人的帮扶，我如愿以偿。个中滋味，只有我自己明白、理解，但自己感觉一切都值，因为"信念"。

到了新的学校，有了新的环境，感受到了新的平台，我努力着，但也迷惘着。此时的我，似乎一下子找不到了方向，失去了"信念"。这也可能是"成功"之后的茫然所至。于是，我努力地寻找着方向，定位着自己。

读书不多，是我这样的师范生最欠缺之处，我再次拾起"信念"：多看书，多研究。默默耕耘，不跟风，不从众。

在如此十几年的过程中，我也遭受到许多的"挫折"，遭受过许多的"不满"。时间在变，斗转星移，许多是是非非都如过往云烟，不变的是我当初的"信念"，它一直相伴相随我至今。

每个人的人生都有这样、那样的坎坷，而正是有了这些，我们的人生才显得更加得丰满与精彩，平坦与平凡有时让我们失去了内心的那份斗志，失去了生活的方向。只有坚定信念，我们才能在人生的舞台上上演一出出鲜活的话剧。

慌·乱

　　自打从娘胎里出生,每个人都是平平淡淡地生活在这个地球上,没有谁能阻止你的成长,也没有人能提高你的成长速度。

　　就这样,我们完成了童年的故事,下一步,我们开始接触社会,感觉激情开始膨胀,欲念开始急促。

　　年轻时,我们不懂是非恩怨,只知道要争取朝前冲:别人的能力比自己强,自己也会产生内心的不安,甚至有嫉妒的成分,还会产生"嗯"的一声的不屑一顾。当所有都成往事,自己也会说上一句:我无怨无悔,因为我追求过,我奋斗过!只是不知道自己的追求、奋斗究竟是何为?目标究竟在哪里?不知者不怪——因为我们年轻。

　　年轻时,我们不懂得人情世故,总认为天底下只要我行我素,只要我心地坦荡,那就是优哉游哉的日子,天马行空也未必不可。当过往的日子再次浮现在眼前,我们会对自己曾有过的行为做一些梳理,会"嗤嗤"地傻笑。因为那些曾有过的日子里,我们有太多的"轻率"与"固执"。

　　人常说:欲望与进取是孪生兄弟,它们总是相伴相随。往高处想,欲望就是实现自己的人生理想;往低处想,欲望就是满足自己的内在需求。不管是理想也好,需求也罢,都是人活一世所要的。年轻时,这些都会在我们自身制定与未定的谋划之中。

逐渐,年轻不再有。慌张的思绪与凌乱的眼神会伴随我们每日的困苦。

慌与乱,表达的是内心的那份不安——失去的时光已经太多太多,我们没有办法再去追回,留下的只有追忆;我们也没有办法再重新去奋斗,留下的只有将过去封冻。

那个酷热的暑期过后,我一下子没有了主张,整日里懵懵懂懂,失去了每日究竟该做的"计划"。读书的进度也慢了,还出现了停滞的状态,更为严重的是没有了"阅读"的动力,直至读物们安逸地躺在我书桌的左右。

从事本职工作二十多年,一路走来,总觉坎坷,在凉风吹袭的秋日,我慌了神,乱了绪。

写文的动力也不足了,研究的方向也不清了。所有的一切都在告诉我:慢了、了了。

感谢"培训"

炎热开始袭来时,我的夏日也就来了,我回归了正态,忙碌中多了一些自己从未涉及到的事务,心中有了一些惶恐与担忧,更多的还是期许。

懵懂之中,我开始了自己的分内之事,不知是自己愚钝还是自己缺乏智慧,将事情想成这样或那样,过程中没有人告诉我该如何去做,如盲人摸象般地过了一年又一年。

时间真是一位好师傅,自己逐步知晓了许多事情的来龙去脉。

学校积极探索形式多样的校本研修方式和丰富多彩的校本研修内容,以教研组为单位,寻求课堂教学过程中的一些疑难问题,同时结合学校发展中存在的难题和教师专业成长中遇到的瓶颈,采取学习、实践、反思等形式不断寻求解决问题的办法,推动教师与学校的共同发展。

学校的校本研修(包括教师继续教育、校内组级教研活动)找到了切合点,将两者融合在一起,实现了"研""修""训"为一体的模式,进而促进教师专业发展的活动形式,形成了"班主任成功学校""周周组内教研课""品质教育""名师工作室""数学讲学稿"等方式。

在校本研修的过程中，我得到了来自进修培训处的领导、朋友们的厚爱，他们在思想上给予我们许多的理论支持，在行动上给予我许多的研究方案，在总结上给予我许多的智慧。也正是由于校本研修，我个人得到了许多的进步，对于分管的事务有了一点经验上的积累。

无论是教师的继续教育，还是校本的案例推广，培训处的领导们一直都在呵护着我的成长。在他们的推动下，我校的校本研修经验得以在全市脱颖而出并主题发言，得到市小教培训、市教育局高师处领导的充分肯定。为了将此经验推广，培训处在全区举办了相应的校本研修工作推进会，将我校的两项校本研修的案例作为典型继续了宣传。

我的份内工作不但得到培训处的关心、关注、支持与提携，在我自身的成长上他们也给了许多的机会：我承担了全区远程网络教育小语管理员，让我能够专心致志地去收集、整理并了解相关的小语教育教学上的理论知识，充实自己；吸收我为远程网络教育市级规划课题的核心成员，让我更清晰地明了远程网络教育培训的作用；邀请我给骨干班成员、新教师做专题讲座，上公开课……也正是有了这样的积淀，我才有机会去商丘给国培班做培训讲座，也才有自信出版自己的著作。

一幕幕，一场场，来源的是他们的豁达的胸襟，来源于他们无私的帮助，来源于他们至深的亲和力。

感谢培训！感谢"培训"！

小时的年味

老一辈人曾这样说过：大年正月初一可以什么事情都不要做，只管吃喝。伴随着鞭炮声，我苏醒了过来，慢慢睁开双眼，不急于起床，任思绪随鞭炮声游荡在天宇之间。

给父母拜年之后，我出门去走走，康也随我一起。

我们这座江南小城不是很大，人们的生活节奏也不快，大多数人做事不急不忙，适宜人们生活。

出了小区的大门，来到大路上，很少看到人，偶尔有一辆车飞奔而过，我说："你看，这是去拜年的人，匆匆的脚步。"来到小城最繁华的场所——通济街，开门的店铺不是很多。人们乐得有这么一个闲暇时间，关门大吉。

街道上偶尔有那么几个小商贩在卖东西，还有几处地摊设置着游艺项目，许多游人在围观、参与，每个人脸上写满了欢乐。一幢幢楼房中住着一户户幸福着人儿，晚间一盏盏的灯光中透出一缕缕温馨。只是，我总觉缺少了些什么，似乎也丢失了些什么。

小时候，临近过年，我们那个小院里就热闹开来了。十几户人家的厨房开始整日地冒着炊烟，每户人家的屋内都会飘出芳香。父母都会在年前蒸馒头、蒸包子，一笼一笼的馒头、包子端出来时，我们都会在那白白的雾气中伸手抢先拿走好几个馒头、包子，喜悦的心情溢满脸庞。做糙米糖、炸年糕……似乎一年的喜庆在那一刻都展现了出来。

　　大年三十的晚上更是我们欢乐的时间，母亲总用一勺子，点上点油，打一个鸡蛋。随着"滋"的一声响，鸡蛋紧贴着勺子冒出它独有的香气。母亲再放上早已准备好的野菜馅，然后用煎好的蛋皮包裹起来，一个蛋饺就做成了。那可是我最爱吃的，至今我仍旧喜欢吃母亲做的蛋饺。

　　屋外雪花纷飞，小院的一盏盏路灯也亮起来，小伙伴们是这家串到那家，那家串到这家，走时长辈们也会偶尔给一些小零食，欢乐的笑声随处都能听到。

　　入夜，小院里家家户户的大门都是敞开的，灯光照射着每户人家的门前的积雪。年味也随着空气四处飘散。

　　清晨，我们可是早早地起床，穿上父母早已给我们准备好的新衣服，来到屋外，呼吸着新年的气息。还未吃早饭，小伙伴们便一同在小院里给每家每户的长辈们拜年了。

　　从第一家开始，为的是讨得糖果吃，为的是得到那份年味。

岁月静好

昨夜,风起云涌,一场暴雨将不期而至。我枕着一夜的"哗啦啦"的北风睡到了天亮,窗外一滴雨水也没有。"雷声大雨点小",只是气温降低了,对于我们的生活质量没有丝毫的影响。

我们的人生也如同昨夜的北风一样,来时汹汹,去时淡淡。许多没有思量到的事情,狂吼着来到身边,让我们猝不及防、手足无措,立刻慌了手脚。神情紧张之余,静下心思忖,那"狂吼"只是一个虚张声势,并没有给自己的生活带来多少的麻烦,倒是自己的"神经"无端地给自己增添了几份无味的烦恼。

岁月——最最公平的物质。无论你是愿意也好,不愿意也罢,她总是在你的指尖滑落;不管你留意也好,不在意也罢,她总是围你几圈之后,飘然而逝。

岁月无情。我们何苦在苦恼自己呢?我们不是在消极地等待离去,而是平静地看待得与失、分与别、来与去……繁华的背后或许有许多的哭泣,盛气凌人的背后或许有许多的无可奈何,饕餮豪饮的背后或许有许多痛苦的呻吟……那面前的光鲜能说明什么呢?而那背后的无助或许是对每一个"挥霍者"最好的交代。

岁月有情。我们在哇哇啼哭声中来到这个世界,那是寻找幸福的呐喊声。幼时,有父母的呵护与关爱,浓浓的亲情让我们从襁褓之中就得到了温暖;童年,我们得到了伙伴们的友情,零零星星的话语总是让我们倍感振奋;少年,我们得到来自家族许多长辈们的关注,时时刻刻地叮嘱总让我们找到未来的亮光;青年,我们从朋友那里获得的爱恋,也总能抚慰内心受到的不愉悦……有诸如此类的情,人生何其不丰富多彩?

岁月之中,有过太多的诱惑:闪闪发亮的名誉光环总是在不远处召唤着我们,可又似乎处在太幻虚境之中;我们进一步,它似乎在退一步,时不时地还有许多的障碍阻搁;又似空中楼阁,触之不及、获知不得。

岁月静好。我们无需做太过多的梦想,也无需树立过多的理想。我们可以顺其自然,积极地做好当下,让自己的兴趣、爱好存在于我们的每日、每月、每年。无悔自己的人生,静静地看待风起云涌、花开花落。

致青春

青春的笑脸似乎还是昨日的记忆,一晃都已消失殆尽了。

校园的那条条道径落满梧桐树叶时,我们风一般地从上面踩过,"沙沙"声一片,那一张张树叶上留下了你我的足迹。

路的尽头,回首看时,足迹早已不见了踪影,内心一阵阵慌慌,留下了空虚。

我们总是一伙一伙地结伴而行,走过田埂,穿过桃花源,豁然开朗地见到了秦淮河畔潺潺的流水。

回首时,一棵棵的桃花树随风飘向远方,身后的桃花林却在岁月中消逝。

远处的韩府山依旧,袅袅的炊烟总是随着晚风升起。

我们站在小桥上,听着流水的哗啦啦声,篱笆墙延伸至田园人家,菊花倚靠在开启的木制窗户前。

圆月升起,韩府山包裹着我们每一个人的身影,溪水中留下我们模糊的倒影。

远去的道路上,只留稻香,却不见那些熟知的背影。

雨季来临,我们总在那破旧的操场上狂奔。

没有精致的脚法,没有像样的球衣,没有像样的球门,我们却拥有青春的笑意。

风雨中,操场边总有一个个观战的青春身影,那一声声的喝彩来自青春的呼唤。

晚风来的不是时,吹不走内心的那份燥热的郁闷,吹不走离别的伤感。

一团团、一簇簇、一丛丛地相依,诉说着离别的话语。

青春的热情在那一刻被点燃,随着吹来的风儿携去。

青春,是用来回忆的。

致我们终将逝去的童年

每个人都历经童年,都有无数次的嘻嘻哈哈的回忆。记忆中,"童年"是无忧无虑的代名词,"童年"是欢乐的储物箱。终究有一天,童年终将会随着时间的推移而逝去。

那一圈有着围墙的院子,便是我出生的场所,唯一进出的是一道挂着钥匙锁的大门。院子里住着满满当当的几十户人家,房子前有两排,后有两排,几条巷道,来往穿梭最多是如我一般年少轻狂的孩子们。

小院在八十年代初就有了自来水,那是从院子前面的小河中抽取的河水到高塔上,然后再贯穿到每户家门口的水管。在那个年代,这是多么奢侈的一种享受。炊烟四起时,每户的灶台前都有一张张稚嫩的脸庞在左转右转,时不时地偷吃刚起锅的菜食。老一辈也只是不轻不重地说一句"馋猫",便不再又下文。看着远去的不是自家孩子的身影,老一辈们脸上总也露着欢喜的笑意。

一到夏天,我们最喜爱的就是迅速地来到河边,"扑通扑通"地一个个跳入水中。门前的小河,在今日看来是多么得狭窄,而在我孩时却是那么得宽阔无比。特别是那抽水机一声响起,我们就会奔跑着涌入抽水机的蓄水池中,任由喷涌而出的水柱冲洗着我们的全身,有时也会随着水流跃入小河中。

我们时常围着小河的四周摸捞着螺蛳,一筐又一筐,一日又一日。当烧熟的、溢着芳香的螺蛳端上桌面时,内心总是被幸福围裹着。我们也时常将家里已经用过不能再用的纱布拼成一块不大的布面,再折几根小竹条,围成一个小网兜,在纱布的中间摆上食饵,放入水中,就成了最简易的捕虾器。稍等片刻之后,从水中猛地拎起,网兜的中央总有几只小虾在里面活蹦乱跳,我们的心也随着它们的欢跳而欢腾起来。

夏天不游泳不算过夏天。会游的、不会游的都整天地泡在水中。会游泳的扑棱着四肢,向毛家河的中央划去,不会的则在河的码头上扑腾地打着水花。每个人都乐享自己的快乐。看着会游的伙伴的身影渐渐远去,我的内心激动不已,总想着自己也有那么一次畅游过那宽得不能再宽的毛家河的河面。

终有一天,我在哥哥的鼓励下,以不急不慢的狗爬式扑腾扑腾地游向毛家河的对岸。到了河中心,肚皮上开始有丝丝的凉意,我知晓,那是来自深深河底的河水的抚摸,神经更是绷得紧紧的,手脚加快了扑棱的节奏……在喘着粗气的过程中,我来到了河对岸,看着河面,看着游来游去的人,心中充满了喜悦。

上学了。那是一天天规规矩矩的日子。没成想,我的大哥居然是我的老师。某天,好动的我捉了一只小鸟,那柔顺的羽毛让我爱不释手,我瞧瞧地将它藏在了书包里,带到了教室里,让它与我一起分享学校生活的快乐。谁知,小鸟耐不住寂寞,课堂上竟然叫了起来,那"唧唧"的声响顿时搅乱了每个人的思绪,小朋友一拥而上,要看我的小鸟。老师——我的哥生气地将我拽了起来,进行了严厉的训斥。生气的我,哭啼啼地说"要告诉爸爸妈妈,你欺负我"。那时的无忧无虑、无知无畏竟然一去不复返了。

临近院子的北边是老一辈人上班的工厂,工厂的西边则是一片树林，树林里有许多许多的树木，最难忘的还是那一根根的竹子。茂密的竹林常常是我们这些小毛孩捉迷藏的天地。我自然也是其中不可缺失的一位。玩倦了，大家也会变着花样玩耍。我常常喜爱顺着竹竿往上爬，一直爬到竹子不能再爬的地方，折着竹竿用力一荡，晃悠悠之中跳跃到另外一棵竹竿上，接二连三，像猴子一样在竹林中穿梭，快乐的笑声不绝于耳。

　　院子的每户人家都有三四个孩子，而我首当其冲地成为一批人的首领。好景不长，另外的几位小朋友不满意我的做法，看不惯情形下组建了另外一批人马。于是，院子的巷道里，总传来"乓乓乓乓"的吵闹声，那是两派人进行的激烈的对峙。严重之时，两派人员还有过拳脚相交，不分胜负的日子一天天过去，长期的"争斗"最终让我成了一个爱捣乱、爱折腾、爱破坏的代表。许多日子里，我总背负着别人犯错、我被责骂的结果。

　　虽有磕磕碰碰，这样的日子却让人永远难忘，因为快乐永远在这些毫无计划的故事中的。

第二辑 旅游之际

旅游之际

1

按照出行计划，我早早地来到了集合地点。这次我的行李只是一个背包，除此之外没有其他的负担。背包中只带了简单的必备物品：换洗的衣服、剃须刀、手机及充电器、各种证件。出门无需兴师动众，简单就好，简单就是轻松。

人员陆陆续续地到来。有单独的，有一家两口的，有三四人一道结伴的……所带的随身物品也是各色各样，大多都是根据自身的需求。一会儿，人多起来，大家的心情显得有些激动，毕竟是想了许久的旅游、期盼了许多的远足。

领队把几位事先安排好的小组长聚集到一起，简单地交代了注意事项。在组长的带领下，我们来到通济街。此时，正值人流高峰期，TCL手机促销活动真好堵住了我们前行的道路。我们与行人擦肩而过，大家各自感受着自我的快乐。

行至百米，我们依次上了旅游大巴，找到座位，放好行李，车厢内欢笑声此起彼伏。

望着窗外的灯火辉煌的"中心大酒店"，想象着远行的愉悦，每个人的脸上都挂满了微笑,那是欢乐的笑,那是满足的笑,那是期待的笑……

2

一行七十多人怀揣着兴奋,坐在旅行大巴内说说笑笑。不知不觉中,汽车已经来到了机场高速公路的入口,只见两旁到处都是广告牌,精美的装饰画,预告着时代的步伐。南京禄口国际机场位于江苏省南京市东南部,距南京市中心直线距离为35.8公里,离小城也只有30分钟的路程。

汽车开上了第二层的候机厅。候机楼主体两层,局部五层,旅客进出港分流:一层为出港,设置国际、国内行李提取厅,有多套行李提取转盘;二层为出港,设置国际、国内出港旅客办理手续厅、候机厅、送客综合大厅。楼内有14个登机桥;3组办票柜台,每组20个旅客办票柜台。候机大厅内此时此刻较为冷清,因为时间的指针指向晚间十点整。

机场休息区,大家三五成群地留影、拍照。我没有带相机,于是便到处走走。机场内的所有实施给人感觉是那样的新颖,那样的新潮与前卫。候机楼内的机电、空调、锅炉冷冻机组、水道、电气、行李运输、电梯、扶梯、登机桥、消防设施、灯光等系统进行全过程的监视和自动控制,使其处于最佳工作状态。

领队导游办理了一切的手续:飞机票、登机牌、机场建设费等。我拿着手中的票,看清了航班号是"MU5968"(东方航空公司),到达地点"张家界"。

晚间十点二十分,我们依次进入了登机的检录口,挨个个地进行检查……

3

　　我曾在上世纪九十年代坐过一次飞机,那次的飞机是小型的,感觉不是很舒服。耳鸣一直伴随着我度过了当时的40分钟。

　　进入运输过道,我们一个个鱼贯进入了飞机内。飞机的乘务员全体站在舱门口迎接着每一位乘客,笑容是那样得灿烂,言语是那样得亲切,这就是"空中服务",成了"优质服务"的代名词。

　　我寻找到了我的座位——靠近机翼的座位,对于许多人来说,那是最佳的。我从窗子直接看到外面的风景。机舱内一片喧闹声,这声音不是那么得吵闹,是愉悦的心情的外露;这声音不是那么得杂乱,因为是大伙内心得到满足之后的欣慰……抬头向前看,只见飞机内充满了暖气。

　　暖气是从机舱壁内喷射而出的,像雾气飞腾在我们的周围,又似乎是空姐微笑的脸庞。当我们大家还在叽叽喳喳议论此次飞行的种种感受时,飞机的空姐已经打开每个座位前的设备,向乘客们介绍乘坐飞机的注意事项,一件件,一桩桩,详细而单调,不变的是她们的微笑。当介绍完毕后,身旁的小姑娘叫了起来:"飞机在走啦!"我隔着玻璃窗向外看去,借着点点灯火,飞机确实已在滑动,慢慢地,不急于立刻飞上天空。我就这样一直呆呆着望着窗外的夜景,虽然看不到什么,但我极力想象着此时夜色的美丽。

　　我的身体向右倾斜了,借着飞机机翼上微弱的灯光看到飞机转过机场的弯道。

　　转瞬间,我明显感到身体被牵拉着贴近座位向后倒,原来飞机加速向前飞行了,我享受着这种感觉。当飞机的速度稍稍有所平稳时,我再次透过窗向外看,呀!城市的灯火在我们的眼睛底下,星星点点,一眨一眨。城市成了一幅微缩的景观,成了睡意朦胧的孩童……我不再有初始气压而生成的担忧，起初的耳鸣也没有了，有的是片片的温馨。

我在天空飞翔！

时间已到深夜，每个人毫无睡意，有的是欢笑、激动，愉快得像小鸟一样。透过窗子，我看到了一轮圆圆的月亮静悄悄地挂在天空，我还看到了月亮中捣药的兔子，嫦娥孤单冷清地与小兔一同。当我们快接近月亮时，嫦娥与小兔显得有些惊恐，驾驭月亮躲进了云层。一会儿，她们悄悄地、半掩着脸庞偷看着我们这一行旅途的人儿。虽说有些害怕，但却一直追随着我们。

突然，远方的云朵中冒出了"霹雳神灵"，它呵斥着嫦娥，它面露狰狞，龇牙咧嘴，天空中弥漫了浑浊的黑云，漫漫席卷过来，月亮惊恐地躲了起来，云层中发出了"噼里啪啦"的闪电。飞机见势，远离了云层，我的内心也稍稍平静了一些。

北京之旅

1

北京，中国的首都，最为每一个中国人一生中都应该去一次的地方。心愿在暑期成为现实——与妻儿一起去北京旅游。

当飞机起飞的那一刻，妻儿的心情是激动、愉快的，因为这毕竟是他们第一次乘坐国航的飞机。孩子兴奋地一直在观望着舷窗外的景色：美丽的大地、变换的机翼、棉花糖般的云朵。

我们一行享受着飞机上耳麦的音乐，享受着空中的优质服务，一个半小时的行程不知不觉中便结束了。下了飞机，找到了接机人员，我们从机场乘坐大巴从东四环外的国际机场来到了西四环的中盐宾馆，很可惜这里只是机场大巴的终点站，而非我们的入住酒店。我们只有耐心地等待。

过了四十分钟后，面包车来到了。不知是旅行社没有安排好还是其他的缘故，面包车司机居然不认识我们入住的酒店，在北京城市内绕行了近2个小时，通过各种联络方式，才找到酒店——碧水云天。

来北京，我还有一件更为重要的事情——见见一直对我有所帮助的亚威老师。

酒店一切停当之后，我发了短信给亚威老师。她对我的来到表示了热烈的欢迎，并且询问我们是否旅途劳累？如果还有足够的体力，大家见上一面。我与妻儿商量了一番，觉得还是去一趟比较好，机会难得。

我们按照亚威给我们指示的路线，先乘车到了劲松站，然后乘坐10号地铁线，经过19个站点到达海淀黄庄，再深入地下转乘4号地铁线，经过6个站点，到达了我们要到的平安里。

一出站门，亚威在远处看到我们，招呼着我们，虽然一次面都没有见过，但大家的那份熟知却如多年的老朋友。

亚威领我们来到了云南菜馆，黄先生（亚威的丈夫）早已等候多时了。大家落座，聊起了许多的话题，一点点拘束的感觉都没有。你说你的，我说我的；你笑你的，我笑我的，大家的心情溢于言表。开心、欢乐的气氛始终萦绕在我们的心田。

黄先生与亚威有着北方人的那种豪爽，还有着他们独有的浓浓的书香儒雅之气。我谈到了相互间结交的过程及点点滴滴的美好回忆，那场面如同一家人在叙着旧，聊着多年未见的想念。

吃罢丰盛的晚餐，黄先生与亚威又招呼我们去一趟北海公园。黄先生告诉我，这个地方也叫什刹海风景区。我们顺着什刹海的边缘绕行，路的左边是装饰豪美的各式各样的酒店、咖啡店，右边靠水的地方便是遮阳棚支起的座位，一簇簇、一排排，许多的游人在里面小憩、喝茶、聊天。过了一溜排的西式店后，来到了中式的小排档的摊位区，人头攒动，芳香四溢。

诸多的音乐酒吧在路的旁边，一间挨着一间。那震耳的音乐声与现场的原唱声交织在一起，大家相互包容，各行其是。最具意味的还当属烟袋斜街的那些独特的工艺品一条街，里面充满了怀旧的、别具匠心的、前卫的、创意独特的……各式小玩意，每一类商品都会激起我们某根神经系统的记忆。漫步在其中，我们感受着北京的独特文化，感受着黄先生与亚威对我们的悉心照顾，感受"有朋自远方来不亦说乎"。

9点30分，黄先生与亚威非得要送我们回宾馆。我们已经心领他们的盛情、热情，也生怕影响他们第二天的工作，加上我们住宿之地，离他们的家路途遥远，我们谢绝了他们坚持的送行。

握手再握手，话别再话别，依依不舍之中，我们两家人分别在灯火阑珊时。出租车疾驰在北京的公路上，我们享受着北京第一天带给我们的温馨与快乐。

"有朋友真好！有好朋友真的好！"

2

今天，我们的行程是天安门广场、故宫。天安门广场处于北京的中心，它是世界上最宽广、最壮观的城市广场。只有亲身实地处在她的怀抱中，你才能真正感受到她的魅力。广场的北端是天安门，这是全中国人都熟知的建筑，也是全国人民心驰神往的地方。天安门城楼显得庄重、肃静。整座天安门红墙黄瓦，城楼上的建筑雕梁画栋，红旗迎风飘扬。广场中央矗立着高大的人民英雄纪念碑，碑身正面是毛泽东主席题写的"人民英雄永垂不朽"八个金光闪闪的大字。广场南端是毛主席纪念堂，东面是刚刚改扩建成的中国国家博物馆，西侧是巍峨雄壮的人民大会堂。

取出相机，孩子拍摄着人民大会堂和人民英雄纪念碑。我们在天安门前拍摄了许多照片。继而，我们随导游进入了毛主席纪念堂。每个人都怀着无比崇敬的心情缓步进入纪念堂，瞻仰毛主席遗容。

出了毛主席纪念堂，我们穿过长安街的地下通道，来到了天安门前。

天安门前是金水河，河上横跨着五座汉白玉石桥，这就是金水桥。古代，中间的金水桥只有皇帝才能迈行，而如今，人人都可以从这座金水桥上进进出出。导游指着金水桥两旁一对矗立的建筑介绍：这是一对汉白玉华表。导游说进入故宫之后，还可看到另外一对华表，只是有一点小小的区别：天安门前的这对华表上蹲兽头向宫外；天安门后的那对华表，蹲兽的头则朝向宫内。导游继续介绍，这蹲兽名叫犼，性好望，犼头向内是希望帝王不要成天呆在宫内吃喝玩乐，希望他经常出去看望他的臣民，它的名字叫"望帝出"，犼头向外，是希望皇帝不要迷恋游山玩水，快回到皇宫来处理朝政，它的名字叫"望帝归"。

我们来到了天安门的内城。抬眼望去，一座高大的城门映入眼帘，上书"午门"。我们惊呼："古代书中常常所说的'推出午门斩首'的'午门'就是这里了。"导游笑着说："推出午门斩首并不是在这里，而在菜市口。"走入午门之后，今天主要的就是参观故宫。

故宫也被称为紫禁城。故宫的建筑依据其布局与功用分为"外朝"与"内廷"两大部分。"外朝"与"内廷"以乾清门为界，乾清门以南为外朝，以北为内廷。故宫外朝、内廷的建筑气氛迥然不同。

外朝以太和殿、中和殿、保和殿三大殿为中心。我们顺着右侧的小门进入到了故宫的正中央广场，正上方高高的场所是最有名的"太和殿"，俗称"金銮殿"，也就是皇帝举行朝会的地方，也称为"前朝"。它是封建皇帝行使权力、举行盛典的地方。记得多年之前，我曾游览过此处，可以进入大厅，现在已经不允许再进入了，为的是保护文物。但，内部的陈设一点都没有改变。

我们依次参观了乾清宫、交泰殿、坤宁宫，这是封建帝王与后妃居住、游玩的场所。里面的奢华依稀可见。出了神武门之后，我蓦然回首，只见"故宫博物院"五个大字悬挂在门楼上。

3

恭王府，是大家熟知的清朝大臣和珅的家。

我们乘车来到了什刹海地区，绕行而入，看到了地安门，顺着街道向前行。导游告诉我们：恭王府是一块风水宝地，古人修宅建园很注重风水。恭王府处在后海和北海之间的连接线上，这个线轴正是龙脉上。许多知名的人士都居住在恭王府的附近。和珅给我们最深的印象是他的"贪"。这大部分来源于一些电视剧的内容。不过，究竟如何，我们随导游步入恭王府一探究竟。

和珅是一人之下，万人之上。他感觉皇帝有的，他也要有，所以他的居住地也仿制故宫的形式来建造的。

我们看到了福池。这个池塘不是很大，但很有讲究。它的形状是一个蝙蝠的造型，因为"蝙蝠"象征着"福"，也意寓着财富。池塘的四周种植着许多的榆钱树（也就是我们平时所说的"摇钱树"）。一到秋天，榆钱树叶落满了池塘的水面，当阳光照射在水面时，闪闪发光，加上榆钱树叶的形状像铜钱的形状，显得财富满池塘。

恭王府中"处处见水"，这也是古人的一大思想：水即是财。恭王府的水是从玉泉湖引进来的，只内入而不外流，这便是风水学上的"敛财"之说。

和珅的一生贪财不计其数，用导游的话说：如果用现在的计算方法，和珅称得上是世界首富，资产有几千亿。为了藏宝，怎么办呢？为此和珅建造了99间的两层楼房来藏宝。从屋后看这幢建筑，可以看到屋檐下那各式形状的窗户，没有两个是相同形状的。这是和珅为了将宝物分别别类地放置的密码、暗号。

假使有一天，乾隆不在人世了，谁来庇护和珅呢？乾隆对和珅的喜爱也是有据可查，为了防止以后和珅的倒霉，乾隆将女儿和孝公主嫁给了和珅之子。这也不保险。于是，和珅想到了另外一招。

康熙皇帝为其祖母孝庄皇后祝寿写的"福"字碑，刻有"康熙御笔"之宝印一直在皇宫之中。这个"福"字的右上角的笔画像个"多"字，下边是一个没有封口的"田"字，左偏旁像"子"和"才"字，右偏旁像个"寿"字，整个"福"字又可分解为"多田多子多才多寿多福"。

和珅不知哪年哪月将这块碑挪移到了自己的府中，藏在花园的假山内。这座假山是用糯米浆砌筑成的，非常坚固，山上置两口缸，缸底有管子通到假山上。乾隆去世之后，嘉庆查抄和珅府时，想把这个福字移到皇宫，但是由于和珅设计得巧妙，动"福"就是动龙脉，这也是古代皇帝最忌讳的，大怒之下，下令将假山封死。所以才得以保存。

游览过恭王府，我们知道了和珅并非电视剧中那个尖嘴猴腮的人物，而是一位长相英俊（当时号称是满洲第一美男子）、才华横溢的人。

4

长城，中华民族精神的象征。每个中国人对长城都有很深的情结。许多流传的故事中都对长城有过记载，当然最有名的还是"孟姜女哭长城"，让我们感知了建造长城时古代劳动人民悲凉的故事。

记忆中印象最深的还是许多年前春节联欢晚会上香港歌星张明敏的《我的中国心》，将中国几千年的文化唱了出来，并且红遍了大江南北，一夜之间，每个中国人都会哼唱几句：长江，长城，黄山，黄河，在我心中重千斤，无论何时，无论何地，心中一样亲……

我们的孩子们从小学的课本里也能接收到有关长城的知识，了解到她的雄伟壮观：

像巨龙穿行在大地,连绵起伏,曲折蜿蜒。东起山海关,西到嘉峪关,万里长城谱写了不朽的诗篇。是谁创造了这人间奇迹?是我们中华民族的祖先。(苏教国标版第六册)

无论我们阅读了多少有关长城的资料,那也只能是想象,根本没有亲临现场来得震撼。今天,我们一起来到了八达岭长城的脚下,心情极为兴奋。

登上初始台,放眼望去,长城犹如一条巨龙盘旋在崇山峻岭之间。长城从东头的山海关到西头的嘉峪关,总共有一万三千多里。

我们开始向第一个烽火台爬去。长城是用巨大的条石和城砖筑成的。我们踏着脚底下的方砖,慢慢前行。开始之初,道路还十分平坦,不需要花费多少力气。渐渐地,人整个身子开始前倾,一不小心会有摔倒的危险。

扶着城墙,我们欣赏起美丽的景色,远处朦胧一片,人头攒动。青山碧草将长城包裹在群山之中。长城城墙的外沿有两米多高,上面有成排的垛子,垛子上有方形的瞭望口和射口,供古人打仗时瞭望和射击用的。城墙顶上,烽火台是每隔三百多米就有一座,呈现出方形。进入烽火台,必须低头,里面能容纳一定数量的人,古代作战时,这里可以用来屯兵。

现在虽看不到战争的硝烟,站在长城上,随风而来的是古人吟诵的诗句:"烽火连三月,家书抵万金。""秦时明月汉时关,万里长征人未还。"

徐徐的清风拂去了我额头上的汗珠,我们继续向前迈进。山势越来越陡峭,我们的身体倾斜的角度也越来越大。攀登第四座烽火台时,人流量突然陡增,原来的道路突然变得狭窄,山势也格外得险峻。

每个攀爬者都小心翼翼。

第四座烽火台被征服。站在空阔地带,举目四望,山风吹来阵阵凉爽，怡然的心情充满胸肺。

此刻，拥挤的人群在突出的"好汉角"上排队等候着拍照留恋。

这时，耳畔传来一位导游的声音："大家向上看，远处高高的山峰上有一株树，看到吗？"的确，在最高峰上有一株树木挺立着。"那里就是第八烽火台，也是毛泽东主席当年登上的长城的地方，那里就是好汉坡！"哦，不到长城非好汉！依稀记得那里有一块石碑，上面书写着"不到长城非好汉"几个红色的大字。

在欣赏了美景之余，我们坐着滑道，下了山。

5

举办奥运会是每个国家的心愿，中国上下五千年，有着悠久的历史、文化。如果全人类的共同拥有的奥运会没有在中国举办过，那真是世界体育协会的一大遗憾。当然，经济决定了一切，在上个世纪的70年代末，中国的改革开放渐渐地使中国大地发生了翻天覆地的变化。

正是由于这点，奥运会在2008年8月8日晚上8点在首都北京盛大举办。全国上下一片欢腾。时隔多年之后，当我们这些游客站在奥运举办地时，内心仍旧有着激动不已的兴奋。

夜幕降临，水立方开始了她美丽的蓝色身姿的展现，鸟巢的镂空之处也是红彤彤一片。激情的岁月似乎一下子又被点燃了起来。奥运广场上人山人海，你来我往。拍照的拍照，合影的合影，放风筝的放风筝，奔跑的奔跑，散步的散步，三五成群，你欢我乐。

曾经的奥运场地洋溢着欢乐、祥和的气氛。

说到颐和园，每个来北京游玩的人都不陌生，她和故宫、圆明园一样记录着太多厚重的历史记忆。我们是乘着慈禧水道进入颐和园的。

慈禧水道就是一条河道。

一路上，游船的导游说了许多两岸的名胜景点，也说了许多清朝皇家奇闻轶事，游客们在欣赏之余，也放松了心情，饱饮了探奇之心。

进入颐和园，顺着林阴道向前进，别样的景致接连不断地涌入眼帘。首先看到的是昆明湖，清澈的湖面飘荡着艘艘小舟，人们徜徉在其间，心情自然欢跃。我们顺着昆明湖河道边欣赏风景边向前迈进，享受着来自湖水拂来的阵阵凉爽，惬意之感纳入心田。不知不觉中，我们来到了十七孔桥边。十七孔桥坐落在昆明湖上，飞跨于东堤和南湖岛之间，为园中最大石桥。石桥宽8米，长150米，由17个桥洞组成。石桥两边栏杆上雕有大小不同、形态各异的石狮500多只。我们踏上孔桥，抚摸着一尊尊石狮，似乎也感受到哪来自过往历史的叹息声。

随着"突突"的响声，我们坐船乘风破浪来到了万寿山南麓。在万寿山南麓的行程中，我们欣赏了美丽的长廊。它面向昆明湖，北依万寿山，东起邀月门，西止石丈亭，全长728米，共273间，是中国园林中最长的游廊，1992年被认定为世界上最长的长廊，列入"吉尼斯世界纪录"。廊上的每根枋梁上都有彩绘，共有图画14000余幅，内容包括山水风景、花鸟鱼虫、人物典故等。画中的人物画均取材于中国古典名著。累了，我们坐在长廊两边的长条凳上休息，阵阵凉风袭来，疲劳顿时消散。

围着荷花池的墙根，转到了知春亭畔。冰心曾在《只拣儿童多处行》中有段描述：

> 我们本想在知春亭畔喝茶，哪知道知春亭畔已是座无隙地！女孩子、男孩子，戴着红领巾的，把外衣脱下搭在肩上拿在手里的，东一堆，西一簇，叽叽呱呱地，也不知

说些什么,笑些什么,个个鼻尖上闪着汗珠,小小的身躯上喷发着太阳的香气息。也有些孩子,大概是跑累了,背倚着树根坐在小山坡上,聚精会神地看小人书。湖面无数坐满儿童的小船,在波浪上荡漾,一面一面鲜红的队旗,在东风里哗哗地响着。

游人如织,其中也不乏许多孩子。颐和园内的风景怡然,树木茂盛,是不是也如同儿童的旺盛的生命力呢?

在颐和园内,是女人做主的场所。谁?慈禧。来到仁寿殿就可见一斑了。这里曾是慈禧垂帘听政之处。门前与皇家别处的建筑大有不同之初:凤在内,龙在外。意味着凤是至高无上的,龙则是要保护凤的。

匆匆而过的颐和园,络绎不绝地留下多少值得回味的历史尘埃。

6

天坛是北京游的最后一处景致。

天坛,从名字上就可以看得出是与"天""地"有关的。中国古代,人们对自然界中发生的许多事情都不知道缘由,所以就有了神话,有了发挥想象的空间。

天坛,是皇帝在冬至时分拜祭天的。在这里,"天"是最大的,是无所不能的。所以天坛的任何景致都与"天"是相关联的。

进入景区,先看到的是祭天的场所——圜丘坛,这里是皇帝举行祭天大礼的地方。圜丘坛呈圆形,有三层。圜丘坛有外方内圆两重矮墙,象征着天圆地方。每次祭天的时候,中心位置只能是皇帝一个人站在圜丘坛最上层中央的圆石上面,那是他与天进行对话的区域。

稍向圜丘坛北边走一小段是回音壁的处所,里面还有皇穹宇。导游带领我们站在围墙外说:"你们看,现在离墙都有铁栅栏拦住了,不能够接触到墙壁,里面也是如此,所以回音壁的效果也尝试不到,无趣了。"大家听得这样介绍也不再进入。记得多年前我们来到此处时,还能与朋友们一起做着隔空传声的实验,那还真是很神奇。

回音壁的北边有一株老树——九龙柏。这棵树至今已经有500多年了,树干粗壮挺拔,形象奇特,树干表面布满纵向沟壑,并随着树干的升高而扭曲向上,如同九条蟠龙盘旋腾飞。导游让大家做了一个小游戏:站在九龙柏的四周,伸出双手,掌心向树,稍等三四秒,隐隐地感觉有阵阵的凉意袭向掌心。

真是神奇的一棵树。

丹陛桥只有天帝才能走的一条道路,笔直地伸向祈年殿。祈年殿建筑成为北京标志性的建筑,它与前方的圜丘坛的性质是一样的,都是皇帝祭天的场所。

前门大街是我们旅程的最后一站。大街长845米,是一条充满现代商业气息的步行街,据介绍,有80多个京城老字号和一些著名的餐饮业在前门商业街路两旁一字排开。路的中央是一条火车的轨道,时不时地传来"叮叮当当"的声响,电轨火车从你身边驶过,让你恍如来到了几十年前的那个时代。

我们信步走在大街上,显得那样的悠然自然,内心还少许带了慵懒的心情。古朴与现代交相辉映,让我们不知今夕是何年。

路边的那一幅幅绘制着老北京的各大商业名号的由来的壁画,让我们再次重温了历史的记忆……

7

下午6时许,天空乌云密布,电闪雷鸣,北京国际机场候机厅的屋顶便被暴雨击打着"啪啪"作响。机场广播中开始播放着"××航班延误""××航班取消"消息。我竖起耳朵听取着我们飞机的航班状况,一直未果,还时不时地道显示屏前密切注意航班的动向。

大约过了一个小时,我看到了显示屏上显示我们乘坐航班被取消的信息。来到登机口,咨询具体的事宜:机场工作人员一会儿这个说法,一会那个说法,弄得我们不知所措。再候半个小时后,得到确切的消息:乘坐的航班的确被取消,今晚走不了了,必须回到机场四楼进行改签。

当我们再次回到四楼大厅的时,人山人海。每个人的脸上都写满了焦急,这样的心情只有经历过方才知道。

我安顿好妻儿,一个人在大厅里到处寻找改签的窗口,并且打听着今晚的去处安排。确定是在K区,我疾步走向那里。

此时此刻,已经有人在排队了。在我到达此地时,另外一位也正好要排队,我们相互谦让着给对方。大家边排队边聊起了家常,这或许是"同是天涯人"的缘故吧!在聊的过程中,我逐渐地知晓了对方是一位美籍华人孙先生,在加利福尼亚洲的一教育局从事文化教育工作,这次是回南京探亲。下了飞机,转乘去南京的飞机,不想由于天气的原因取消了,也到这里来改签。

可能是我们从事的工作有许多相近之处,聊起来并不觉得陌生。孙先生非常随和,人说话总是慢慢的,以便给交流者充分的思考时间,也便于相互听清双方的谈论话语。

孙先生询问我的英文水平如何?我很抱歉说到了自己的"差

劲"。虽然自己这个方面的不足，但我谈到孩子的教育问题，向他讨教了几个问题：

现在国内许多家长在自己孩子初中时候就将送出国门深造，这样的现象如何看待？

当孩子在上高中的时，没有直接考国内大学，而是直接出国求学，有怎样的理解？

在许多孩子已经考取了国内大学后，在大三或大四，有的则是毕业之际去国外留学，又有什么样的建议？

孙先生从他自己的经历以及这么多年接触这个方面的事情，谈到了自己的看法。他特别提到初中、高中阶段出国求学，必须有家长的陪同。因为孩子们的自理能力毕竟是有限的，同时孩子们还会遭遇到许多其他人生过程中的事情。寻找美国（或其他国家）监护人都是有利有弊的。他说：作为监护人更多的时处于两难的境地：管，孩子不是自己的，重了不好，轻了不好；不管，那是绝对不行。

家长的身份是别人不可替代的。

对于上中学的孩子，我问他有什么好的建议或者对于英文水平的提高，有什么好的方法？他也爽快地给了我一些提示。比如：孩子上中学了，就要格外关注他的成长的过程，关注他的学业发展情况。

他说，美国虽然没有中央电视台，但实力雄厚的一些媒体机构在每个州都有自己的分支电视台，他们都会有自己的主流新闻播报，而这些播报是纯粹的英文口语。现代技术发展迅捷，每个节目在网络上都有留存，方便大家下载重新观赏。如果条件允许的话，孙先生建议我可以下载一些给孩子看看、听听。

除了聊孩子的成长，聊国与国之间的差异之外，孙先生还问我一直在研究什么？我也向他汇报了自己从去年开始着手在做的几件事情。自己是一位小学语文教师，最感兴趣的是"作文实践"的思考，主要是从两个方面去做的：

首先整理自己的一些有关"作文实践"方面的思想的整理工作，自己的一些思考也逐渐成形，并且在报刊杂志上也有所发表。

其次，自己也带领班级的孩子们搞创作，也有了一些成果，比如即将正式出版的《精灵世界》科幻玄幻故事集，还有在《快乐文学》《阅读》杂志上的连载。

说到家庭教育，我坦言不是很成功。虽然自己是从事教育的，但对待自己的孩子却不知道如何去做。孙先生也说到了他对自己三个孩子的教育也有着同样的一些状态：授课时，想法设法采取形式来让学生学会、会学，但对自己的孩子却仍旧有许多机械的方法。

临行前，我们互留下联系方式。他说等我的这些图书出版后，也邮寄一份给他。机场候机、改签事虽然没有得到及时地解决，但遇到孙先生却是荣幸之至。

这是一次愉快而充满收获的北京之旅！

游无想山

无想，是佛家用语，即"无我思想"之意。而极具禅意的无想山，是南京郊县溧水第一胜景，山名的由来还与南唐政治家韩熙载有关。

韩熙载（902—970），字叔言，潍州北海（今山东潍坊）人，五代后唐同光二年（924年）中进士，因父亲韩光嗣在宫廷纷乱中被杀，他与史虚白等人过江投奔南唐，官至中书侍郎、光政殿学士。保大元年（943年），他就统一大业上书中主李王景，未被采纳，十分失望。后主李煜接位后，更是不思图强、沉湎酒色、国势衰落，韩熙载感到回天无力，便在家中蓄声妓、开门馆，不拘礼法，佯称"自污"。李煜为考察韩熙载，命宫廷画师顾闳中夜访韩府，顾将所见所闻目识心记，将宴请宾客场面画成《韩熙载夜宴图》进呈后主，李煜览画后认为韩熙载颓废放荡，不再委以重任。

韩熙载政治上不得意，就寄情山水，某次去溧水游玩，在洪蓝埠见一山风景绮丽，鸟语花香，他流连忘返，便在山中置地筑台，隐居读书。韩熙载想到佛家的"无我思想"，就给山改名"无想山"，古寺也易名"无想寺"。他写下了一首《赠无想寺高僧》的五言律诗："无想景幽远，山屏四面开。凭师领鹤去，待我挂冠来。药为依时采，松宜绕舍栽。林泉自多兴，不是效刘雷。"韩熙载死后不久，南唐小朝廷也灭亡了。

无想山在溧水洪蓝镇东，进山首先看到有"江南第一天池"之称的大水库，这里是：群山，自然生成、天工开物；天池，人力筑成、匠心构造。天地之间，山水交融、绮丽秀美。

无想山的主要名胜集中在南山坡的无想寺，寺原名禅寂寺，始建于六朝，唐武德年间重建，南宋咸淳年间重修。寺庙坐北朝南，后有大山为屏障，前有空谷做道场，四周翠竹环抱，中间殿宇宏大，真是佛教胜迹。

无想寺西有韩熙载读书台，寺南有宋代高僧道甄藏骨石塔，寺后有招风亭、凤泉亭等。

无想山景物佳处还有寺西侧的瀑布、摩崖石刻。奇怪的是瀑布源头在山顶，泉水从山巅顺势而流，至寺后巨岩处猛跌而下，泻成白花花、光闪闪的一股天水。又瀑后巨石危耸、四匝怪岩嶙峋，构成奇妙绝景。瀑布近处有摩崖石刻三处，即"凤泉"、"丹鼎"和"污尊铭"，均为篆书，是明嘉靖年间所刻。

[摘自《江南时报》2005年11月20日第十六版]

答应了孩子去爬无想山。妻说："孩子对无想山的天池情有独钟。"是的，他去主要是想看看天池。

我们早晨9点不到就出发了。我骑着电瓶车，他骑着自行车。

一路上，天高气爽，风景宜人。我们渐渐地向南行进。宽阔的马路上行人不多。

我们俩一路来到无想山脚下，将车停住，抬眼望去，风高云淡，满眼的绿意，习习的秋风吹来，一阵惬意。一块"无想"的石碑蹲坐在台阶之前。"无想"，忘记凡尘俗世，享受田园风情。回望眼，小城在远远的眼前。

我们拾级而上。顺着马路来到了山间小路。康要去的是天池，我没有去过，自然是他带路。走小路，是陡峭的树林小道。

我们爬爬停停，山的海拔不高，但着实要费一番力气去攀爬。一会儿，我们满身都是汗，脸庞上也有颗颗汗珠滑动。康虽然也有些累，但内心的执着要去天池，自然是勇往直前。不一会儿，我们超过了前面三位年轻的少男少女，还将他们远远地抛在了身后的树林深处，也将他们的声音抛到了远处。

大约行了四十分钟的登山路程，我们走出了山间小道。眼前豁然开朗，一片茶田出现在眼前。康告诉我：顺着这条马路，要连续下三个坡，就能到达天池。

顺着山间公路，我们绕行到了天池。在一片竹林的掩护下，走过一条窄窄的通道，我们来到了天池，耳旁有游人的声响。

眼前是一幢竹楼，看来是很早以前的建筑，已经显示出她的沧桑。我们走上竹楼，观望风景。天池的水清澈见底。在这样的山顶有这么一处水池，还真是赏心悦目。许多游人带着孩子在池边玩耍、拍着，还有一些人在垂钓，大家仿佛置身于世外桃源，暂时忘记了城市的喧嚣。

时隔不久，我们顺着石板桥踏上回家的路途。那缕缕的秋风时时围裹着我与康，那一片片的枫叶在路的两旁欢呼，那山下的一切都显得那么的渺小："会当凌绝顶，一览众山小"。

出门转转

常常,我只是顾及着自己的爱好,总是利用双休日写写画画,时间一长,没有注意到孩子的需求。今日,我邀孩子一道出门转转。

第一站我们直往永寿寺塔。永寿寺塔在城西北,它并不是常见的佛塔,而是一座风水塔。据旧县志记载,明代,因县城三面环山而西北空缺,秦淮河恰由此北流金陵,为免河水把财气、人气带走,故造此塔以补山水之缺。明万历三十四年(1606年)知县徐良彦倡建,原名"永昌",意为祈求溧水永远昌盛。次年宝塔竣工,敕名为"永寿",并在塔周建永寿寺,成为溧水第一大刹。清乾隆元年(1736年)重修宝塔,近年又修葺一新。塔为七层八角砖砌仿楼阁式,高33米,古朴简洁,俊美秀逸。

多少年前,我去过一次,那时的永寿寺塔很是破败了,这样的一处人文景观,没有得到有效的保护,心存难过。之后一直未前行,总觉得没有多少可观。今天带孩子去主要想让他认识一下小城境内的一些名胜,感受家乡身边还有如此的清幽之处。

及至到了永寿寺塔,方知已进行了修葺,从外观看,围墙、院落错落有致。从正门进入,清幽一片。我与孩子顺着回廊,走到了塔前,塔基处环绕一周的是各处神仙的浮雕,栩栩如生。

孩子高兴，我也快乐。

西苑公园位于城西北侧，东起护城河，西至蔬菜村，北抵城小西门工业区，南临大西门路，占地面积2公顷，系小城内唯一的一座公园。到了公园们门口，那别致的敞开式的一个小广场，让我眼睛一亮，原来卖门票的西苑花园也没有了阻拦设施，纯真地成为了市民们休闲、娱乐、散心的场所了。我与孩子信步进入花园，感受着花园的点点滴滴的变化，欣赏那一片片、一簇簇的美丽景点。

变化其实就在身边，变化就在我们生活的每时每刻。

游天生桥

五一节日，我约请了好友军新一家去游天生桥，一则在这个阳光灿烂的日子里，作为生活的一种调剂，二则是作为自己踏青的一种休闲。

天生桥，江苏省文物保护单位，位于小城大西门外洪蓝镇天生桥村。流于天生桥下的胭脂河开凿于明洪武年间，北至秦淮河口，南达洪蓝埠入石臼湖，全长7.5公里。此河的开凿，沟通了南京与两浙地区的漕运。河道最深处35米，底宽10余米，上部宽20多米，其工程的艰巨，耗资的巨大，都是当时水利建设中罕见的。在胭脂河开凿时，工匠们选择石质坚硬、地势较高的地方作为县城向西的通道。河成之后，将一巨石下方凿开，石下可通舟楫，这就是著名的天生桥。桥长34米，宽9米，厚8.9米，桥面高程35米。现在此处已成为一大胜景，乘船进入胭脂河，只见两岸怪石高悬，绝壁危岩，一条巨石横跨两岸，十分壮观。

据史料记载：朱元璋定都南京后，派李新开凿胭脂河。有一块天然的巨石横在河的中央，挡住了去路。怎么办呢？李新想了许久，决定利用热胀冷缩的原理来处理，解决了这个难题。经过10多年，这条河南接石臼湖，北连秦淮河，死伤的劳役者达万人之多。这座石桥因势而成,所以叫"天生"。

原有的天生桥处于古朴、原始的状态,桥面坑坑洼洼,人走在上面是深一脚浅一脚地走,有时还要担心自己是否会跌入胭脂河中。现在,为了保护天生桥,在桥上凌空铺架了一层木板桥,不给历尽风雨的天生桥再遭破坏。现在的游人只有从侧面能看到桥的真正面目。

我们游了天生桥,看了枕腰石,渡过了索桥,在河中踩踏着帆船,继而乘舟游览了小三峡。

其乐融融。

世博之行

五月开始，周围的人谈论的最多的就属世博会，众多人的眉飞色舞让我常常心怡神往。当然，去过的人也经常调侃说：不去世博，一生后悔；去了世博，后悔一生。无论是何种"后悔"，始终没有阻挡住那么多人去世博的脚步。

暑期某日清晨，我有了一次世博之旅。孩子很兴奋地、早早地就起床了，我也是。我们拎起孩子妈妈早已给我们准备好的背包出发了。坐上大巴旅行车，向着上海的方向行进。

排队进入世博园，天空不作美，下起了瓢泼大雨，我撑开伞，搂着孩子前行着，世博园内的地面坑坑洼洼，着实不太好走路，所以积水很多。看着偌大的园子，究竟去哪里呢？思来想去，还是决定按照计划执行：第一天游玩非洲区、欧洲区；第二天游玩亚洲区。

一路上，我与孩子顶着风雨，全身上下湿透了，鞋子里面也灌满了水，腰椎间盘突出症也有发作的迹象。孩子也是紧紧地搂紧着我，时不时地、紧张地看着我，问："爸爸，你的腰病是不是又犯了？"虽然酸疼，听了孩子的话语，慰藉许多，忍受着走过天桥，坐上地铁，登上了欧洲区。

初次达到欧洲区，不知所以然。孩子说："爸爸，你的腰不好，我们去那些排队的人不多的场馆去看,人多的我们就不去了。"说得我心里暖暖的,做父母的有时在孩子面前是否还要透露出点滴的"软弱",让孩子去承担部分的责任?

我们顶着风雨排了许多的场馆的队伍(大多是人少的、冷门场馆),当然孩子最开心的孩子去盖世博护照章,那一声声的"咔哒"声,让孩子感受到了成功的喜悦,我也随之开心。在参观的过程中,我也会给孩子讲解一些国家的情况,介绍它们各自的风土人情……

第一天坚持了下来,到了晚间9点钟,上了大巴、回到宾馆,我已经直不起腰了,酸疼感让我思索着第二天是否应该回程?还是将孩子托付给别人,继续世博之旅呢?整个一夜,我酸疼难忍,思来想去,无法入睡。

第二天晨起,我感觉好一些了,打消了昨晚的所有的念头,还是陪孩子去世博园。当我下了车,进了世博园之后,我才感知自己的腰其实不允许自己行走了。但我两手撑着腰,陪孩子依旧去了既定的亚洲区,参观了许多场馆,又陪他盖了十多个印章,到了下午近六时许,真的不行了。孩子心疼地边走边问:"爸爸,你的腰又发了?我们回去吧?"

孩子陪着我艰难地从浦东乘车到浦西,然后乘车到大门处,出园,那么简单的一段路,我走走停停,孩子没有感觉到一点的烦躁,也没有感受到可惜,只是不停地关心着我的腰。

世博之行,没有白来。

商丘之行

学期开学没多久,我受邀到河南商丘给国培的学员们说说自己"小学作文实践操作"的研究构想。

10月16日下午,我动身去了南京南站,乘坐D292次列车去了商丘,晚上10点45分达到。出了火车站,受到了前去接我的商丘师院负责国培的王科长和商丘基础教育研究室李老师的热情欢迎。那时,天气已经开始微凉了,他们在火车站外已经等候一段时间了,夜色阑珊,让我有些激动。两人找了一处场所,给我许多温暖的饭食,住宿早已安排妥当,在温暖的关怀中我进入了在商丘的第一晚的梦乡。

10月17日一早,李老师就早早地来到了我的住处,我随她一同去了民主路二小。因为他们邀请我先给商丘市梁园区3-6年级的语文老师做讲座,能在那么多老师的面前阐述自己一线的经验,自然是一件开心的事情。只是讲座有一些遗憾,因为时间没有安排好,所以第二部门的"作文实践操作"没有过细地去说。这里还有些对不知大家。但,那么多教师的听课状态真的让我记忆深刻,记录的记录、摄像的摄像,拍照的拍照,结束之后,少许老师还与我做了简单的交流、合影,这样的场景让我这个来自一线的教师真的有些受宠若惊。

梁园区教研室李主任给予我的盛情，让我难以忘怀。吃罢午餐，我随李老师去了商丘师院国培班，在2点半多些时间进行了此行的正式讲座。时间也是在悄然不觉中过了近三个小时。

晚间时分，有一些老师在QQ上开始加我为好友，并且进行了交流，还有的老师已经写了博文。再次证明他们的认真。第二日，热情的李老师带我了解了商丘古城的历史，与中学教研员王老师去了汉王墓感受到了中原地区厚重的历史。

商丘的那些事、那些人、那些景久久萦绕在我的脑际。

1

每个地区有每个地区的特征，每个地区的人有每个地区人的个性。这次去商丘给我留下印象最深的首选是商丘人，这里有敬业浓情的李老师这样的教研员，有思维缜密的商丘师院的王科长，有热情好客的商丘梁园区教研室的李主任一行，有谦逊好学的商丘梁园区的小语老师们和国培班的老师们，还有那淳厚朴实的商丘各行各业的人……正是这些人，构成了商丘美丽的风景，让我倍感中原人的厚实。

李老师个子不是那么伟岸，但内心却非常强大，从与她交往的任何一个人对她的言行举止上都能感受到对于她的尊重。

尊重从何而来？那是个人内心的气质与涵养。几日里，细细地体察，李老师给我留下了太多的敬业与执着。作为商丘市教研室的教研员，自主的时间很多，自由的时间也很多，可做可不做的时间也自然许多。但，李老师却从来没有让时间从自己的指缝间悄然流逝。

她总是在想着整个商丘市小语的工作思路，总是想着能尽可能多地给每一位商丘小语人以更多的帮助。我这几日去做讲座也给她工作带来了许多的不便：本不属于她的职责范围，但因为我是她邀请的，师院的领导们就放心地让她陪着我。这自然给她的教研工作带来的另外的不便。

通过与她的交流，我感受到她是连轴转的：全市的小学语文教研活动要安排，哪个区县的教学教研状况是如何的，她了然于心。她对于一些薄弱的教学地区总是忧心忡忡，总是与我说着许多的设想。这次来到商丘，本是为了给国培班的老师们做一次讲座。李老师在与梁园区教研室的巩主任说到此事时，觉得这是一个机会，说要让我的作用发挥到极致，安排了我给全区的3-6年级的语文老师做了国培班老师的讲座，足以看出她的用心。在教学研究工作时，她还想方设法指导本市的老师们的业务，走内涵发展之路。我听得最多的是她与老师们在一起进行的一些教研活动的事情，特别是外出参赛时的磨课、议课等工作事宜。那份对小语工作的执着流露于言语之间。

李老师始终不忘给予一线教师的帮扶。在商丘的几日里，我与她在一起的时段内，她的手机始终响个不停，大多都是老师们的来电，有求助教学的，有请教问题的，有商量事情的……她始终没有厌烦，总是那么和风细雨地与别人沟通着，脸上也始终洋溢着笑容。我想通话的对方也能感受到李老师春风般的温柔。

除了教研活动之外，出乎我意料之外的是李老师还承担着全市的教科研工作。因为我们这里教学、科研是分开的，她真正是"教科研"不分家了。谈到教科研，李老师也做了许多工作。她利用自身是市教研员身份开展了许多教科研方面的引领工作，比如常常深入到各个区县，通过讲座的形式对一线教师进行教科研工作方面的宣讲、指导工作。她告诉老师们：要将教学工作与科研工作有机地融为一体,那才是真正的教育教学,如她的《有效教学与课题研究》便是一个实证,虽没有亲耳聆听过,但却能从她的PPT中感受到内容的丰富,感受到李老师的那份认真、专一。

就是这样的一个人——踏实,任何事情都追求晋善晋美;就是这样的一个人——细心,每一件事情都考虑周全;就是这样一个人——执着,为了自己的理想而不懈地孜孜以求。或许,再多的言语也不能体现出她的人格魅力,但我从她的身上感受到热情大度、思维敏捷、专业精湛,她就是李斩棘——商丘小语的"当家人"。

2

接受河南商丘"国培计划"的讲座邀请之后,河南商丘师院负责国培部门的老师们对主题没有给我硬性的要求,但我的内心却一直思考着该说些什么?

思来想去,我从以下几个方面整理了自己的思路。

首先,我是一线教师,优势在于有许多的经验。经验不是总结,而是在教学实际操作过程中得出的一些"法子"。我们不是创作理论的人,而是将前人、名家的理论运用到自身的教学过程中。有些理论在实际的操作过程中一定会有这样、那样的问题,或者根本不适合我们的教学之用;有些理论在被我们使用的过程中,或多或少地糅合了自己的观点、思考,久而久之便成了实用的"法子"。所以,我觉得一定要找自己在一线教学过程中觉得成功的经验,这样的经验一定会有一定的理论来作为支撑的。

其次,我是语文教师,优势在于与孩子们常常一起阅读着许多的儿童文学作品,多多少少会了解到他们内心的所思、所需。立足本职、不越位,让自己的思想"稚嫩"些,或许是最好的一种方法,"无为而治"的思想想来也有许多的道理。"无为",不为那些虚浮的假象去治学，不畏那些曾让我们"无知"的知识，不违背从事的基础教育教学的规律与孩子们成长的认知规律。

许多人对自己是小学教师而感到"自卑"或"茫然"，不知道自己能做成什么或该做些什么？在这样的想法的支配下，老师们始终不敢逾越许多的"障碍"，总是在徘徊。实际上，"小学""中学""高中""大学"等称谓仅是一个称谓，并没有"大""小"与"多""少"之分，有区别的是内心的那份需求或梦想。

我们小学教师有时很"天真"，因为常与孩子们打交道，时间长了，行为方式也显得有些"小"，甚至会出现一些在社会人看来不可思议的举动。正是这些"不可思议"的举动，会造就我们成为"孩子王"，兴许还有成为"教育家"的可能。

思维"童话"式是与孩子们在一起时必备的一项技能，在这个上面小学语文教师有着其他学科教师不能比拟的优势。这点我们应该充分地利用、展示。这是我思考的第二个方面。

我们每个人都在各自的工作岗位上碌碌无为许多年，回首时总感叹时光的流逝、自己的一无所获。基于根源是我们没有抓住"点"，着眼"发展"。每个人都有自己独特的一面，正所谓"天底下没有相同的两片树叶"也就是这个道理。我们每位教师一定都有自身存立于天地的"点"。这个"点"就是我们在与孩子们在一起时寻找的优势。课堂教学也好，课外阅读也罢；课堂作文教学也好，课后的作文实践操作也罢……如此的方方面面，我们不可能兼顾到，也不可能都做到最好，能抓住其中的"一点"，发展、拓展、延伸，使之极致，那就是自己"个性"，那就是别人羡慕不来的"专业发展"。

造就学生的前提是发展自己。我们每一位教师都应该立足自身，寻找亮点，从而孜孜不倦地去思考、探索，最终势必会形成自己的"特色"。

我这次的讲座总标题为《以点带面促提升，读写结合寻佳径》，基于以上的思考又分为两个步骤去阐述自己的这些内容，先是自我发展的之路《写博：让我们走近心中的梦想》，接着便是自身专业素质发展的思考、探求《小学生作文实践操作思考与研究》。

3

去商丘之前，稍稍了解了一下商丘的历史，顿感全身振奋：那是中华民族的起源之地，人称中原大地，内心的那份敬意油然而生。读万卷书，还真不如行万里路。

结束商丘培训讲座之后，李老师一定要带我去她们的古城瞧瞧。虽然我不知古城究竟有何看头，但从李老师描述的语气中却能感受到她的那份自豪与骄傲。

我也看过一些所谓的"古城""古镇"，太多的是人文制造的景观比较多。我也想象着商丘古城是否与我的所看过的那些"古迹"是否一个模样呢？

还未到古城的南门，首先映入眼帘的是那栽植在河道边的那一排排的柳树，随风飘摆自然有万种风情。一座拱形的桥横跨在古河道上。踏过拱桥，迈入了遥远的原古气息。人来人往，车来车往的是古城中人们不变的朝起夕落的生活规则。从城门洞中走出的人们不紧不慢，丝毫没有赶集似的心情，反倒是多了几份晃悠晃悠的自在，这是"慢生活"，一种怡然自得的生存状态。

古城的南门城楼墙额上写着"拱阳门"，这座门是古城迎接清晨第一缕阳光的场所，那朝气蓬勃的气息也由此开始。

漫步在古城不宽的接到上，来往的都是那小小的公交车，耳边传来的是各种嘈杂的声响，似乎让游客们回到了那熙熙攘攘的古老街道。两边的商铺依旧保存着古老的店铺方式，各行各业，琳琅满目,无奇不有,让人顿生爱慕之心,好奇心也会随着心到处飞扬。

沿着南北纵向的街道,我们一直走到北边的城墙边,转过门洞,回眼一看,"拱辰门"三个字跃入眼眶。李老师告诉我:当夜晚来临之际,拱辰门正对的是北斗七星,别有一番风情。

登上古老的城墙,在导游的介绍之下,了解到许多有关商丘古城厚重的历史,留给我印象最深的莫过于城池的规制:

> 城内地势呈龟背形状,共93条街道,在古代的八卦学说中,9是最大的数字,而3是万物的源泉,所谓一生二,二生三,三生万物,所以93是一个吉利的数字。俯瞰全城,如棋盘状。明嘉靖以后至清初,城内出过两位大学士(宰相)、五位尚书以及十几位侍郎、巡抚、吏卒、总兵、著名文人,因此,官府、官宅建筑颇多。宽阔的护城河碧波荡漾,环绕全城。鸟瞰商丘古城,外圆内方,犹如一枚巨大的"古铜钱币"。外为土筑的护城大堤,即城郭,呈圆形,象征天;内为砖砌的城墙呈方形,象征地。外阳而内阴,阴阳结合便是天地相生,如此整个城池便成为阴阳合一、天人合一的大宇宙的象征,商丘古城也便有了与日月同在的道理。

商丘古城中最有名的景点便是"壮悔堂",它的主人是侯方域。这个人的名字可能有一些人不是很熟悉,但如果说到《桃花扇》这部昆剧,许多人都有所耳闻。而《桃花扇》描述的正是侯方域与江南名妓李香君的爱情故事。当然,文学作品是来源于生活,往往又高于生活。参观完"壮悔堂",你再也不会对这部小说报怀疑的态度。因为历史就停滞在那里,你可以用心去触摸历史,感受历史。

中原大地是中华民族历史的来源地,有的是厚重的历史,有的是让人为之震撼的区域。火神台便是另一处不一样风景的场所。

火神台又叫阏伯（èbó）台、火星台，位于商丘古城西南1.5公里火星台村。是距今4000多年的观星台的遗址。它比东汉天文学家张衡在洛阳建的灵台，还早2200多年，是我国现存最早的观星台。火神台形如墓，高35米，火神台台上建有阏伯庙，大殿、拜厅、钟鼓楼等俱全。台下有戏楼、大禅门等建筑。

原始人类在没有火之前都是生吃，处在冰冷的世界之中，当火种在大地上生成之后，带给人类的是一次历史的飞跃，保护火种是及时重要的一项工作任务。火神台由此诞生。

火神台在一个高高的土丘上，他们的部落名为"商"，坐落在土丘之上，久之便呼为"商丘"之地，这也是商丘名称的来源传说之一。在商丘城市之中，"商"的甲骨形态到处都是。大大的一个漂亮的、立体的"商"字矗立在城市中心广场之上。在此基础上，这样的部落的人被称为"商人"，相互交换的东西叫"商品"，从事这样的交易称之为"商业"，等等如此说法流传在人们口口相传的故事里。于是，商丘成了"华商"公认的生意祖地。

我待的日子里，感受到华商大会即将召开前夕的那份热闹。

4

穿过城墙的门洞，来到了另外一个世界，古色古香，逍遥自在的过着自我的日子，不急不躁地享受着当下的生活，这就是商丘人留给我的生活印象。

或许有人会说：这是一种慵散，错了！这是一种真正的对"生活"的理解。生活就是让自己的心灵得到最大的释然，生活就是让自己的周身都洋溢着幸福的泡泡，生活就是由内而外都得到滋润。这就是商丘人留给我的生活印象。

初到商丘的那个夜晚，我打开电脑，准备试运行自己的讲稿，猛然间发现电脑适配器没有电流通过的信号，是不是插座的问题呢？我一直摆弄着，最终的结果是：适配器坏了。着急之余，我告知了李老师，她也很着急，说第二天一早会过来解决，顺便带上自己的电脑。

第二天早晨，我早早地就醒来了。不多一会，李老师也来到了宾馆，带来了她的电脑，我将讲座PPT拷到了她的电脑中，一切都准备停当，内心也踏实了许多。

这是第一次在"危急"之下接触到的商丘人，热情。

早晨的讲座在众目之下完成了。李老师说带我去学校对面的电子城买一个适配器。我应允了。

"买这样的配件，最好是到专卖店去买，那样会买到好的东西。"李老师提醒着。

"专卖店的东西比较贵的。"我将自己的担忧说了出来。李老师说不要紧，先去看看。走不多远，戴尔专卖店出现在我们的视线中。我们走了进去。

这是一间不大的专卖店，开店的是两位年轻人。看到我们进门，女主人笑嘻嘻地迎接着我们。询问过我们的意图之后，我们开始了与他们之间的购买交易。

他们拿出了原配的适配器。我问了一下价格。"270元。""最低价是多少呢？""240元。"女主人不紧不慢地说着价格。我一听，比我们那里便宜多了，赶紧说："就买这个吧！"事后，李老师笑我，说："这个价格还可以再还的，你怎么就这样买了呢？"我告诉她这个价格比我们当地便宜多了，我还问过更贵价格的适配器，虽然我不知道究竟价格是多少，但这样的价格在我们当地是绝对买不到的，这是我承受的价格之内，为何不买呢？

付了钱，我们准备要走。我拿着坏了的适配器对女主人说："这个就没有用了,扔在你们这里了。"女主人说:"这样吧,我来试一试,你这个究竟是坏在哪里了。"说完,她用线接了起来,并且盘弄着,最终确定是连接线出了问题,并且说:"这样的话,你们就不必要买整个的配件了,只需10元买一个连接线就可以了。"我当时还是有些惊讶的,"商人"是从商丘往外发展的,居然有如此厚道的生意之道。

这是第二次见识商丘人的热情,只是多了一份厚道。

第三日,我随李老师去了永城市的芒砀山旅游风景区,汉王墓的悠久历史自然不必多说。在参观完梁共王墓之后,导游带我们准备去1.5公里之外的汉高祖斩蛇起义纪念碑。在下乡的路程上,李老师准备带我坐游览车,导游对我们说:"我建议你们不要坐。"

"为啥?"

"因为这么一点点短的距离,坐个车子来去,太不值得了。"

我觉得更是奇怪,与导游聊了起来:"客人要坐旅游车不是为景区增加收入吗?为何还有有如此的建议呢?"

导游嫣然一笑:"我觉得不值得,那样岂不是浪费钱吗?"好一个如此"吃里爬外"的导游,处处在为游客考虑。

一方水土养一方人。这就是商丘这块滋养了中华大地的肥沃土壤造就的淳厚中原人的豪迈情怀。

这是我第三次见识商丘人的热情,更多的是那份大德厚道。

午后的蒲塘

我出生在渔歌蒲塘桥集镇,离开她十多个年头了。暖暖的冬日照在身上,猛然间有想去瞧瞧的心情,问及孩子是否愿意去,他也疾呼:"好的!我要去看看米厂!去胖奶奶家看看,看看那条摇尾巴的小狗,还有……"满脸的喜悦。他自出生三个月大就在渔歌,由爷爷、奶奶带到三周岁,那里的许许多多都有着眷念。下午,我们乘车去了蒲塘集镇。

我们穿过粮管所的场地,来到了原居住的地方。现在早已人去楼空,留下的都是难忘的记忆。

门前,是我小时候常常玩耍的河,一到夏天,这条河里全是游泳的人。河对岸是住着许多人家,这么多年过去了,基本没有多少变化。我与孩子顺着田埂寻找我小时候看鹅而丢鹅的场所,兴趣盎然。我们来到了蒲塘桥。

蒲塘桥,位于小城蒲塘镇南,是小城现存的最大的一座古桥。出城南行二十五华里,有一条蒲塘河,河上并列着两座桥。北边的新桥连接着宁高公路干线,桥上车流日夜奔驰不息,与桥下永远悠悠然的河水,立交成一幅时代感鲜明的独特画面。南面的是一座古老的连拱石桥。桥身的石缝间长着青草,桥墩的石面上爬满了青苔,还有那连拱的九孔，每到月圆时，大孔的倒影在水中组成了九个初升的圆月，如梦如幻。高高拱起的桥身，让人感到它似乎负载着厚重的历史，它就是国家级保护文物——蒲塘桥。

这座桥是多孔连续性拱桥。有九个大孔，长九十多米，净宽近六米。桥下有八个带分水尖的桥墩，中心孔最大，跨度有十多米，两侧各孔逐渐收小。据历史记载：施工时，"先以桩木绝河而下之，次以石固其两崖。河之中垒石为趾，分九瓮，水去无滞，上以版石通墁，两旁栏干石壁立"。这座桥建造到如今已有四百八十多年了。上世纪末，交通量急剧增加，桥面上有重型车辆经常行驶，超过了桥的承载能力，所以桥的侧墙局部都有脱落的现象，拱圈横拉条石也有多处断裂，部分拱圈及桥墩向外倾斜，对行车安全造成了威胁。政府在老桥的西面另外建造了一座新桥，将老桥公布为市、县级文物保护单位。

关于蒲塘桥的修建，有一个流传的美丽传说：

明代弘治年间，当地有个书生名叫赵琪，寡母在六十大寿时，说出了自己的一个愿望，希望儿子能在门前的蒲塘河上造一座坚固的石桥，方便来往的路人。儿子非常孝顺，一口就答应了。儿媳从小在蒲塘河边长大，她亲眼目睹过来来往往河道间的人风里来雨里去艰辛的情景，甚至于还有船翻人亡的悲剧。

小俩口筹钱准备造桥。谁知还没有开工，赵琪因为积劳成疾不幸去世了，造桥的重任落到了赵家两代寡妇肩上。她们请来能工巧匠，花了将近五年的时间，先后造了两座五拱和七拱石桥，都被洪水冲垮了。工匠们没了主意，但婆媳二人决心继续造桥。

正当婆媳两人一筹莫展时，门外来了一位高人，他告诉大家：石臼湖里有九条蚊龙，每当发洪水时，这九条龙就会游到上游去玩，因为九条龙都要争着过五拱或七拱，结果就造成了桥的倒塌。如果桥有九个孔，九龙戏水时就会各走各的道，桥也就不会被冲垮了。

大家一听。就按照高人方法建造桥，一切都很顺利。当造桥工程过半，赵家没有钱粮了，家里只剩下三稻仓的锅巴，工匠们只能一日三餐吃锅巴。这时，又有高人指点：把刨木条刨下的刨花撒入河水，就会有鱼吃。按照这个方法，奇迹真的出现了：刨花一落到河中，立刻变成了成群成群的小刀鱼，打捞上来就可以做成菜肴，大家给这种鱼取名为"刨花鱼"。

蒲塘桥终于造成了，由于它是赵家两代寡妇主持造成的，所以又叫做"寡妇桥"。这只是个美丽的传说。事实上，史料记载：赵琪于明正德三年（1508年）开始，花了五年时间造成了蒲塘桥。

远处的河里有许多的白鹭，记得小时候我也曾捉到过一只小小的白鹭，后来就一直再未见过这样的飞鸟。这些年，白鹭又飞回到这里，看来这里的水质得到了些许的改善。

第三辑

深浅自知

那些人，那些事

颠覆满清专制政府，巩固中华民国，图谋民生幸福，此国民之公意，文实遵之，以忠于国，为众服务。至专制政府既倒，国内无变乱，民国卓立于世界，为列邦公认，斯时文当解临时大总统之职。谨以此誓于国民。

这是孙中山先生就任民国临时大总统时的宣誓。这是长篇历史小说《辛亥演义》中的一段精彩的描述。此书作者王质玉，当代作家，文史学者，山东省招远县人。1948年在《东北日报》副刊发表处女作，1951年出版短篇小说集《红旗兄弟》，后陆续出版中篇小说《反匪霸斗争》、短篇小说集《铁栓入团》。改革开放起初，他关注辛亥革命历史，撰写成了《辛亥演义》。

"演义"在诸多群众的印象中，类似于"戏说"，其实不然。"演义"一词，最早见于《后汉书·周党传》："党等文不能演义，武不能死君。"这样看来，"演义"是指根据史传、融合野史经艺术加工敷演而成的一种通俗的长篇小说。这样题材的作品前提是以讲史为重，还原历史的真实，偏重叙述，故事性强；行文浅显，让大众一读便明白其中的内容与内涵。

不用掐，不用算，

宣统不过三年半。

今年猪吃羊，

种田不纳粮。

在这样的民谣的流传声中的1911年大年初一清晨，湖北省蛇山脚下的奥略楼上多年聚集在一起：《大江报》主笔詹大悲、湖南人蒋翊武和刘复基，他们共同陈析国事，研究革命方略，决心为推翻满清专制王朝做一番事业。这次，他们总共邀请了二十多人来此地商议成立文学社，实质是首次聚义。春天，同盟会决定在长江流域大举。各路人马紧张准备，设机关、建队伍、订计划、筹经费、贮武器，目标只有一个：辛亥革命。

1911年（农历辛亥年）10月10日成功地发动了具有划时代意义武昌起义。武昌起义胜利后的短短两个月内，湖南、广东等十五个省纷纷宣布脱离清政府宣布独立。

公元1912年1月1日，孙文由上海乘专车赴南京就职，沿途城市各地方官吏列队迎送，群众欢呼："共和国万岁！"鞭炮声、口号声响彻云霄。车到南京，南京城内人民拥塞街头，欢声雷动。晚十时，各省代表及陆、海军代表齐集临时总统府大厅。孙文出席登台就职，出现了文章开始的一幕。

1912年2月12日，清帝溥仪退位，清朝灭亡。

作为民主革命，武昌起义接下来辛亥革命前后的系列事件不仅结束了此前立宪派实行君主立宪的努力，而且对此后中国宪政与法治发展，中央及地方政治，中央与地方关系等都起到了关键的影响，对中国的外交，中国的边防形势都有重大影响。

作者王质玉以"演义"的手法，"以传奇之笔触，写辛亥之风雷……形象鲜明，性格独具。尽管是演义之作，却绝无背史虚构之处。"不难怪台湾知名人士深情赞赏："以小说体裁，通俗词句，描绘出辛亥革命，推翻满清之史实，彰显先贤，立意良深。"

倾听"神话"

第一次感受成龙那细腻的《无尽的爱》情感,内心涌动起无数的欢喜。

爱,是人类永恒不变的话题,其中不乏有轰轰烈烈的,有凄凉的,有浪漫的,有思念的,有等待的,有茫然的,还有无奈的,但是不管是哪一种,都是身陷情爱之中的男女难以割舍的:"我们是因为太爱,所以更使得我们痛苦,我们连'爱你'这句话都无法讲!"这是何等的心疼感受?"问世间,情为何物?"

爱,是一种心疼的感觉,是一种期盼的等待……成龙用他那独有的嗓音向我们传递着人类的最神秘的等待,这是怎样的一种感觉啊?!"神话"究竟是梦境还是一种自我内心潜意识的思念呢?"星星坠落,风在吹动!"长城内外除了茫茫的一片荒草,只剩下两颗互相倾诉的心,但却不够长相依,心在跳动:"相信我不变的真心!"

爱,是千年的等待:从遥远的秦皇汉武走到了二千的社会,这又是何等的执着?"神话"向我们叙述着两颗跳动心灵深处所隐藏的秘密,"有我承诺,无论经过多少的寒冬,我决不放手!"这是谁对谁的承诺?这是世纪之间的对话,这是两颗灵魂的对白,这是爱所赋予我们的启迪。

人类在历史的长河中，总是有许多的坎坷等待着我们去走，去经历。少许时刻是轻松的越过，许多时候，我们要背负着心痛慢慢地穿越而行。因为"思念永没有终点"，我们"早习惯了孤独相随。"漫漫的长路中，我们往往是孤独一人，甚至会遭遇自己无法克服的历程，放弃？退缩？流泪？……种种都是毫无办法。唯一让我们选择的仅仅是"微笑"，只有微笑面对，我们才会去选择等待；"再多苦痛也不闪躲"，只有自己能够解救……

人生漫漫征途中，我们要"让爱成为你我心中那永远盛开的花"。两情相约，"穿越时空绝不低头永不放弃的梦"，因为我们有太多的梦想，"我们千万不要忘记我们的约定，唯有真爱追随你我"。

幻由人生

　　看看电影是一件乐事，那是放松思维，给自己减压。《画壁》是一部充满了玄幻色彩的影片，也是一部很唯美的影片，同时也充满了人情世故。看待一部影片，仁者见仁智者见智，众说纷纭的一定非常之多。但本部电影留给我的却是最后那位不懂大师的一句话："幻由人生，贫道何能解！"

　　朱孝廉在古寺里发现了一幅壁画，画中人宛若鲜活灵动。在凝望之时，朱孝廉被一个从壁画出来的仙女牡丹带进了画中的仙境——万花林，并且在女儿国般的仙境中展开了奇幻的冒险、恩爱情仇的故事。

　　恍惚之间，朱孝廉回到了那座寺庙之中，发现壁画上的牡丹被处罚受苦，书僮告知壁画是一幅地狱图。朱孝廉出于义气打算重返"画壁"世界，于是在不动和尚的帮助下，朱孝廉连同后夏与孟龙潭进入仙境，展开了一连串的奇幻冒险旅程。

　　在挣不脱，理还乱的状态之下，朱孝廉回到了现实生活中。

　　这个故事来源于蒲松龄《聊斋志异》第一卷中的《画壁》，整部影片在现实与幻境之间穿插来往，丝毫没有感觉矫情做作。

异史氏曰："幻由心生，此言甚是高妙。——人有淫心，是生褻境；人有褻心，是生怖境。菩萨点化愚蒙，千幻并作，然一切幻象，实皆人心所自生，非复其他。大师苦口婆心，欲度愚顽，惜其不能闻言顿悟，真真枉费大师一片苦心啊。"

人因为有了欲望才有生成了相应的心境，才会去追求过多的浮云；而有了不切实际的浮云，所以才有了太过多的累赘与所谓的"追求"。

傍晚时分，天气晴朗，爸爸与康康一同走在乡间的小路上。此时此刻，满眼都是一片丰收的景象，虽然是已近中秋，但白天的时间还是比较长的，爸爸与康康找了临近池塘边的一块空地坐了下来。

这时，东方出现了月亮。康康拉着爸爸的衣角，高声地问："爸爸，太阳还没有下山，月亮怎么会出来了呢？"爸爸看看了东边的天空，噢！真的，月亮出来。再看看西边的太阳还在山头上呢！康康一而再，再而三地追问着。

爸爸神秘地对康康说："月亮和太阳，原来是一对好朋友。它们经常在一起玩耍，当然，它们在天上有各自的分工。有一首儿歌唱出了月亮的任务：'月姐姐，多变化，初一二，黑麻麻，初三四，银钩样，初八九，似龙牙，十一二，半边瓜，十五银盘高高挂。'"爸爸一边说，一边指着天上弯弯的月亮让康康看。"太阳的任务是白天照耀大地，给万物以阳光。"

康康着急地站了起来，指着东边与西边的月亮、太阳追问着:"太阳和月亮现在怎么不在一起了呢?"爸爸接着说:"两位好朋友经常在一起快乐地玩耍着,一到时间,它们就回到各自的岗位上去工作。"康康托着下巴静静地看着天上的月亮、太阳,想象着它们在一起的欢乐情景:"爸爸,它们在一起荡秋千、捉迷藏吗?它们在一起放风筝吗?它们一定玩得非常开心,是吗?""是的!"爸爸没有打断康康的话。"它们分开的时候,肯定是很难过的!""是啊,但是它们又去工作。"爸爸接上话茬。

停了一会儿时间,爸爸接着说:"可是有一天,它们在一起玩耍得忘记了时间,结果发生事情了。"爸爸眉头紧锁,康康急得握住了小拳头。"到了白天,天空没有了太阳,大地一片漆黑,人们生活在黑暗中。玉皇大帝生气了,宣布以后不准月亮、太阳再见面。""好可怜哦!"康康面露伤心。"怎么办呢?"爸爸看着月亮、太阳思考着。

康康看着升起的月亮,说:"后来,两位好朋友一直没有再相聚。为了想看到对方。它们只好一个早点出来,一个迟些下山。它们一个在东,一个在西,远远地打着招呼。对吧?""对!"说完,爸爸站起身来,"康康,你看,太阳也累了,它下山回家睡觉去了。"

天渐渐地昏暗下来了,爸爸和康康伫立着,久久地看着下山的太阳和升起的月亮。

这是我多年前与孩子的一段生活写照,虽然充满了童趣,但作为成人的我们来看待"太阳"与"月亮"。那只不过是过往云烟的事情,同时太阳与月亮是永不想见面的两种自然事物。我们虽然追求太阳的光辉,但月亮出来,太阳必定失去它的灿烂光辉;而当月亮渐渐隐去它明亮的色泽的时候,太阳也悄然地从东方升起。

我们的生活中许许多多的人在追求中荣华富贵，在名利场上追逐着，甚至于不以牺牲一切代价，追寻那业已不存在的"辉煌""光辉"。如同朱孝廉的三次来往"画壁"一样，那只是南柯一梦、黄粱一梦而已。

　　真实存在的才是硬道理，做好自己才是最关键。"画壁"也只是一幅存在于墙壁上的虚幻，并非是我们生活的追求。

因为有爱

在说文解字中，繁体的"爱"是由"爪"（⺥）、"秃宝盖"（冖）、"心"、"友"四部分组成。"爱"从受从心从夂，受即接受，夂即脚即行走表示付出，心的接受与付出就是爱。

心中有爱，生活就会充满欢欣与快乐。

在遥远的群山之中，藏着一座晶莹得如同蓝宝石般得蓝山。而能达到这座山的必须经过千难万险：巨大蜘蛛的威胁，凶猛的母老虎的阻拦，残暴公花豹的猎杀，还有那力大无比、深不可测的湖怪的抓捕……踏进每一道"危险"，如同来到了鬼门关，煞有一番"壮士一去不复返"的悲烈之行。但，笑猫却一次次地化险为夷，它有怎样的秘诀？因为心中有爱——为心爱的虎皮猫采得治疗耳聋的"兔耳朵草"义无反顾。历经千辛万苦采得到的兔耳朵草被馋嘴的兔子吃掉，笑猫万念俱灰，但奇迹却最终发生——虎皮猫的耳朵渐渐地恢复了听力，这里又有何等的秘诀？因为笑猫心中始终有爱——为心爱的虎皮猫不离不弃。

爱，是杨红樱《笑猫日记·蓝色的兔耳朵草》的主题。因为有爱，老老鼠成了笑猫可以倾诉的对象；因为爱，八只脚的山蜘蛛明白了爱的滋味；因为爱，母老虎泛出了母亲的光辉；因为爱，公花豹相信世上还有真情，还有真爱；因为爱，平日翻江倒海的湖怪静卧湖底……爱，让枯树发芽，铁树开花；爱，让死神远离雨樱，恢复了健康；爱，让失声的虎皮猫听到了天下最好听的声音——"我爱你！"

心中有爱，虽然历经磨难，但内心却是充满了幸福。

老师，我非常感谢您。您是泥土，我是小草。您把我们的大脑里留下了丰富的知识，我要感谢您！

不管风吹雨打，您都认真地教授着我们！老师，我一定会好好学习，不辜负您对我的期望！

这是一封多么朴实，而又情感多么丰富的卡片书信呀！不知不觉中，我的耳边又想起了歌曲《感恩的心》：

……感恩的心，感谢有你/伴我一生/让我有勇气做我自己/感恩的心，感谢命运/花开花落/我一样会珍惜……

一位母亲骑着自行车，带着自己的孩子去上学。母亲的脸上洋溢着欢笑，看得出她的幸福。孩子的脸上同样流露着笑容，可能刚刚才享受完母亲为自己亲手做的早点，嘴角还时不时地舔着，那可是在吮吸着清晨的甘露呀！

自行车慢慢地前行着，母亲也轻松地蹬踏着。孩子坐在自行车的后坐上，双手轻轻地扶着母亲的后腰，那是一种依靠，同时他也再一次地享受着由母亲体内而散发出的浓浓的爱意。

此时的清晨忽然变得明朗起来，因为有了亲情，有了幸福与甜蜜。

自行车经过我的面前，开始向陡坡上艰难地迈进。母亲没有言语，也没有任何地埋怨。有的只是想尽快地踏上坡岗，让孩子早些达到学校。渐渐地，母亲的节奏慢了下来，自行车轮子的转动也变得缓慢起来……

我替母亲的劳累担心起来。

突然，车轮子又迅速地飞转起来。定睛一瞧，原来是孩子发现了母亲的劳累，发现了母亲的付出。他迅捷地跳下了后坐，脚尖掂着地，用力地推动着自行车。他显得非常得轻松、愉悦，脸上显露出欢乐的笑意。

自行车上的母亲迎着晨风，飞扬起的头发亲吻着那张充满了甜甜微笑的脸庞……

自行车在我的视线中慢慢地远去，但母亲与孩子的笑容却一直停留在我的眼前，那笑容像晨起的微风是那样得轻柔。

这就是爱！

藏书不如读书

家长常常问:"老师,我孩子需要买哪些课外图书去读呢?"做教师的我们有时还真的会列出一大堆的清单给家长,如我在班级进行读书月的期间,也在"读书每日收获"单的反面不厌其烦地列出读书的书目。但,每个周末我批阅孩子们读书的内容时,却发现没有几个孩子真正去读我所列出的清单,而是读了他们自己喜欢读的书。

家长和我的态度几乎是有相同之处:多买点书给孩子,多让孩子藏点书,增加点书卷气!只是事实却与我们当初的设想相悖。

藏书只是一种爱好!朋友也常常向我炫耀家里的藏书,邀请我去参观书柜中所藏的最新、最前沿的图书,有时还会展示别人所没有的孤本。泡上一杯茶,静心坐下来聊天,聊一些书的内容时,朋友也能略知一二,只始终不能深入浅出地道出书中的内容,有"走马观花""一目十行"之嫌。私下有些疑惑:藏书是为了读书?为了丰富自己的内涵?

苏轼看来,人们藏书有几大弊病。一是浮慕时名,藏书只是为了获得名声,而非为了钻研学问。二是家中费尽心力收罗得来的藏书，从不阅读，全都束之高阁，只是为了在他人面前有吹嘘的资本。三是把藏书视为私产，不仅自己不读，书亦不外借他人，只是为了收藏而收藏。

（摘自《香港文汇报》）

藏书如果仅仅是为了藏书，那获得的仅仅是一种内心虚浮的满足。我也喜欢藏书，但藏书的目的又是什么呢？偶读苏轼对于藏书的论断，猛然惊醒。

藏书不如读书。

"读书可以令人快乐、获得知识与讯息，还可启发想象力及创造力，更能了解外在世界，进而建立对各种事物的积极态度。"对我们来说，读书不但可以促进我们自己的知识积累，也是一种学习的方法。我们教小学生读书的目的是从书中学到生活中所未接触的一些知识或者认清世事，扩展生活经验。

"有书赶快读！"这是邓拓先生《燕山夜话》中为读书人量身定做的"警示恒言"。

藏的书再多，那也是一种摆设，也只是一堆无用的纸张而已。我们不如将藏书的爱好转化为读书的爱好；将所藏的内容转化为头脑中的知识，或者干脆转化为技能。

清代的一位著名学者包世臣曾经写过很多对联，一直流传至今。其中有一副对联的下联是"补读平生未见书"，还有一副对联的下联写道："闭门遍读家藏书"。对联深刻地警示我们："有书赶快读"。书不是当作摆设和炫耀的"身外之物"，只有把书中内容"读通"、"读熟"，才有可能"读懂"，坚持不断训练，才有可能"会读"，才能真正地有"书卷气"，才达到"言行儒雅"。

邓拓先生还说：有书就赶快读，不论是自己的书，或是借别人的书。即使有些书籍本头太大，内容很多，无法全读，起码也应该扼要地翻阅一遍，知道它的内容，以免将来要用，临时"抓瞎"。

是呀！藏书不如读书，哪怕是偶尔的翻阅，那股书卷之气也会扑面而来，也会附着于身的。读书是一项终身受用的生活技能，也是一种生活乐趣。

有书赶快读吧，书可以使自己明智！

放慢脚步去长大

被同桌将"杨天赖"改成了"杨无赖";由于自己做事总是喜欢"等一等",名字干脆换成了"杨等等";同桌自绘了许多藏宝图,自己还一门心思地追随他去探宝;将写作文说成了"要种几百棵树",目的只有一个——凑数字;由于想钱,所以常常将物品高价变卖给同学;发现好朋友偷东西后没有责备,而是同情……就是这样一个天真透明、快快乐乐的小女生,让我们与她一起欢乐,一起长大。她是女作家章红老师《放慢脚步去长大》作品中的主人公——杨等等。

章红,一位贤惠的妻子,职称的母亲,尽职的编辑,充满激情的写作者。她也是江苏《少年文艺》编辑部的编辑,从事编刊工作十二年,任主编四年。她的作品素材都是来源于她女儿的实际生活。《放慢脚步去长大》中的妈妈唐妮基本上就是以她自己为原型,杨等等也基本上是她亲爱女儿的化身。这本小说向我们传达了"童年"可贵的信息,正如章红老师所说的那样:"这本书首先要献给我的女儿。她的天真、乐观,无邪的想象力与漫无边际的创造力犹如一股清新而猛烈的风,来自那个我已遗忘的遥远世界——童年的世界,将我从现实中稍稍带离,教会我感受人类更本质的一些东西:亲情与爱,内在的自我,纯真的快乐……这本书也是送给自己的一样礼物,它挽留我残存的童心,记录我对童年的发现以及对生命的领悟。写这样一本书是喜乐的,是跟自己玩耍,也是在跟正一天天长大的孩子玩耍,我们相约着重回童年,重温那些幸福时光。"

为人父母的我们在教育自己孩子的时候,往往将孩子的"童年"给丢弃了,从来没有顾及到他们在想些什么?他们需要什么?我们所做的都是以自己的方式强加给他们,并且振振有词地说着"我是为你好的"言语。而文中的唐妮妈妈以及羊爸爸始终宽容着杨等等所做的一切"错误",包容着她的一切"犯错",用心呵护着杨等等"去长大"。

"儿童像一切生物一样,有他自己的自然法则,认识这些法则,按照这种法则调整我们的步伐是于成人有益的,因为成人已经在很大程度上失去了自然的生物节奏。"① 是呀!我们的孩子不是缺少智慧,而是智慧往往被我们扼杀在"自私自利"的管教之中。

健康、自信、自我的成长是我们每一个做家长所要给予孩子的,我们应要好好地蹲下身子,听一听孩子们会跟我们说些什么。因为,孩子的心田里有许多的"幻想",这些"幻想"就是他们成长中的种子,我们需要耐心地等待,"放慢脚步"与孩子"去长大"。德国的凯斯特纳也曾这样说:"儿童的理性可以在学校发展,儿童的身体也可以通过体育来锻炼,但是,可悲的是,儿童的心灵所拥有的第三种力量却被时间所无视,正受到严重的损害。"这是谁的责任?

章红老师在后记中告诫我们:"爱也需要智慧。当一个母亲或父亲,有时是需要格外的自制与涵养,格外的思考与理性,决不能因为他是你的孩子而为所欲为。"我们千万不能将孩子当成我们的"私有财产",而是要尊重他们,将他们置身于成人等同的环境去真诚地

---

① 《现代幼儿教育法》[美]波拉·波尔克·里拉德著,明天出版社,1986年版,第135页。

沟通。"孩子长得很快,孩子长大的每一天,就是在往离你而去的路上迈的一小步。"只有珍惜亲情,珍惜与孩子相处的每一天,那就是阳光,那就是快乐。如一首歌中唱得那样:

轻轻地牵我的手,眼里有满满的温柔／暖暖的感觉,默默地交流,不要太快许下承诺／慢慢地陪着你走,慢慢地知道结果／也许爱永远没有结束的时候,用心爱我／慢慢地陪着你走,慢慢地知道结果／每一天爱我更多,直到天长地久……

幽默风趣的"超人群"

成长的过程中,我们犯错了,不想承认错误,或许想找一个人代替自己去"鞠躬"赔礼;我们遭遇不愿意做的事情时,或许想一个"借口"逃避;我们或许还会"迟到"、白日"做梦";我们在与伙伴相处的过程中,或许会"挑剔"别人,找一些话茬;或许我们还有"头皮屑",被别人说成是"邋遢大王"……

我们常常幻想着自己成为具有"超能量"的人——超人,解决遇到的一切困难或烦恼,也能帮助别人消除一切苦恼。只要你愿意想,所有的这一切,童话作家管家琪老师能帮助你联系上所有的这些"超人"——鞠躬超人、借口超人、迟到超人、做梦超人、挑剔超人、头皮屑超人、邋遢超人……真是无奇不有,无所不在。这些"超人"全都汇聚在"管家琪幽默童话系列"《超人大集合》中的"超人谷"中,相信你一定能寻觅到自己曾有过的蛛丝马迹。

管家琪老师1960年出生于台湾台北,祖籍江苏盐城,台湾辅仁大学历史系毕业,曾担任《民生报》记者七年。她有一颗"不老的童心",正是这颗"童心",成就了她诸多的童话故事,《超人大集合》便是其中之一。管家琪1991年辞职后专业写作至今,已出版创作、翻译和改写的作品三百余册。作品入选德国法兰克福书展最佳童书，曾获台湾金鼎奖等奖项，部分作品被译介成英文、日文、德文等语种。

在"超人谷"中任何一个想打架的人遇到鞠躬超人，"是一件非常费力的事。"因为鞠躬超人在打架之前"总要非常有礼貌地不断鞠躬，不断地说些'对不起'啦、'冒犯'啦、'不好意思'啦之类的话，真是累死人了！"任何一个真正的成功人士，都是既有知识，又有高度情商智慧的人，这也就是我们平时所说的"学会做人"。

梦游超人每次梦游都情不自禁地将家具搬来搬去而苦恼，挑剔超人为重新设计、装潢房子而烦恼，他们都遇到了乐于助人帮人的点子超人。"在点子超人的安排下，梦游超人那种特殊的本事终于有了发挥的机会"，更重要的是连爱挑剔的挑剔超人都极为满意。点子超人自然受到大伙的喜爱，真是"敬他人，即是敬自己；靠自己，胜于靠他人。"

类似这样的故事在《超人大集合》中比比皆是，而每则故事都会让人忍俊不禁，让人爱不释手。只有内心充满"童心"的人才有如此之多的童趣产生，"如果能常常以童话的角度来看世界，世界会变得可爱得多"。

行为决定结果

如果过去的日子曾经教过我们些什么的话,那便是有因必有果——每一个行为都有一个结果。

这是宋美龄的《行为决定命运》短文中的一段话,给予我深深的印记。这句话里包裹的是一个简单的、有些唯心,但又是众人都不能辩解的事实:"因"与"果"的因缘。也正如我们平时所说的"一份付出一份收获""一分耕耘一分收获""天道酬勤"等等如此之说。

当然,那些"投机取巧"之人不认可这样的说法。

中国古人在很久很久之前就已经将"每一个行为都一个结果"做了一个通俗的、有些解嘲的说解:"善有善报恶有恶报,不是不报,时候未到。"听起来似乎是针对"善"与"恶"而言,但仔细地琢磨,却又是说到我们每个人待人待事的态度、结果上。

行为,是我们每个人大脑所支配进行的。每个人都有自己的生活圈,也有自己的做事规则。但无一例外地都有一个最终的思考:获得好的结果,取得好的收获。

近日,受朋友的厚爱,我有一些文字需要进行整理,有希望能成为印刷体成型。回头思量,如果不是平时的"行为"——日积月累的记录，何来素材？如果不是平时的"行为"——对自己的所作所为的思考，何来体例？

行为，如果仅是自己按计划行事的躯体动作，那也仅是"无知无识"，一副"行尸走肉"。这样的"行为"的"结果"可想而知——无功而返、一无所获。这样的"行为"带给我们的只是伤精伤力，没有任何的意义。

行为，不单单是自己的一个简单的动作、思维，而是"自我"的一个创造性的"思想"。"思想"单单是想法，那也仅是毫无生气的文字而已，与简单、重复的肢体行为毫无两样。我理解的"行为"必定是自己日常生活中赋予生命"游流体"——感受着每日生活中的酸甜苦辣，思索着每日的喜怒哀乐，幻想着未来的长久之计。

这才是真正的"行为"。

"深""浅"自知

一头小水羚浸在水中,悠闲自在。岸边,一头母狮在窥伺。母狮没贸然行动,它不知水的深浅。

不久,小水羚满足地站起来了,几乎没伸个懒腰。此举让岸边敌人洞悉:哦,原来那么浅。

母狮蓄锐出击,马上中的。母狮进餐,是在水中小浮岛上进行。

岸上来了群狮子,垂涎欲滴。不过不敢轻举妄动:不知水的深浅,不敢过去抢食。

母狮得意地大快朵颐。一不小心,尸体掉进水里,它下水叼起,一站起来,群狮洞悉:哦,原来那么浅。一拥而上,抢而食之。

人人都不想倒下去,只希望站起来。但无意中,一个张扬跋扈的姿态,便让所有旁观者知道你底牌在哪儿——哦,那么浅。

一切,都是你自己揭发的。

(摘自《永川日报》2011年10月19日版,第五版,作者李碧华)

每个人有每个人的生活状态，如小水羚在水中嬉戏，如一群狮子在岸边的"垂涎欲滴"。每个人也有每个人的生存状态，如母狮"蓄锐出击"捕猎站在水中的小水羚，如一群狮子"一拥而上"，夺抢食物。

无论是生活状态，还是生存状态，他们之间有了一个前奏的衔接——不知所"窥视"的对象涉足"方位"的深浅。一旦明白，便"出击豪夺"。

反过来，我们可以做这样的一个假象故事：

> 一头小水羚浸在水中，悠闲自在。岸边，一头母狮在窥伺。母狮没贸然行动，它不知水的深浅。
>
> 不久，小水羚满足地站起来了，几乎没伸个懒腰。此举让岸边敌人洞悉：哦，原来那么浅。
>
> 母狮蓄锐出击，结果未达目标，跌入水中的暗流之中，没入沟底，呜呼哀哉。

我不是有意修改原作者的故事情节，也不是为了煽情而故意为之。只是我们的生活中有太多类似的故事。许多时候，我们似乎看到了我们认定的"事实"，真正地去实施，却未必成果。

明君有自己的行事规则，也有自己发展目标。他一直努力地做好自己的本职工作，努力、进取是明君的品质。

一年一度的技术大比拼又开始，明君报名参加了，同组别中还有亮子——具有相当技术实力的职员。

一次的劳动技能测试中，明君偶听得别人在议论自己，他也没有太多当回事，也没有过多地打听别人议论的具体内容。在准备的阶段里，大家各自准备着，似乎一切都相安无事。

一天，厂部领导将明君喊到办公室，搬了把椅子让他坐下，说:"小明呀,听说为了这次技术大比拼,你做了不少的努力,也在积极地准备着。"明君点头表示认可。

"我们也知道,你是一位好青年!你未来的路还长着,发展的机会有许多。这次比拼是要靠实力,而不是靠一些其他的渠道获得好成绩。"厂部领导慢条斯理地说着。明君越听越不明白领导在说什么,只是张着嘴巴听着。

厂部领导似乎看出明君不明事理,便笑言:"这次比拼,是公平的!不是靠某个人说的算的,也不是靠投机取巧能获得的。我们希望比赛的同志们不要靠走旁门左道来获得成绩!"领导喝了一口茶水,继续说着,"当然,你的实力我们也是清楚的,好好努力!明白吗?"明君似懂非懂地点点头,懵懵懂懂之中走出了办公室。

明君最后没有取得任何的名次,亮子获得了优异的成绩,获得了胜利。

事后,明君了解到:比赛之前,厂部之中流传着许多有关他比赛"走后门""狂妄之语"的谣传,这些无稽之谈据说都是亮子口出的。两人同住一宿舍,明君如小水羚一般"伸个懒腰"亮子都看在眼里。"知己知彼"之后,亮子明白了明君的"深""浅"。

这一次对于明君是一次打击,他开始"沉寂"。多年来,他一言不发,从不表露自己的任何的想法。亮子也曾经尝试再次去"洞悉",去"窥伺",但终是一无所获。明君一直默默地做着自己该做的事,从一个嫩头青慢慢积蓄了丰富的知识与实践的经验,技能也与日俱增。在以后的岁月中,明君一次次的技能比赛再也没有失手过。

我似乎还想将上述故事中的第二轮再做一个修改:

> 母狮进餐,是在水中小浮岛上进行。岸上来了群狮子,垂涎欲滴。不过不敢轻举妄动:不知水的深浅,不敢过去抢食。

母狮得意地大快朵颐。一不小心，尸体掉进水里，它下水叼起，一站起来，群狮洞悉：哦，原来那么浅。一拥而上，结果群狮们飞奔过来之时，在水中却动弹不得，脸部还显露出痛苦状，原来嚣张跋扈的姿态消失无踪影。原来，母狮蹲踞的是座浮岛，群狮们踏进的是沼泽泥潭。

我们并非能看清别人的"深""浅"而沾沾自喜、得意非凡。其实，别人表露的有时也仅是一个假"浅"，让争名夺利之人失败的是那份心湖的"浅薄"。

"无情有心"

曾几何时,我喜欢读《普希金全集》《海涅诗选》,继而又阅读了朦胧诗人席慕容的诗选。回顾想想,当初完全是为了追捧,或是为了青少年狂的情愫而阅读,没有过多地涉及到大师诗歌中的经典的那些内涵。

近日,得到了吴翠华、陈一标所著的《佛心与童心:日本女童谣诗人金子美玲作品中的佛法意境》,阅读之后,对金子美玲悲凉的身世感到扼腕,内心不能释怀。而她的诗歌更是给我留下了深深的印记。

金子美玲(1903—1930年),上个世纪20年代的日本童谣诗人。她出生于日本山口县大津郡仙崎村。三岁时,她的父亲早逝,母亲后来按照当地的习俗改嫁。二十三岁那年,她嫁给了书店的一名店员,并生下一女,但丈夫不仅寻花问柳,还禁止她做诗。痛苦的金子美铃提出离婚,以为从此就可以解脱。然而,令金子美铃意想不到的是,离婚后,女儿也被判从她身边夺走,这使得她对生活完全绝望了。1930年,年仅二十七岁的诗人自杀身亡。

"无情有心丰富了我们的感情,开阔了我们观看世界的视野。""无情有心"看似是"无情",实质是内心似火,而生成的无奈的情感，内心却是一种柔然的情怀。因为她生存的环境的人们需要依靠捕获鲸鱼等鱼类而得以生存，在捕获鱼类之后，渔民们都会进行一定的仪式，其中不乏有诸多的如同佛事般的感恩。如金子美玲的《鲸鱼法会》就是如此场景的描绘。

鲸鱼法会是在晚春，
海中可以捕到飞鱼的时候。

海边寺院的钟声，
飘摇渡过水面的时候；
村里的渔夫披着外挂，
赶到海边的寺院的时候
海岸的小鲸鱼自己一个，
一边听着钟声，
好想好想死去的父亲、死去的母亲
一边哭泣。

钟声，能从海面
传到多远的海里去呢。

　　金子美玲不单单写出了渔民们的收获，更多的是写出了鱼儿为人类生存而做出的牺牲，童谣中"蕴含着佛心，有一种超越温柔的特质"。

　　我们人类是大自然界生物链中的一环，失去了与周围"链"的关联，人类将会被"蜕化"，甚至会"濒临灭绝"。之所以成为了"高等动物"，就是由于周围的鱼同鲸鱼一般的生物界的"物"给予了人类丰富的"食粮"。金子美玲感触到这点，于是呼唤出上述如此般的声音,"使她的作品在纯真的童心中透显出淡淡的佛心。"

蜜蜂在花里,
花在庭院里,
庭院在土墙里,
土墙在城市里,
城市在日本里,
日本在世界里,
世界在神里,
就像这样,就像这样,
神在小小的蜜蜂里。

(选自金子美玲的《蜜蜂和神》)

事物的本性是独立的,我们不能观其本质,却过多地去研究"外观",所以"常常善观缘起,总是喜欢以比较、有所分别的心来区别自己与他人;习惯用普遍性的或自我中心性的观点来看到事物,所以无法欣赏自己以外的事物。"其实,一切的一切都是在各自的区域内,"一即一切,一切即一。"

我们自身并非是独立存在的,而是与周围的许多人、事、物相处一"室"。如果没有了这些相处的"那一些",人类的存在也是一片惘然。从这个角度来说,我们何来自高自大,何来独享其尊呢?

即使我张开双臂
也无法飞到天空,
但会飞的小鸟不能像我一样
在地上快速地奔跑。

即使我摇动身体
也不能发出悦耳的声音，
但会响的铃铛不像我
会唱许多歌。

铃铛、小鸟，还有我
大家都不一样，大家都一样好。

（选在金子美玲《我、小鸟、铃铛》）

说说"读书"

我读的书不多,在许多问题上处理问题的能力也一般般。书读的不多,眼见不高。虽然人进中年,但思维却处于矛盾状态:说年轻吧,脑袋中始终掏不出诸多的学识,有时还出现"停滞"的现象;说老化吧,自己也上过几年学、读过几本书。

说到上学,这里也该唠叨几句,因为与读书的多少还是有直接的关联的。

我出生在农村,在上学的那个年代,许多的农家的父母都巴望着自己的孩子能"跳出龙门"——考上一个学校,迁走户口。中学时,我们有机会考取中专,跃出农村。可能自己比较贪玩,所以连续考了三次才上了师范——塑造老师的场所。欢欢喜喜之中,我离开了家乡,患得患失,进了南京市师范学校求学,而高中的大门却永远不可能迈进,更不要说考大学了。

为何说"患得患失"?没有历经过高中,文化的滋养就不够,没有历经过大学,文化的涵养就提升不了。

这是我的"失"。

人也常说:失而复得。等到真正地走进工作岗位之后,恶补不就行了吗?殊不知,我教学之后,由于天资愚钝,教学的常规、技巧是一步一步地摸索着,总比我的同学、伙伴们慢半拍。

慢也没有关系,只要勤奋。在上个世纪的九十年代末,我着实认真地去进行了阅读,为了能提高自己的教学能力,丰富自己的知识。估计那时年龄的缘故,所以看书能记住许多。

正是那个时代,我阅读了大量的文章,图书室中的大多数的图书我都已经阅读完毕。其中对于许多文章的来源我都有清晰的了解。就是在那一个时段,我积累了大量的知识,了解了"小学语文教学中要重视培养"、"同伴辅导教学法"、"学导式教学"、"如何备课"、"无意注意教学"……所有的这一切为我以后的教学思想奠定了坚实的基础。当我阅读完《语文教学实录选评(1985年版)》这本书之后,我写作的欲望开始萌生。就在1997年,我总结了自己的班级管理总结,向《南京教育信息报》投寄了我的稿件,居然也发表了。当我拿着报纸,看到有我名字的文章,内心一阵狂喜:我也能发表文章!

一转几多年,我写了不少的文字,也编著了不少的图书,但自感有些吃力,特别是自己与编辑朱主任聊天之后,我再次对"读书"有了更进一步的感知。

"您写的文章,内容还可以,只是角度上不够新颖。角度不新,方法上就谈不到独特。这样一来,编辑的采稿率相对低!"朱主任总是那么随和。

"我深深地理解'校长参考'版块是从学校的管理层面来论的。我不是校长,我怎么去理论呀?"我也说着自己的感受。

"那么,为什么有些一线教师能写好?因为他们在管理方面掌握的知识比较多!一篇优质的稿件是理论和实践结合最好的。我说的不是学术范围的,学术范围的另当别论!"

"管理,有些老师在意,有些老师不在意;有些老师天性就适合'写',有些老师适合'管'"。

"管理类的稿件只有身在其中,才能写好。校长是管理层的领导者,如果每位教师都能像绝大多数校长那样写好管理类稿子,那么我们中国的教育就有指望了,因为不缺少校长类人才。你看我在这指导你怎样操作,真正让我写,我也不知道会写成什么样子。但编辑就是个主持人,只要运筹帷幄就可以应付工作,当然,做个能写又能编的编辑是人生的高境界。无论遇到任何事,不要把心中那个气球放气!"

"我坚持的是两个原则:境由心造、天道酬勤!"

"我再帮你添上一句:事在人为。不要忽略这一点,很重要,现在社会,掘到底是吃亏的!"

"我的两个原则是'一实一虚'。不管怎样,写点自己喜欢的文章比较好。看点自己喜欢看的报刊、杂志、书籍是更好的。"

"呵呵!希望你尽快将遗憾弥补,不断提高学识、开阔视野、深层思考、创造佳作!"

"谢谢你的厚爱!你这样一说,我一则感到精神振奋,二则感到压力过大。当一事无成时候怎么面对呢?"

"努力吧,蒋老师!我不仅看到你写作的提高,而且看到你教学上做到百尺竿头,更进一步!回到原点,做一个轻松、快乐的自己吧!"

所谓回到"原点"就是让我好好地去看书,好好地积蓄知识的力量。在那一刻,我不再追求那写文的"数量",而是更多寻求"读书"。

该读什么样的书?杂书?专业书?还是纳取百书?我也思考、斟酌了一段时间,始终不得所求。在我接替了又一轮的班级孩子们之后,我读书的欲望更加的强烈:我要多多地了解儿童文学,多多地丰富自己有关儿童文学方面的知识。

就是在那几个年头中,我阅读了朱自强的《经典这样告诉我们》《儿童文学概论》,王林主编的《童书评论与教学》,王富仁、郑国民主编的《儿童文学与中小学语文教学》、周作人的《儿童文学小论 中国新文学的源流》等，虽然阅读了几本，但感觉记忆不了，只能随着阅读在书上圈圈点点、写写画画，事后再做"读后感"。那是自己也尝试着写了《校园乐翻天》的童话故事，虽然有些稚嫩，但迈出了自己坚实的一步，想着读书带给自己的微薄"转型"。

在尝试了童话作品的撰写后，更加的需要营养的滋补，好在结识的台湾著名作家管家琪老师的厚爱，她连续送给我她的作品《复制瞌睡羊》《超人大集合》，让我看到了那文字原来如此的清新、淡雅，那来自生活的观察与纤纤细笔。特别是她的《想像，是童话的翅膀》《联想，编织童话的彩衣》《表达，为童话谱写美丽的乐章》三部作品给予了我更多的遐想与勇气，我又阅读起儿童文学上有关童话的解说。

阅读之余，我没有耽搁总结：《以"儿童心性"引发习作技》《基于"艺术法则"的儿童"习作法则"》《寻求"魔法石"》《以"儿童法则"为准绳，创意作文实践》《以"故事"为基源的写作》《基于艺术的习作法则》《自由表达，贴近儿童生活实际》等一系列儿童文学对小学作文实践操作的作用的拙文出炉、发表。

发表似乎能代表自己的见解的日趋完善，但当编辑李老师看完了我写的有关童话方面的总结文之后的一番话，让我又重新审视自己的"读书"。

"你肯定很少看童话啊！一点想象力都没有。"直言只有好朋友之间才有。我极力地告诉她我的确看了一些，而且也尝试着写了一些。李老师听罢，提醒我：我的写文的思维比较固化，新意不多。从字里行间看出与孩子们缺少交流，因为文字显得有些"土气"，选材总是那么"老调"。她告诉我，童话的精彩不是"理论"层面的精彩，而是故事上的精彩。那些经典的童话故事读完后，内心总是暖暖的。

读书，是要有选择，但一定要会"读书"，要深入其中，了解内容。我力求使自己更为丰富，又购得了王瑞祥的《儿童文学创作论》《中国儿童文学5人（谈梅子涵、方卫平、朱自强、彭懿、曹文轩）》、王全根主编的《儿童文学教程》《小学语文教材七人谈（朱自强、王荣生、徐冬梅、李庆明、郭初阳、周益民、张雪青）》、刘绪源的《儿童文学的三大母题》、佩里·诺德曼和梅维丝·雷默的《儿童文学的乐趣》、梅子涵的《童年书——图画书的儿童文学》以及《中国名家经典童话（金波、张天翼、叶圣陶、葛翠林、严文井）》，希望自己能真正地读点东西。

再说读书

叶开老师的《对抗语文》是一本让所有从事教育工作的老师们都值得去思考的书籍。其中给予我印象深刻的是关于"读书"的讲述。回顾自己的读书历程，额头冒汗：从小开始，自己并没有阅读多少的书籍，从事了教育工作之后，读的书也不是很多。

刚刚接触教育时，是适应，还稍感慌张，所以更多的是适应，而非教书，更谈不上提升自己，那是的我处于懵懵懂懂的状态，始终与同龄人有一定的差距。

经过几年的跌跌撞撞，终于弄明白了"教书"是怎么一回事，又得拼命地去了解教育教学的规律，学习别人（更多的是老教师）的教育教学经验，结合自身进行思考。那是从书籍中去获取这些知识的意识极为单薄，所以读书又丧失了几年的光景。

一晃五年过去了，跨入了新的环境，有了更多的机会与外界接触，方知自己"喝的墨水"不多，此时才想到要"补充能量"，所以在学校图书室找到许多书籍来阅读。这时候的阅读是乱七八糟、带有功利性的——为了使自己带的学生能有一个良好的课堂教学，能使自己能有一些文字的堆积，能使自己在某些方面突破。这样的阅读自然没有真正入心、入脑。

渐渐的，我有了小小的意外的收获，发表了几篇小拙见，写作拼凑的意识猛然间在那几年膨胀得如荷花的花苞。

这样的日子在指尖悄然流逝。那些过往的"成果"都是不能经历历史的洗刷，我逐渐发觉"成果"成为了时间的垃圾。

朋友们常羡慕我：你的孩子的文章一定写得很好，因为"近水楼台先得月"呗。其实，我孩子得到我的习作的指导还真是少的可怜。我几乎都没有教过他，他有的是"阅读"。

我的孩子从幼儿园开始，孩子妈妈就每日给他阅读三篇故事，长年累月下来，孩子的内心储备了许多的故事。这也为他日后的喜爱阅读"垫了底"。到了孩子二年级下学期时，我们开始让孩子自己阅读，在每年的寒暑假，我们也特别安排了读书的计划，虽然有硬性的规定，但真正实施的时候却是灵活、多样的，孩子在这样的"读书"过程中养成了爱读书的习惯。"我儿女的实践证实了，即使在小学一二年级，由浅入深，由有趣到有味，经过一两个学期的训练，她们的阅读兴趣完全可以被激发，阅读能力和理解能力也没有问题。有问题的反而是她们的语文老师和她们的父母——尤其是那些把孩子彻底推给爷爷奶奶和外公外婆，自己晚上去K歌、去Party、去麻将的时尚父母们。"[①]

在小学阶段，我的孩子一旦写到文章，偶尔也会问我，我也只是三言两语、提纲挈领地说个大概。好在，他也不介意我说的是否正确，也不介意我说的是否详细，因为他自己还会去查阅他阅读过的书籍，甚至于寻找到自己曾经阅读过的图书中的章节，然后模仿（我一直觉得有模仿必然有日后的创作），总能在不为难的情况下完成他的文章创作。

孩子写的文章，我都是抱着欣赏的态度去阅读。他的用词、用

[①]《对抗语文》叶开著，复旦大学出版社，2012年1月第1版第2次印刷，第125页。

句以及谋篇布局常常出乎我们的意料。或许，文章的许多方面不能够顺应"应试"的需求，但却符合他的思想，符合他的阅读结果。我与孩子的妈妈常常为孩子的文章而啧啧赞叹。

"很多语文老师和父母，都不知道什么是有效的、正确的阅读，并且想当然地认为小孩子的阅读要弄得浅显一点，才能读懂。这是误导，确实将会贻害无穷。"① 这就是所谓的"言传身教"。正是由于孩子的"阅读"也提醒了我的"阅读思想"。

又一个轮回教学的时候，我的孩子也开始步入了小学的中高阶段，我也开始思考：该好好地向孩子一起读点书了。

孩子有着很强烈的阅读兴趣，他的阅读面相对来说还是比较广的，只是我不能很好地进行引导，也如叶开老师所说的"都不知道什么是有效的、正确的阅读"，只好让他自己选择感兴趣的书籍来读了。这其中也不乏有我推荐的一些一知半解的世界名著和中国的知名的儿童文学作家写的作品。他的阅读速度很快，作为父母，我们常常怀疑他是否认真阅读了，也总要"啰嗦"或"检查"一番，而此时他也总是能应对我们的"考察"。

这样的情景总让我内生敬意。

对于儿童文学作品，与自己的孩子相比，我阅读的不多。好在自己也总能得到朋友们的提醒，让我时时有紧张感，特别是广东的李老师对我的一番鞭策，让我后背直冒冷汗。她询问我读了多少儿童文学作品，我报上几部，她不满意，说太少；又问我阅读了多少童话类的作品，我也聊了自己的一点意见，并且将自己修改的《以"幻想"为特质的童话创作》传递给她，她阅读之后对我直言：所陈述的童话内容不精彩，读罢没有温暖的感觉，猜测我阅读的童话作品太少。

---

① 《对抗语文》叶开著，复旦大学出版社，2012年1月第一版第2次印刷，第129页。

作为一个父亲，作为一名小学语文教师，没有认真、大量地去阅读儿童文学作品，的确没有过多的发言权，特别是对孩子们内心的思想根本无法揣摩。意识到这点，我开始如蜗牛般的去接触一些儿童文学作品，算作弥补自己的"童年"。在这个过程中，我的阅读量、面仍旧是极为稀少，同时也感受到自己在阅读的过程中，心灵的"柔软度"还不够，可能被成人的世故之心牵绊。

叶开老师的《对抗语文》对于我来说，不但是要改变自己对"语文"教学的思考，更重要的还有对自己与孩子们在一起的"读书"的思考。"对抗"的不仅仅是自己杂乱无章的教学思路，更重要的还有那总处于游离的"无畏无惧"的成人思维。

该读点书了！

看书的姿势

　　星期一到星期五的晚上,康完成作业,一切停当准备睡觉之时,常常提出"我看一会书"的要求,我们也应允,理由很简单:喜欢看书总比不看书的好。

　　看到孩子的房间亮着灯,偶尔经过他的房门口,看到他正在阅读,内心总是欢悦的。康能被书所吸引,姑且不管看的书究竟能给他带来多少的"功利",多少的用途,只要喜欢看书,相信就会滋养他的内心。

　　孩子妈妈与我一样,喜欢看到康看书的情形,只是时不时地催促着要注意这样,注意那样,时不时地说上两句"注意不要太迟""注意光线不要太暗"等话语。当她看到康躺在床上看书时,会说:"注意看书的姿势!"当她看到康斜躺在床上,歪着头看书,会说:"这样看书的姿势不对,对眼睛不好!"

　　等等如此的话语,偶尔会提醒着康。

　　康嘴里也是"哦"的一声,但姿势改变甚少,即使改动,也是小挪了一下,继而又恢复了原状。接下来便是"注意看书的姿势"、"哦"、"注意看书的姿势"、"哦"的重复应与答。

　　看书有姿势吗?答案肯定是"否"。

看书有正确的姿势吗？答案一定是含糊不清，最终仍旧是"否"。

看书，是一份心情。孩子在看书的过程中，他关注的是书的内容。他在书籍的情节之中翱翔，任自己的思绪在飞舞。阅读时，他可能已经将自己的身心融入到了故事情节的"一波三折"之中，随着书中的人物一起喜怒哀乐，根本没有在意自己是否有正确的"坐姿"，也毫不避讳自己"不雅姿势"。心情好了，内心就会得到快乐。

看书，是一种体验。看书的姿势究竟如何，我还真没有研究过，也没有听任何的专家给予过定论。无论是大人还是孩子，看书时，都有自己随性而为的姿势，只要自己觉得舒服，就是好。有时，我们在公园可以看到有人躺在草坪上，仰面朝天，手里拿着书，高高地举在那里看书；有时，我们在书店里可以看到许多孩子席地而坐，手里捧着书，聚精会神地看阅读；有时，我们可以看到有人坐在自己家阳台的沙发上，慵懒地斜躺着津津有味地看着书……

他们看书讲究过姿势吗？似乎没有留意。他们有的是一种阅读的体验，一种内心被幸福充溢着的快乐。

正襟危坐的并不一定是在看书，说不定是在装模作样；歪斜懒散并不一定不是在看书。看书，关键是入眼、入心、入脑。

外表的华丽并不一定是好的姿态，由内而外洋溢出的那股蓬蓬勃勃的气息才是最真实、可贵的"姿势"。

"儿童"是什么?

1

作为中国研究儿童文学第一人的周作人先生的《儿童文学小论 中国新文学的源流》一书不能不阅读。署名"止庵"撰的《关于"儿童文学小论"》的前言中提到了本书内容是周作人先生在1912至1914年间撰写的。

止庵在前言中提到"儿童是出发点,也是归结处,这就是'儿童本位'。"这样的话语实在是提醒了我们,提醒着我们:课堂教学不能将"儿童"这个"本位"的东西丢失,而且必须将此放在最最重要的位置上去考虑。"儿童"是人生成长的始、终的"重点"。

于是,"周氏整个人道主义思想体系的一个组成部分"就形成了——保障儿童能有健全完善的生活。这个"生活"便是儿童自我的生存状态与自我的发展趋势。

2

作为基础教育工作者(尤其是小学语文教师)特别注重小学生

的课外阅读，在推荐书目中首推的便是一些童话作品，查阅网络或者各级各类名目的小学生课外阅读推荐书目，"童话"到处充溢着。我们对于"童话"的起源、应用以及它生成的长远的意义不是很清晰。更多的只是知道："童话"符合儿童的阅读心理需求。

"凡童话适用，以幼儿期为最，计自三岁至十岁止。"① 这里很明确地指出了童话适用的年龄阶段：也就是孩子们上幼儿园小班开始到小学三、四年级。为何是这个年龄阶段呢？周作人先生接着做了阐述：

"其时小儿最富空想，童话内容正与相合，用以长养其想像，使即于繁富，感受之力亦渐敏疾，为后日问学之基。"②

这里谈到了三个层次的内容：童话对儿童心性的影响；童话对儿童想象力发展的影响；童话对儿童日后人生观形成的影响。

3

在我们的生活中，总会听到这样的言语：

"他还小，不懂事！"

"他能有什么想法？"

"你别看他的个子这么高了，其实还是一个小孩子。"

……

这样的话语我们都能听得出，说话者是生理上的"大人"，被说者是生理上的"小人"。从这样的话语中，我们不难听出，"大人"们对"小人"们的那种"轻视"：因为小孩子的社会经验少，又没有

---

① 《儿童文学小论 中国新文学的源流》，北京出版集团公司·北京十月文艺出版社，2011年5月第1版，第8页。

② 《儿童文学小论 中国新文学的源流》，北京出版集团公司·北京十月文艺出版社，2011年5月第1版，第8页。

多少的遇事、处事能力，知识相对来说又显得单薄、贫乏。

于是，"大人"们总是不将"小人"们当做一个"人"，只是将他们更多的当做被教育、被训斥、被呵护的弱势群体。

以上的想法在周作人先生看来，显得是那样的缺少"研究"："近来才知道儿童在生理心理上，虽然和大人有点不同，但他仍是完全的人，有他自己的内外两面的生活。"①

儿童生理上"小"，心理上处于成长期的初始阶段，但我们不可将他们作为一个毫无知觉的人来看待。他们也有自己的喜怒哀乐，有自己的是非判断，有自我的审美能力……这些行为、意识都是出自他们内心。我们万不可将"大人"的眼光来强加到他们身上，生成"小人"概念。

无论"大人"也好，"小人"也罢，都是独立的个体，是一个完全的人：有思维、有心智、有主见、有观察、有行为……内在与外延都是存在的，并非缺失了哪一个作为"人"的构件。

作为基础教育工作者在平日的教育中，我们也应充分地考虑到这些"小人"的心智，"我想儿童教育，是应当依了他内外两面的生活的需要，适时其分的供给他，使他生活满足丰富，至于因了这供给的材料与方法而发生的效果，那是当然有的副产物，不必是供给时的唯一目的物。"② 周作人先生这段对于"小人"的教育给予我们深刻的启示。

"依"便是顺应。顺应什么？顺应他们内心需求，顺应他们的发展需求。孩子有孩子的想法，恰到好处地去引导他们，而不要去"强求"或"包办"，这样的教育才是真正的教育。孩子们在这样的

---

① 《儿童文学小论 中国新文学的源流》，北京出版集团公司·北京十月文艺出版社，2011年5月第1版，第42页。

② 《儿童文学小论 中国新文学的源流》，北京出版集团公司·北京十月文艺出版社，2011年5月第1版，第42页。

教育环境中,感知着自己的"需要",长久以往,他们对于学习、生活都会不由自主地生成"幸福感"。

4

现在孩子们大多是独生子,他们缺少真正意义上的"玩伴",更多的时间是在家上网玩游戏,处于一种虚拟的生活场景中;或者看电视,哈哈一笑,使得思维僵化、滞后;节假日,用心良苦的父母总是为孩子们报许多的补习班,生怕自己的孩子输在"起跑线"。孩子们不喜欢这样被安排的"场所",自然也不愿意去接受"知识"、"见识"。

为了增强孩子们的对于自身的一种认同度,我们提及了"课外阅读"。义务教育语文课程标准(2011年版)也说到了阅读的作用:"阅读是运用语言文字获取信息、认识世界、发展思维、获得审美体验的重要途径。"为了保证孩子们真正的"阅读",周作人先生很早就提出:"小学校里的文学的教材与教授,第一须注意于'儿童的'这一点,其次才是效果,如读书的趣味,智情与想像的修养等。"① 他着重点出的是"儿童的",也就是说,我们的选用的"阅读作品"必须是适合儿童阅读,跟他们的生活是息息相关的。

"阅读是学生的个性化行为。阅读教学应引导学生钻研文本,在主动积极的思维和情感活动中,加深理解和体验,有所感悟和思考,受到情感熏陶,获得思想启迪,享受审美乐趣。要珍视学生独特的感受、体验和理解。"义务教育语文课程标准(2011年版)如是说。如果没有他们自身的情感体验、感悟、思考,我们做再多的努力也是"画蛇添足"。

---

① 《儿童文学小论 中国新文学的源流》,北京出版集团公司·北京十月文艺出版社,2011年5月第1版,第42页。

5

儿童的思维是怎样的呢？他们的内心会有哪些思考？类似的问题一旦提出，我们这些大人们会立刻做出一些反映：他们都是小孩子，哪有什么想法？哪有什么思考？我们要多多地告诉他们怎样去生活，怎样去学习，他们有的太多的东西需要学习。

"儿童的精神生活本与原人相似，他的文学是儿歌童话，内容形式不但多与原人的文字相同，而且有许多还是原始社会的遗物，常含有野蛮或荒唐的思想。"① 原来，在我们眼中是那么"无知无识"的孩童居然也有着自己独特的心理感应，也有着与成人一样的思想，甚至还有文学的根基埋在他们的内心。

儿歌童话是从远古时代走来的，是人类认识自然，认识自身的一种独特的文学形式。儿童正如文学的"原始状态"一样，也涵着丰富的"精神生活"，只是暂时无法表达、呈现出来而已。于是，"野蛮""荒唐"便是他们的外显形式，此处用在儿童的身上，实质上是指儿童那种纯天然的、没有受到世俗所"染"的固有气息。作家张晓风在《我交给你们一个孩子》中曾经有过这样的呼唤：

> 学校啊，当我把我的孩子交给你，你保证给他怎样的教育？今天清晨，我交给你一个欢欣诚实又颖悟的小男孩，多年以后，你将还我一个怎样的青年？
>
> 世界啊，今天早晨，我，一个母亲，向你交出她可爱的小男孩，而你们将还我一个怎样的呢？！

---

① 《儿童文学小论 中国新文学的源流》，北京出版集团公司·北京十月文艺出版社，2011年5月第1版，43页。

"一个欢欣诚实又颖悟的小男孩"通过我们多年的学校教育（小的方面说"教师的班级授课教育教学"）会成为一个怎样的孩子？"可爱的小男孩"走入社会之后，通过遇事遇人之后会成为一个怎样的"人"？我们应选择怎样的教育？

关注儿童的"野蛮"极为重要。"野蛮"在我们看来是"任性""不听从教育"等行为举止。但，他们为何有这样的行为呢？我们从事教育教学的工作者是否思考过？个人觉得，那些所谓的"野蛮"实质是儿童们单纯的精神世界的外在表现，而正是这些如同朝露一样，熠熠生辉，还未沾染到尘埃。以此为证，周作人先生做了如下的定论：

> "所以小学校里的正当的文学教育，有这样三种作用：（1）顺应满足儿童之本能的兴趣与趣味，（2）培养并指导那些趣味，（3）唤起以前没有的新的兴趣与趣味。"①

6

我们在对孩子们进行传道、授业、解惑时，一定也要与周先生那样说的去了解孩子们的"心理"体验，以及我们呈现给孩子们的"事物"的价值所在。特别是文学作品的宣讲，直至让孩子们创作文学作品，都不能脱离这点。

"神圣的事只要不过恐怖的限度，总还无妨；因为将来理智发达，儿童自然会不再相信这些，若是过于悲哀或痛苦，便永远在脑里留下一个印象，不会消灭，于后来思想上很有影响；至于残酷的

---

① 《儿童文学小论 中国新文学的源流》，北京出版集团公司·北京十月文艺出版社，2011年5月第1版，第44～45页。

害，更不用说了。"① 周先生在此说到了给孩子们推荐、阅读童话作品的选择上的注意点。

孩子们的心灵是纯真的，他们内心毫无瑕疵，如同晨起的朝露，亮晶晶般可爱。我们不能将本不属于他们的尘埃硬生生地塞给他们。

这些都是属于"推荐"时守候的底线。

---

① 《儿童文学小论 中国新文学的源流》，北京出版集团公司·北京十月文艺出版社，2011年5月第1版，第47页。

像孩子一样地去生活

吃罢晚饭,我与妻一起去散步,和煦的春风开始温柔地轻抚着我们的面颊,感觉着一份惬意,这就是生活。路途之中,偶遇年轻的母亲怀抱一孩,那孩的面庞肥嘟嘟的,眼睛骨碌碌地看着身边的一动一静,眼神之中充满着灵动。

回到家中,翻看着德国作家迪米特尔·茵可夫的《我和小姐姐克拉拉》,为书中的小姐姐克拉拉和"我"(克拉拉的弟弟)有趣的一幕幕生活情形而心花怒放,猛然间想到了路遇的那个天真可爱的孩童,惊呼:像孩子一样地去生活,那该有多幸福!

吃吃喝喝对每个孩童来说那是一份享受,克拉拉和"我"也不例外,他们在吃吃喝喝之中感受着童年带给他们的快乐与自在。樱桃巧克力大蛋糕是妈妈买回来招待客人的,并且嘱咐他们"不许碰这个蛋糕",他们俩嘴里也答应了妈妈的话语,说着"明白"。等妈妈走后,克拉拉拽着"我"一起到厨房,干吗呢?克拉拉说"去瞧瞧,大蛋糕还在不?兴许有人把它偷走了呢!"两人来到厨房看到窗子是开的,就担心起蛋糕,于是拉开了冰箱,看到大蛋糕在,放心了。克拉拉说"我才不想去碰它呢",但嘴上却说"也许,也许它变质了呢?"两人开始尝试吃吃看——看看蛋糕有没有变质,吃了一边又一边,最终将大蛋糕吃完了。

多么有趣的两位孩子,明明想吃蛋糕,却要找出各种理由,这便是"天真""可爱"之处。迪米特尔·茵可夫是德国著名的儿童文学作家,大学时代学习采矿专业,毕业以后却长期从事记者和编辑工作。一九七三年起开始儿童文学创作。这本《我和小姐姐克拉拉》被评论界称赞为"描写童心童趣的当代儿童文学经典之作",对于这点毫不夸张。主人公管克拉拉和"我"地地道道的孩子——他们是儿童的代表,他们有想法(只要觉得是有趣的)就会去行动,根本不顾及到后果,也根本没有去思考大人们的感受。

克拉拉想做好事:给穷人们捐献衣服,还要"我"也加入,规定:"我"捐一条裤子,她捐一件上衣。本来是给穷人的孩子捐衣服的,他俩一想:穷孩子必定有很穷很穷的父母,决定将爸爸的一件毛衣和妈妈的一件绿色外套(刚买的崭新的)捐了出去。后来又说,鞋子也是必需的,于是又捐了四双鞋子(其中有爸爸刚买的新皮鞋),所有物品放置在门口,写上:"今天是收集旧衣物的日子,这些都是为穷人收集的。"爸爸妈妈再去寻找时,东西已经不在了,只闹得爸爸妈妈哭笑不得。

托尼叔叔的妻子是个大学生,原本很苗条,结婚之后越来越胖(怀孕了),克拉拉和"我"非常着急,整天说着"她应该减肥了"。听妈妈说电视节目片"如何在两个礼拜内让体重减去五磅"时,他们俩就急切地告诉了托尼叔叔,还说"她太胖,不成样子了,已经是这条街上腰身最粗的女人了!"小姐姐还冒充理发师给"我"理发,结果她将"我"的头发捣鼓光了才住手;将小狗嗅嗅分成两半,一人照料一半,各人又将嗅嗅染成了一半黑色,一半黄色……

什么是童心?就是儿童时期的自然本心,明代文学家李贽称之为"最初一念之本心",李贽在《童心论》里说:"夫童心者,真心也。""绝假存真,最初一念之本心也。若失却童心,便失却真心;

失却真心，便失却真人，人而非真，全不复有初矣。"① 《我和小姐姐克拉拉》告诉成人，生活就应如孩子们一般，要充满童心与童趣，那样才快乐与幸福。

---

① 《儿童文学与中小学语文教学》王全根、赵静等著，广东教育出版社，2006年版，第29页。

有状态才有成长

"谨以此书献给我的父亲——一个普通小学老师的在天之灵",这是朱永新老师在《写在新教育的边上》扉页上留下的语句。父亲去世以后,朱永新老师就一直想为父亲写点文字,为一个普通小学老师的灵魂写点纪念的文字。父亲对朱永新老师的人生影响重大,教育是他们父子两代人的共同追求。为了新教育实验更好地发展,他在两会的春天里奔走、呐喊;为了更深刻地理解教育,借鉴发达国家教育领域的长处,他在异国的深夜和清晨完成考察记录,在每天不足六个小时的睡眠之外,开阔教育的视野,寻找教育的风景。

朱永新老师对新教育的执着和热情让我感动,而更让我感到深刻的是他对状态的理解。他认为"有了状态的人,他就会不断地寻找与探索,不断地行动与努力,他总会找到适合自己的方法,总会收获成功。而没有状态的人,即使他才高八斗,但是无所事事,最后也只能是一事无成"。正因为有"状态",他的父亲才成为全国优秀教师;正因为有"状态",这本书才应运而生。我想,也正是因为有"状态",他才对新教育的工作充满热情,孜孜不倦。

而"新教育实验也一直坚持把激发教师与学生的精神状态,作为一个重要的理念。"在教育的事业中,我们常常会遭受到别人的质疑，甚至于别人的嘲讽、责骂。他从"教育"的角度，让我们学会思考：对待责骂，我们不妨改变一下态度：骂对了，笑一笑，从心底感谢，因为别人帮助你发现了错误，"闻过则喜"呀！骂错了，笑一笑，不知者不怪，或者别人的"责骂"是一种善意的提醒，告诫自己今后不要犯错误。

在书中，朱永新老师告诫我们："骂"有时是一种帮助。别人对你的缺点指出时，内心一时肯定不能达到平静。但平静之后再回味，那是一种怎样的关心与关怀呢？别人正是出于"公心"而对自己的缺点进行"指手画脚"，这也是需要勇气的！别人在毫无"关联"的情况下，对我们进行了指点、"责骂"，这也正悄无声息地帮助我们纠正人生中的错误与不足。

我们每个人都可以在别人的"骂"中提升自己的修养，在别人的"骂"中提升自身的内涵。生活在世界上，生活在人群中，生活在生活中，我们没有可能不被别人"骂"。朱永新老师对待争议、责骂的大度和友善，正是对"状态"最好的积极面对和自我调整，他用行动将别人的"责骂"转化为更加努力工作的动力。这启发我们，在教育事业的征程中，如何无畏困难，如何不惧非议，如何保持高昂的状态面对自己每一天的工作和终身事业，在"骂"声中提醒自己不断地进步！

朱永新老师一直致力于"新教育"的研究，新教育实验的目标是"追求理想，超越自我"。之所以称之为教育的边上，因为本书是跳出"教育视线"看"教育"，让大家对教育有更多"想象的余地"，从而更好地关注教育，真正实践新教育的目的"是为了人的发展"。

教师就是这样

1

每一位教师都有自己的追求,有保持有关个人价值和生活的意义的需要;如按个人目标追求自我成长与成就的需要;承担有意义的、重要的或富有挑战性工作,以表明自我能力与价值的需求等等。这便是我们通常所说的"价值取向"。

"研究对于教师而言,应该成为一种专业生活的方式,一种改进教学的手段,一种丰富心灵的良方,让我们在研究中成长,在研究中收获,感受幸福。"① 这就是刘波老师在《从新手到研究型教师:我的专业成长手记》中阐述的自我"价值取向"。

刘波——浙江省仁爱中学教科室主任、学校教师读书社社长,他有着许多的民间的光环:《中小学心理健康教育》杂志首届十佳作者、《德育报》特约记者、《教师博览》首批签约作者、《中国教师报》教师读书写作俱乐部副会长。"从教十年来,在充满生机和活力的学校里,我心无旁骛地从事着自己的教学和研究,并从中享受着成长的快乐。"是什么激励着刘波老师享受着"教师"这份职业的快

---

① 《从新手到研究型教师》刘波著,宁波出版社,2011年5月第1版,第6页。

乐呢?

据考证,一只蚂蚁可以举起它体重13倍的东西,原因很简单,其他动物都在想如何超越别人,而蚂蚁所超越的,却是自我。刘波老师的成长历程就是在不断地"超越自我":他不敢寂寞,做草根研究的"践行者";他不断思索,做教育科研的"领跑者";他博览群书,做专业刊物的"博览者";他不断汲取,做专家学者的"追随者";他擦亮慧眼,做教育热点的"关注者";他与时俱进,做网络时代的"弄潮儿";他高山仰止,做心怀感恩的"有心人"……正是由于这十多年来的不懈努力,他全力以赴使希望变成现实。他用自己的行动告诉我们:前进中最大的障碍不是别人,而是我们自身,只有超越了自我,才懂得怎样去获取成就;只有超越了自我,才明白如何接纳自己以外的一切。

我们适度地避开舒适,不断寻求挑战,体内就会发生奇妙的变化,从而获得新的动力和力量。令你开心的事不在别处,就在你身上。现代社会是一个竞争的时代,我们时时、处处都在竞争。有的人往往会愚钝地创造一种舒适的生活方式,使自己生活得风平浪静。实际上事实并非如此。有时候我们不做一件事,是因为我们没有把握做好;我们感到自己"状态不佳"或精力不足时,往往会把必须做的事放在一边。但是有些事一旦做起来了便会乐在其中。

"研究,让教育生活更美好!"①

2

许多时候,经常听到别人在说:"我做了许多事情,怎么得到这样的回报呢?"有时候也听到有人埋怨自己所处的工作环境的"恶劣",认为自己的付出与回报不能成为正比。也有的时候听到有人对

---

① 《从新手到研究型教师》刘波著,宁波出版社,2011年5月第1版,第6页。

自己所从事的工作感到疲倦、厌倦，直至放弃，交流的过程中，流露出的是对原环境的失望。

作家、诗人雪莱曾说："过去属于死神，未来才属于你自己！"过去已成为历史，我们要把它装进行囊，小心而认真地说"那是童年！"今天和明天才是自己真正该走的路，有道是"把握一个今天胜似两个明天。"许多时候，我们一线教师忙于经验教学，而忽视了对自身教育教学的总结，忽视了对自身的教育教学的经验的挖掘，一直以来觉得自身就是一名"教书匠"。"教师首先是教师，然后才是学科教师。"①

教师是什么？教师是传道、授业、解惑之人。作为教师，天天与文字打交道，天天接触的是文本，我们不可能也不能回避一个事实：写作。写作应该是作为教师的一项教学基本功；写作，应该成为教师的日常行为规范。"写文章的过程，其实也是梳理自己思路的过程。在这个过程中，我对自己的定位更加明确，让自己的发展有了更强的'方向感'"。②

一线教师要想成为"写手"需要一段长时间的磨炼或者说"阵痛"。因为我们的写与自己的教是密不可分的，我们不可能偏离一方，那样只会顾此失彼、本末倒置。从主观上来说，自身要不断地学习、研究、探索。要认真对待自己的每一堂课，要认真对待自己的每一届学生，要"循循善诱"。我们的写作一般都是在业余时间，在完成繁重的教学任务之外，要付出许多的辛劳。所以，我们要有坚定的志向，要有"衣带渐宽终不悔，为伊消得人憔悴"的执着，相信："蓦然回首，那人却在灯火阑珊处"。刘波老师以自己的亲身实践告诉我们："读专家学者的优秀著作，既可以打开自己的思路，开阔自己的视野，同时也可以写些心得体会文章，读写结合，效果

---

① 《从新手到研究型教师》刘波著，宁波出版社，2011年5月第1版，第32页。
② 《从新手到研究型教师》刘波著，宁波出版社，2011年5月第1版，第63页。

更好……我通过这样的方式做专家学者的'追随者',让自己走进了专业发展的'春天里'"。①

教师因写作而美,写作为教师增彩。

江苏省特级教师、南通市通州区二甲校长凌宗伟对《从新手到研究型教师:我的专业成长手记》如是说:"如果,这本书是教坛新手走向研究型教师的教材,那一串串深深的脚印无不给胸怀理想的青年教师们指引着一个可以遵循的方向;如果说,这本书市一个教育人对教师和教育的反思,那字里行间散落出来的无不是责任和忧思的光芒。"我们的心境就应该如刘波老师那样沉静,我们的方向就应该如刘波老师那样明确,我们应该以学生的发展为己任,"造就"在先,"成就"在果,让自己从"新手"到"研究"。

---

① 《从新手到研究型教师》刘波著,宁波出版社,2011年5月第1版,第141页。

十年磨一"见"

一个人的长期行为是习惯，一群人长期的行为就是习俗，而当这个"习俗"作为一个社会群体特殊存在的样式时，就成了"文化"。由学校全体成员共同认可和遵守的价值观念、道德标准、行为规范、办学理念、管理方式、规章制度等方面，从而发展学生全面性为最终目标的东西就是"学校文化"。"文化"在汉语中是"人文教化"的简称，前提是有"人"才有文化。

浙江宁波镇海区精英小学的"校本研修"长达十年的实践探索，"积累了有效引领少年儿童按照自身身心发展规律，获得自身健康成长的经验"——《童心的回应与引领——基于儿童本真的小学教育创新实践》，传递着这样一条信息：一所学校的文化传承靠的是继承和发扬优良传统，利用资源优势，不断实践、不断改进，为教师的专业发展搭建必需的平台，体现教育实践的时代要求与社会要求。

这便是"学校文化"。

1. 回归童心：情理融通

"情"与"理"是中国文化的一个重要话题，也是当今教育的一个基本问题。简言之,"情"是指人与人之间的情感,对于学校来说,最为普遍的就是师生在教育教学过程中衍生的与"情"有关的各式的情感;"理"泛指"道理",对于小学来说,便是顺应儿童认知、心理发展的各式课程。"情""理"的融合是将感性认知与理性认知融为一体的圆融或中庸。

儿童是什么?儿童,是精灵:纯真的心灵、简单的心思、朴实的笑容、直白的语言……儿童的身上没有半点浮华之气,也毫无社会的污秽之风。他们纯洁的内心世界有的只是自己独来独往的行为。

童心是什么?所谓童心,即儿童时期的自然本心,明代文学家李贽称之为"最初一念之本心",李贽在《童心论》里说:"夫童心者,真心也。""绝假存真,最初一念之本心也。若失却童心,便失却真心;失却真心,便失却真人,人而非真,全不复有初矣。"①

镇海区精英小学在"弹性数学作业"的课题研究过程中,"一扫传统数学作业的单调乏味"的状态,使得数学作业变得"可亲可近",让"童心绽放",实现"情理融通"。例如"四边形"这一课堂作为学校课题——开放性作业的探索和实施的实践,全校数学老师共同努力,设计了大量有趣的实践性作业,以课前了解型作业、课中活动型作业、课后延伸拓展型作业为主线,让学生参与一系列活动,认识四边形,了解其特征,并掌握一定的学习技能和解决问题的能力。

课前作业,"让学生带着想法去生活中寻找四边形,并用自己喜欢的形式记录下来,带进课堂。学生在课前收集了大量的四边形,有的用相机拍摄下来了四边形物件,有的带了四边形图片,还有的把实物带到课堂上了。"

课堂上,学生进行了汇报,有"涂色游戏"形式,有"利用钉

---

① 《儿童文学与中小学语文教学》王全根、赵静等著,广东教育出版社,2006年版,第29页。

子板和橡皮筋围一围",有"礼品屋"呈现,有"综合游戏"型……下课后,学生的兴致仍旧高涨,他们继续以各类游戏的形式进行获取知识。

"那一个个闪现学生智慧结晶的作业成果,那一篇篇有感而发的精彩数学日记,那一份份排版精美、内容翔实的数学手抄报,那一项项趣味盎然的数学研究小课题,足以证明学生对开放性作业的渴求和热诚。"

教师运用自己的"情"触及学生学习的"情",感知数学的"理",在"形形色色的数学挑战中,学生由表及里应用数学知识,走近数学的本质,体验着数学的魅力,他们的数学学习生命得以绚烂绽放"。

2. 回应童心:知行合一

我们经常讲"寓教于乐",实际上,这里的"乐"就应该是"对儿童经验的唤起和儿童乐于体验的动机和方式",表现在课程中,就是重视学习者的积极性、鼓励学习者主动参与、肯定学习者个人的经历和体验。[①] 知中有行,行中有知。知必然要表现为行,不行不能算真知。认识和意识必然表现为行为,如果不去行动,不能算是真知。

"对于儿童来说,他们需要的教学过程应当充满'童趣'和'童乐'。"镇海区精英小学如此说了,也如此做了。他们努力让品德"牵手"童趣,因为他们认识到:"童趣化是小学阶段以人为本教学思想的体现","关注人成长的小学品德课应该最大限度地实现童趣化","童趣化不单是一种教育行为,更应体现在整个课程的体系之中"……实验中,老师们自编的校本教材——《厚德童趣园》便是典型的事例。

---

① 《儿童文学与中小学语文教学》王全根、赵静等著,广东教育出版社,2006年版,第61页。

该教材是新课程浙教版思想品德教材的有益补充和延伸,是连接生活的桥梁和中介,同时也是实施童趣化教学的一种文本依托。该教材的每个单元由"生活回应""回应生活"两个板块组成。

"生活回应"板块,关注学生的生活,不遗余力地鼓励和引导学生感知生活、熟悉生活,把学生喜闻乐见的故事、寓言、儿歌以及贴近他们生活的真实事件引入品德学习中,促进学生德奥认知的提高。

"回应生活"板块,其形式多样、内容丰富的品德作业时学生实践的平台。通过调查、采访、参观、游戏的方式,让学生走出课堂,走向生活。这些丰富的实践作业,从课堂延伸到家庭,延伸到社区,涵盖了学生的所有生活场景,这些活动将提高学生的实践能力,增强他们的才干,促进学生品德内化和提升。

精英小学在教学中通过游戏活动、情景模拟、故事讲演、欣赏感悟、角色扮演等形式,使学生处于积极活动状态之中,让他们用自己的心灵感受世界,用自己的方式探索世界,用自己的语言表达感受。"润物细无声"、潜移默化的校本研修之中,无论是学校还是教师都养成了理论联系实际、集体学习与"取长补短"相结合的研修行为,一种方式就是一种案例,一种方案就是一个教育智慧。精英人做到了"知行合一"。

3. 引领童心:养成教育

创造教育理论认为,任何人都有创造的禀赋,问题在于要善于发现它们并且加以发展,每个人的创造潜力,只有在心理正常的状态下才能付诸实现,而良好的心理离不开良好的性格。叶圣陶先生说:"教育是什么,往简单方面说,只须一句话,就是要养成良好的习惯。"他还指出:"从小学老师到大学教授,他们的任务就是帮助学生养成良好的习惯。"精英小学秉承这样的信念,寻途径,创亮点:校园礼仪细致化——制定礼仪细则;家庭礼仪丰富化——开展节庆礼仪活动;社会礼仪实践化——推出礼仪套餐。

教育的实践经验让精英人懂得:在教室引导下学生学习、感悟、实践,让学生通过自我教育来实现行为的内化是最为有效的德育方法。于是,学校也策划了许多创意实践活动,例如,"大眼睛在行动":课余,学生活跃在校园的角角落落,用手中的DV机和数码相机捕捉礼仪行为瞬间,真实记录学生的一言一行,放大美好行为和不良行为。在每个月第三周中午,大家聚集在大眼睛制作室,编辑、制作"大眼睛实录"(DV实录)和"大眼睛掠影"(用数码相机拍摄的学生礼仪照片),每个月最后一周在学校网站上展示、播放他们的作品,然后全校同学开展大眼睛网络论坛活动。

"播种行为,可以收获习惯;播种习惯,可以收获性格;播种性格,可以收获命运。"精英小学充分挖掘教育资源,积极营造有利于学生健康成长的良好氛围和校园环境,使"有教养"成为学生精神世界的主流。为了使礼仪活动走向深入,学校还制定了《家庭礼仪点评卡》《精英小学校园礼仪细则》……通过形形色色的创意性礼仪教育的实施,学校的礼仪教育在学生的新中国开始生根、发芽,知礼仪、懂礼仪、行礼之风蔚然成风。

陶行知先生曾提出:"解放儿童的头脑,使之能想;解放儿童的双手,使之能干;解放儿童的眼睛,使之能看;解放儿童的嘴巴,使之能说;解放儿童的空间,使之能接触大自然和社会;解放儿童的时间,使之能学习自己渴望学习的东西。"精英小学本着"励志、勤学、求实、创新"的八字小风,倡导成功体验,强调个性发展,注重特色教育,按照儿童的身心发展规律,进行教育活动设计与实施,"解放儿童",促使了儿童由好学转为乐学,实现了回归童心、回应童心、引领童心的教育形态的构筑。

"水似晨霞照,林疑彩凤来"

李德裕在《忆新藤》中曰:"遥闻碧潭上,春晚紫藤开。水似晨霞照,林疑彩凤来。"诗句形象地勾画出了紫藤的娇美与清新的姿态,让人顿生爱慕之心。读完语文出版社《武凤霞讲语文》之后,小学语文特级教师、国家级骨干教师、教师教育专家武凤霞如那开满山野的紫藤花一般,在霞光的映照下,吸引着众多的目光,让人久久难以忘怀。

1

"不允许自己被淹没。"初为人师,她从内心喊出了自己坚定而果敢的声音。武凤霞老师就是这样一位"言必行,行必果"的人,从中我们看到了一位默默耕耘、挑灯夜读、孜孜不倦的年轻身影;我们看到了那不屈的品质以及勤勉、向上的奔放、热情的身影。

"不允许自己被淹没"与撒切尔夫人的"永远坐在前排"一样,是一种积极的人生态度,它激发着武凤霞老师奋力向着自己设定的目标奋进。

"不被淹没"首先要找到自己的定位,找到适合自己的发展方向，此时学校的几位老师已经很快的找准了自己的位置。这对武凤霞老师是一个不小的促动，她的内心也默默地寻找着"位置"，开始为自己做着初为人师的第一次抉择。

"写了几篇班队会实录以后，我不再满足这样的过程呈现，我在思考怎么写教育论文。""为了证明自己存在的价值，也为了满足自己在老师们面前的那一点点虚荣，我深深地钻进了教学教研中，想方设法提高自己。"在个人成长过程中需要的是自我的内驱力。虽然人人都有，但似乎用得好，用得尽的人不多。用善便是成功。这便是成长，这便是选择，武凤霞老师完成了第一次的选择、跨越。但，她没有急功近利，没有急于求成，"一切都只凭爱好，一切都那么随意。"

"长时间的积累和反思让我养成了不人云亦云的性格……我学会了坚持，也学会了求证。"武凤霞老师将自己的思维融入到自己的追求之中，将自己的身心融入到自己的追求之中。背诵成了她日后的读书习惯，也成就了武凤霞老师语言文字丰厚内容的积累，而这也正是作为一名教师所具备的文学底蕴的关键。她认为，"专业阅读必不可少，文学滋养尤为重要，如果把教育理论建构的看作骨架，那么文学阅读生成的就是血肉，骨架和血肉相依相偎，才能让我们拥有完整的生命。这就是我在阅读中生成的深刻感受"。只读专业书，那是功利；只读文学书，那是小资，二者结合，才能"滋养身心，滋润万物"。她用反思和努力摆脱了平庸，"没有人能忽略我的存在了。"她用自己的能力来塑造自我。机会是给有准备的人而准备的，成功也是为执着的人而准备的。"我相信'积水成渊'的道理。默默地努力，悄悄地前行，不为别的，只为明天不再在语文教学中沉默。"

2

教学本身就是一种个性的行为，课堂是师生活动的课堂，我们只有真正将学生主体摆在首位，将教师主导牢记于心，课堂才能呈现出勃勃的生机。"学生学习不仅仅只是文本意义的接受者，更重要的以文本为凭借，在自由感悟、生命体验、敏于发现、质疑批判等学习活动中获得生命的成长。……一句话，判断教材文本价值的关键在于其对学生的生命成长有多大的作用。"这里展现的就是"生命化课堂"。

课堂教学的主体是学生，他们是学习和发展的主体。教师仅仅是知识的传授者与引导着，而非成为学习帮扶的"能手"。小学阶段的语文课程从原则上都是根据学生身心发展选编的美文。教师在教学的过程中，要极力关注学生的个体性和他们多元的学习需求，从而更好地激发学生学习的主动意识和进取精神。所有的一切都是以学生的需求为需求，以学生的认知为出发点，以学生的兴趣为最终目标。"生本"教育是通过学生自我预习，让学生在自学的过程中去发掘"学什么"、"还有哪些知识不太理解"……当他们真正进入课堂后在课堂上进行相互之间的交流、质疑解答，达到问题（知识）的解决。教师在其中只是一个向导、教练与评判者，这样就会避免主观判断误导学生对或错。"教育必须适应儿童，而不是让儿童去适应教育。"教者在操作教育教学过程中，自觉不自觉地带动学生成为适应教育的"填充器"。这样教育的结果是学生被动地在"接受"知识，内化成为自我能力的知识是微乎其微的。

肖川教授在《我的教学观》一文中指出："教学的真正目的是通过提高个人选择和自我指导的能力来最大限度地促使自我发展成长为一个完整的人。"武凤霞老师欣赏了诸多名家的课堂教学之后，提出:"他们课堂的精彩不在于运用了什么亮丽的技术,而在于他们的目光总能拖过文本犀利地看到文本背后所蕴藏的价值,总能找到特殊的切入点和生发点,总能根据学生的学习实际引导他们在学习的过程中逐步走向多元化、个性化阅读。"由此,我们可以感知武凤霞老师一直在默默地将深厚的文化内涵来做自己课堂教学的支撑,达成"语文课堂要重视语文知识的积累,语文能力的习得。"她在《杨氏之子》教学中有这样进行:

师:同学们结合注释读懂了这篇文章,可是有的时候没有注释,这时候应该怎们办呢?我们可以根据字面的意思猜一猜。下面请同学再看一段话,猜猜每一句话什么意思?考考同学们能不能猜懂这段话。

(出示《晏子使楚》片断)

这里的"猜"不是随意的乱猜、胡猜,而是学生对文本的自我质疑,当然这其中"有法在先"为前提。这就是武凤霞提及的"让学生从语文的角度去思考,学生得到的就是语文的方法。生命语文就是这样要求学生善于学习。"

叶圣陶先生说过:"语文文字的学习,出发点在'知',而终极点在'行'。"武凤霞老师的语文课堂也一直将"学语文"和"生活"相互衔接在一起:"学语文,就是感受生活;学语文,就是享受生活;学语文,就是装扮我们自己的生活。"

3

"和学生一起走在学习的路上,才能真正收获行云流水的课堂,和学生一起走在学习的路上,我们的学生才能真正与文字亲密接触,发现语文的美丽,感受语文的隽永与磅礴,才能爱上语文没商量。"表面看,我们的教育输入给学生的知识总量不少,而我们的知识教育又使学生丧失了什么?两个很重要的东西:一是学习的兴趣;二是学习的方法。你强迫他学习,他由此不乐意学习了;你不让他自学,一切全由你包办代替,他的被动使他不知怎么自己学习。武凤霞老师一直以学生为教育的主体,"在教育中必须一切为了儿童,高度尊重儿童,全面依靠儿童",充分地让儿童依照自己的学习天性来学习,依靠学生的内部自然发展学生的学习天性。

老师公平、公正地对待任何一个学生会得到学生对自己的尊重。武凤霞老师对待先天智力缺陷的李某就是如此。每到课间,她就坐在孩子身边说说话,还要求班干部和其他同学经常和李某聊天,给孩子安排了一个很负责任的同桌。时隔多年之后,武老师依然能经常看见李某,高高胖胖的样子,守着一个冰柜卖雪糕。每当武老师走到他跟前时,这个已经二十多岁的小伙子还像小学的时候一样高高地举起右手,一边行不标准的队礼一边问武老师老师好。"其实,这就是"学生就是我的一切,班级就是我的所在。"

佐藤先生在《静悄悄的革命》中这样说:"倾听这一行为,是让学习成为学习的最重要的行为。……学习,一般认为这是能动的行为,但不应忘记的是,在能动的行为之前,还有倾听这一被动的性能更为。"学习是获得,学习是取人之长、补己之短的行为。作为教师的我们,更多的时候要学会"倾听"孩子的发言,"倾听"孩子们的收获。

"高高在上的心态，建构不出平等对话的课堂。在学生面前做一个弱者，才能和学生一起走在学习的路上。"武凤霞老师如是说。

我们要研究学生的认知，有时不能太过于强调学生的"能力"，采取"模糊策略"也未尝不可，蹲下来与孩子一道去学习、体验。"保存学生心念中的那一丝朦胧，这种朦胧其实是学生与自己的对话，这种对话平和、安心、轻松、快乐，不一定得出结论，不需要开始于清晰的目标，但许许多多次自我对话聚沙成塔，能涵养出学生良好的心性。"武凤霞就是这样印证着苏霍姆林斯基曾说过的"学生的脑力劳动中，摆在第一的并不是背书，不是记住别人的话，而是让学生本人进行思考，也就是说，进行生动的创造"的教育思想理念。

静待花开

朋友去远方，把他在山中的庭院给我留守。朋友是个勤快的人，院子里常常打扫得干干净净寸草不生。而我却很懒，除了偶尔扫一下被风吹进来的落叶，那些破土而出的草芽我却从不去拔。初春时，在院子左侧的石凳旁冒出了几簇绿绿的芽尖，叶子嫩嫩的、薄薄的，我以为是汪汪狗或芨芨草呢，也没有去理会。直到20多天后，它们的叶子蓬蓬勃勃伸展开来了，我才发觉它们的叶子又薄又长，像是院外林间里幽幽的野兰。

暮夏时，那草果然开花了，五瓣的小花氤氲着一缕缕的幽香，花形如林地里那些兰花一样，只不过它是蜡黄的，不像林地里的那些野兰，花朵是紫色或褐红的。我采撷了它的一朵花和几条叶子，下山去找一位研究植物的朋友，朋友兴奋地说："这是兰花的一个稀有品种，很多人穷尽了一生都很难找到它，如果在城市的花市上，这种腊兰一棵至少价值万余元。"

"腊兰？"我也愣了。

夜里，我就打电话把这个喜讯告诉了朋友。"腊兰？一棵就价值万元？就长在我院里的石凳旁？"朋友一听很吃惊。过了一会，他告诉我，其实那株腊兰每年春天都要破土而出的，只是他以为不过是一株普通的野草而已，每年春天它的芽尖刚一出土就被他拔掉了。朋友叹息说："我几乎毁掉了一种奇花啊，如果我能耐心地等它开花，那么几年前我就能发现它了。"

这是李雪峰的《给每一棵草开花的时间》中的故事，李雪峰由此得出这样的感叹：

我们谁没有错过自己人生中的几株腊兰呢？我们总是盲目地拔掉那些还没有来得及开花的野草，没有给它们开花结果证明它们自己价值的时间，使许多原本珍奇的"腊兰"同我们失之交臂了。给每一棵草以开花的时间，给每一个人以证明自己价值的机会，不要盲目地去拔掉一棵草，不要草率地去否定一个人，那么我们将会得到多少人生的"腊兰"啊！

江苏省特级教师、江苏省南京市溧水县教育局教科室主任黄本荣就是一位时刻关注身边诸多"腊梅"的人，时常关注着"腊梅"开放"时机"以及所需的条件的"行者"。他以自身独特的教育思辨，绘出了一页页的教苑余墨：《教育，需要一种敬畏》《神话的背后》《教育呼唤情和爱》……他如行者般地走在教育的大道上，信手"折枝"，为我们奉上了《行途折枝》的绝妙笔记。

1

　　我们的教育存在着许多的"伪规律"：课堂教学中与知识毫无关联的"想象延伸"，类似于天马行空的"遨游"；学生自我对语句的感悟，看似"以生为本"的知识传授，实质是"放任自流"的"乱弹琴"……而作为"教学主导"的教师都一概加以表扬，不吝啬自己的褒奖，其实"他们一厢情愿地从结果展开丰富的想象，把一些风马牛不相及的事情拉为因果，总结出很多花花绿绿时髦却自相矛盾的教育规律，害人害己。"这样的教育是"岌岌可危"的，"目标"不明，"目的"不明。狭义的教育（主要指学校教育），其涵义是教育者（教师）根据社会的特定要求，有目的、有计划、有组织地对受教育者的身心施加影响，把他们培养成为社会所需要的人的活动。黄本荣老师严肃地指出："教育，是真善美的事业，容不得半点虚假和作秀。"

　　追根溯源；我们教育的"真正的诟病在于很多人喜欢有意或无意地把偶然的现象上升到必然的规律，把自己在特殊情境中的经验上升为放之四海而皆准的理论。"针对"示范课""公开课"以及一些名特优教师的课，教师们都视之为"通宝"，认为只要能够"随其行"便一定会有意想不到的教育教学效能，于是"跟风"一片，但总是事与愿违，原因就在于教师忽视了自身教育艺术的提升与生本的特征的研究。"教育案例、教育叙事的用意就在于'道法自然''立意以尽意'。"黄本荣老师如是说。

2

　　对于教育的主导者——教师，黄本荣老师强调了"精神"的重要性，他说："人是需要点精神的，有了一点精神，人们就会以苦为乐，沉浸在成功的喜悦之中。""教育不能没有理想，教师不能没有点精神。""精神"就是教师的激情。"一个理想的教师，他应该是个天生不安分、会做梦的教师。……同时又要有激情。"（朱永新《新教育之梦》）"激情"在字典中的解释是强烈的、具有爆发性的情感，比如狂喜等。在教师中的激情就是自身对学生的爱，对教育事业的爱，对自身的爱。俗话说得好：爱自己的孩子是人，爱别人的孩子是神。只有充满激情的教师才能有这样的举动，只有对事业有着深厚感情的教师才有这份激情。

　　光有"激情"是不够的，还要能耐得住"寂寞"，受得了尘世的"诱惑"。真正的"师者"是如何的一种形象？真正的"大家"应该具有怎样的气度？黄本荣老师告诫着我们："教师如何去掉浮气，去掉匠气，逐渐成为一个'教育家'，最好的办法就是在教育教学实践过程中，不断总结，不断反思，带着一种对教育对象的敬畏，带着一种对教育规律的敬畏，踏踏实实地研究教育教学过程中的每一个细节。""浮"，乃是浮躁，虚无缥缈，就是脚跟不稳之势，这也是教学、研究大忌。教师也是社会人，难免"惹尘埃"，也将会受到社会、团体以及相关联"物"的影像而"陶醉其中"。若想"去掉"，便要有十足的"勇气"。"匠"，是具有某种手艺之意。但仅仅是年复一年、日复一日地做自己已经有过，且熟练的技艺，那也只能是"手艺人"，而不能成为"家"，因为没有思想。

　　"以'发现'的目光、'反思'的襟怀、'探索'的姿态去面对实施过程中的困难。"这就是黄本荣老师心目中的"师者"。

3

　　《课程计划标准》的"实施建议"中这样说道："学生是语文学

习的主人，语文教学应激发学生的学习兴趣，注重培养学生自主学习的意识和习惯，为学生创设良好的自主学习情境，尊重学生的个体差异，鼓励学生选择适合自己的学习方式。教师是学习活动的引导者和组织者。教师应转变观念，更新知识，不断提高自身的综合素养。应创造性地理解和使用教材，积极开发课程资源，灵活运用多种教学策略，引导学生在实践中学会学习。"角色无大小，关键是责任。在实际的教育教学过程中，教师的"责任"又是什么呢？黄本荣老师敏锐地发现，"为了功利化的目的，打着提高孩子素质的名义，进行着残忍的强制性的机械训练，人为地拔高要求，增加难度，让学生成为超越孩子智力发展水平的劳役。""基础教育重智轻德体美，不重视与生产劳动和社会实践相结合，师生的精力集中在频繁的作业和考试上，学生负担奇重，以致不能乐学甚至厌学。"这样的局面还时有存在，许多时候，孩子们学习的积极性、兴趣全部消耗在了人为的"喜好"上。

王福仁在《把儿童世界还给儿童》这样阐述："儿童不但要生活在成人的世界中，还要生活在自己的世界中，他在成人的世界中接受教育，获得更快的发展，但也要在自己的世界中获得自己的自由，感受生活的乐趣，体验世界的美和人生的美。"这就告诉我们：我们的教育应要有更多的"适可而止"，应要更多的去接近学生，而不能忽略了儿童内心的需求以及儿童发展的内心活动，一味地将他们的"情""智"拔高于我们的所谓"对其发展的轨道"上来。

"教育的目的是促进人的发展。"我们要着眼于放，着眼于拉，立足于争，积极创造条件，使孩子们的长处有用武之处。"必须关注学生的生活世界，努力发掘他们世界中的教育资源，开发地方课程，开发校本课程，使教学内容贴近学生的生活。"黄老师提出了对孩子"发展"的"必须行"。他理性地觉察到：如果丧失对孩子"发展"的关注，也"忽略了现在的生活与将来的生活同样重要的地位同样丰富多彩的内容。"

　　"爱自己的孩子是凡人，爱别人的孩子是高尚的人，爱别人是'差生'的孩子是神仙。我们不奢望所有的教师都是神仙，但我们要求所有的教师必须是具有职业道德的人。职业要求我们正视差生，宽容差生，学会理解，学会等待。"黄本荣老师的这段"生本"思想与郭思乐教授的"生本"思想不谋而合："我们所做的，全都要通过儿童自己去最后完成。一旦我们醒悟这一过程的必然性，就会明白教育过程的主人和主力，原来是儿童自己，我们只不过是儿童自主发展的服务者和仆人。"我们所要做的就是高度尊重学生，全面依靠学生，静待花开。

第四辑 放飞心灵

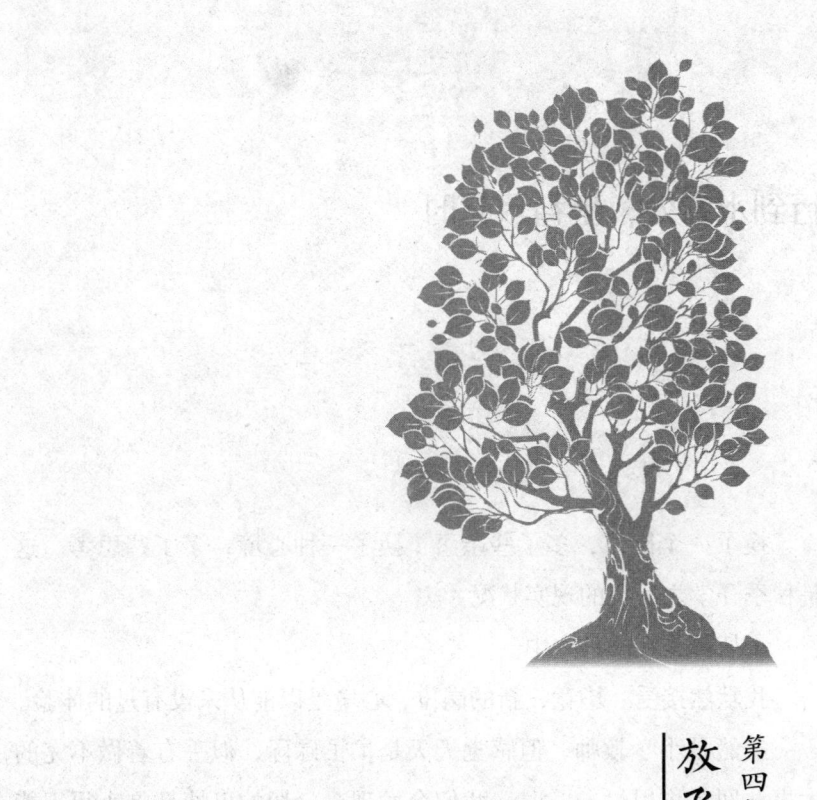

行到水穷处，坐看云起时

换了一个岗位，多了些杂事；换了一种心境，多了些思考。这是秋季开学之后我的现实状况。

一切都是在未料之中。

我默然接受。毕竟，新的岗位、心境是以前从来没有过的体验。

虽然是小学教师，但感觉天天是忙忙碌碌，似乎有着做不完的大事。回头再思忖一番时，我们会发现，一切的事情都是小得不能再小的事，碎得不能再碎的事。

有人说：将小事做到极致，那就是伟大。

我只能做点小事，那就做吧。

一转眼，两个多月，静下来整理过往，自然有了点滴的收获。

屈指算来，我来这所学校已经近二十个年头了，从轻狂年少走到了木讷中年，从意气风发走到了稳重多思，从孑然一身走到了责任重大……

这就是成长吧！

朋友间常聊天说起以往，感叹时间的飞速。初为人师时候的一幕幕还在眼前晃动，那时的奋斗劲头似乎还在心底涌动。

每个人在不同阶段有着不同的追求，总想着通过自身的努力，改变着自身的前途、命运。在行进的过程中，遭遇到许多的挫折，但毫无退缩之意，因为那心中的"目标""理想"还在前方。

时间是一台消耗机，许多的斗志在不知不觉之中被"磨灭"殆尽。

从教二十多年来，我也有过许多的理想、梦想、追求，也常常感叹自己的不如意：没有出人头地，没有机遇，没有展示的平台……在这其中，人心自然多了份浮躁、焦躁。

"上有老，下有小"时，自己才猛然间发现年少时的"追求"在人生的历程中只是"昙花一现"，脚下要走的路还很漫长，眼睛所要看的路还很悠长，心中要承担的诸多责任还很沉重。

心该做何思考？该如何行进了呢？

"行到水穷处，坐看云起时。"我们何不妨如王维那般，抛开身上那繁重、虚无的枷锁，对生活、工作、能力、信心不失望。所有的一切都到了"山穷水尽"的地步，只待"柳暗花明又一村"——新的希望绽放的到来。

岁月带走的是光阴与青春，留下的是额头的皱纹，那条条皱纹恰恰是选择的人生道路。人生的每个阶段也都可能发生我们未知的状况，如果我们也像王维一样"行到水穷处，坐看云起时"诗境来看待自己所处的境地，那条条的溪流、草野不也是自己踏歌而行的路途吗？

清晨,一个人

在朦朦胧胧之中起床,舒展着那稍显疲倦的躯体,准备一切停当之后,耳朵里塞上耳麦,捂上耳罩、手套,背起心爱的背包,迎着刚亮起的天色,下了楼。

无论是初夏秋冬,清晨总是那么令人内心欢乐,大约是万物又展现新鲜的面孔,人类又将度过一个未知、充满挑战的一天的缘故吧?

小区里只有少许早起的人儿,大多是形色匆匆上学的学生们,遵循着"早起的鸟儿有食吃"的古训,只是他们的脸上太多的疲倦与无奈。

总是喜欢小公园的那些横七竖八的道路,尽管有的路铺设的不尽如人意——有些没有按照行人的"行走规则"铺设,但足以让我随意地在公园内来去自由,也总能找到自己前行的方向。步入路径,我也喜欢找最佳路径穿过。入口处的棕榈树茁壮地生长着,一年四季绿意盎然,特别在时下的北风猛烈地刮吹之下,更显露出它的倔强与不屈。棕榈树大大的枝叶伸展着,行人在它的庇护下步履匆匆而过。

公园内的路灯此时还未熄灭,利用着最后的热情为人们照亮,忽闪之间,它灭了,完成了一夜孤独的守候。

清晨,一个人。自由。

清晨的阳光还没有升起,我一个人走在人迹较少的马路上,不必为纷杂的行人避让道路,不必为太多的车流却步,也不必为无"路"可走而惴惴不安。那刻,我独享着一个人行走的自由。"条条大路通罗马",变化的是我行走的步伐快慢,变化的是我行走的路线,变化的是路遇的行人……不变的是我内心的那份自由的快乐。

清晨,一个人。相伴。

清晨的阳光迟迟不肯喷涌而出,相伴的是那些蜗居在枝丫的小鸟们。随着第一缕不太刺眼的光线照亮大地的时候,鸟儿们也开始了一天生存的忙碌,叽叽喳喳地商量着如何度过新的一天,如何将儿女们照顾妥当,如何提高自己的"生活质量"……阵阵叽喳声,我内心涌动着温暖。

清晨,一个人。飞翔。

清晨的太阳渐渐露出它柔和的小半边脸,逐渐显露出它红彤彤、害羞的脸庞。天空的白云时时变化着,是否在展示自己妖娆的身姿?天空偶尔飞过一群群的信鸽,它们又会给谁捎去思念的问候?还有那片片从枝头挣脱如蝴蝶般飞舞的秋叶,又是想飞入谁的心房?……恍惚之间,抬眼似乎看到了飞翔的翅膀在不远处翩翩起舞。

渐行渐远的是捉不着的思绪,渐行渐近的是早已在心间的目的地。

或许在行进的过程中,我们还有太多的追寻,或许这些都是不切实际的亭台楼阁;或许我们还有许多的追求,也许到头来都是一场空。

清晨,一个人,只要你一个人慢慢地走过,你就能感受到那份独享的快乐。

清晨,一个人,慢慢地去前行。

低头走路，抬头看远方

央，一位年长岑的人，腹中自有"黄金鼠"，虽有个人的成就，但自感怀才不遇，思绪常常飞跃天宇。

岑，一位默默无闻，却对工作极为认真、踏实的人。

某日，岑与央坐在一起，享受着冬日的暖阳，在暖意透过外衣渗入到肌肤时，两人都有些舒坦。各自倒了一杯咖啡，随着缕缕飘香的芳香，聊了许多轻松的话题。

央由于东闯西荡，自有了属于自己的一片天下，也团聚了许多围观者。他们总想从央的身上汲取一些干事业的本领，都是无果而终。因为央的"本领"是属于他自身独特的魅力，属于他不可复制的独门秘诀——说不清楚，道不明白。正如《射雕英雄传》里的洪七公的"降龙十八掌"中的招式，分解很是简易，合在一起，那就是震天动地。央的秘诀也是一个长期的处事效应，而非短期的急功近利的"方式""方法"或"套路"。

被一缕阳光摄入瞳孔的央，闭起了双眼，再睁眼时，他与岑谈及了个人成长史，以此来寻求是否可以涉入"教育"。

央的老家在江南水乡，那里山美水美，人也美。他当时中学毕业之后就步入社会，什么活都做过：泥瓦匠、搬运工、家政、推销员……只要能挣到钱,他似乎都愿意去尝试。正是一步步地走过来,他的社会阅历、生活经验丰富了起来。

央说:"我以前总是低着头,像老黄牛那样地干活,一直到身疲力竭了才休息,为的是多挣钱糊口过日子。"

岑年轻,但不缺乏想法:"低头走路是好事,稳健!但,你都看到了些什么呢?"

央顿了顿,吐出两个字:"黄土。"

岑笑了:"是呀!低头走路,只能说明你踏实。你现在为何有这样的作为呢?"

央的眼神闪过光亮:"有一天,我在工地上推着泥沙浆的斗车在前行。当我抬头看蓝天时,偶尔看到了正在建造的高楼大厦,内心一阵激动:这么高的楼,我们居然也能造起来,我为什么总是在楼下干活,不上楼去看看呢?当天散工后,我爬到了顶楼,我惊呆了。"

岑:"看到了什么?"

"所有的东西都尽收眼底,高楼下的人、物都如蝼蚁般地在慢慢爬行。我也是其中之一。远处是美丽的风景,这样美丽的景色,我一直都没有认真地欣赏过。"

"仅仅是如此?"

"当我回到地面,我还真有些郁闷。年年如此,日日为别人在建高楼,自己却从来没有机会入住,我想是否应该去更远的地方瞧瞧,有没有适合自己生存的地方。第二天,我辞掉了工地上的活,朝着更远的地方去了。"

"嗯,你不再看眼前的暂时利益,而是抬眼看未来了。为你鼓掌哦!"岑脸上的笑意显示出对央的决定的赞许。

"你也不赖呀!"央转移了话题。

"说来也是。想当初,我只是一个小书生,现在虽没有自己的一片天地,但总在慢慢地摸索。好在自己一直坚守着当初定下的信念。

不为任何的'风'而改变。只是冒了许多的风险,丧失了许多展露的机会。这么多年来,我一直还在水底'潜水'呢!"岑也笑了,他抿了一口咖啡,嘴巴咀嚼着咖啡的香味,眼中似乎有许多话要说,又似乎不愿意过多地表白。

"我知道,你是一个有计划的人,早些年前你就说过,人的一生需要有计划,不能单单看眼前的利益,不能总是低头走路,还要抬头看远方。我年长你几岁,却没有你如此的远观。"央端起精致的咖啡杯,将缕缕清香送入口中。

幸福在哪里？

每个人从"啼哭"声中出生的，哲人解释说：因为幸福太稀少，所以人从出生开始就感觉痛苦。

幸福是什么？一时间，我们还真的难以做出一个让人首肯、信服的答案。因为幸福是一种感觉，不是可以用言语能表述出来的。

有的人认为自己健健康康就是幸福。

有的人认为自己整天有三朋四友在一起的玩乐就是幸福。

有的人认为自己处于灯红酒绿、觥筹交错之中就是幸福。

有的人认为自己完成了自己的心愿就是幸福。

有的人认为自己获得了荣誉、取得了成功就是幸福。

……

诸子百家，各有诠释。

我的幸福在哪里？家庭的和睦，这是必需的；家人的安康，这是第一位的；自己的事业有成，这也有一点小小的夙愿。

幸福如空气、阳光般——用手抓不着的、用眼看不到的、用呼吸嗅不到的、用脑想不到，但它却是实实在在围绕着我们，是早已存在于人心的，是不需要我们精心地去追寻的。我们与下面故事中主人公一道来做一次"智力测试"——

不必拿笔和纸,只管往下读。如果你答不上来,就继续下一道题。

说出世界上最富有的5个人。

说出最近5名诺贝尔奖的获得者。

说出5位世界小姐冠军的得主。

说出10位普利策新闻奖的获得者。

说出影视界最近5位最佳男演员和最佳女演员金像奖的获得者。

你的答案如何?

问题是我们中没有人记得过去的那些重要人物。他们都是其领域里最棒的人物。但是,掌声会过去,奖杯会褪色,成绩会被遗忘,赞扬和证书都会随着它们的主人一起被淡忘。

现在还有一个测验,看看这这次做得如何:

说出在你的学习生涯中帮助过你的3位老师。

说出在你困难时帮助过你的3位朋友。

说出教你学会做有价值的事情的5个人。

想一想让你感激并让你觉得特别的几个人。

想一想你愿意与之共度快乐时光的5个人。

怎么样?想必后面的几个问题,你不屑几秒钟就可以完整、快速地答出。原因何在?就是这些不经意的人、事、物早就存在你的心中。

那么,幸福是什么呢?你知道答案了吗?

心安是归处

偶遇朋友的QQ签名：心安是归处。多日以来，心情常常被阵阵涟漪激起。无论是晴朗之日还是阴雨绵绵，心智被"心安是归处"磕绊着，总觉自己被无影的红绳牵引。

常羡人间琢玉郎，天应乞与点酥娘。
自作清歌传皓齿，风起，雪飞炎海变清凉。
万里归来颜愈少，微笑，笑时犹带岭梅香。
试问岭南应不好？
却道："此心安处是吾乡。"

这是苏轼的《定风波》，也是我苦苦寻找多日的"心安是归处"。"心安是归处"有一段凄清故事：苏轼的好友王巩因受到"乌台诗案"牵连，被贬谪到地处岭南荒僻之地的宾州。王巩受贬时，他的歌妓柔奴毅然随行到岭南。元丰六年（1083年）王巩从南方回到了北方，与苏轼相聚。席间，柔奴为苏轼劝酒。苏轼问到广南的风土，柔奴以"此心安处，便是吾乡"作答的。

苏轼听后，大受感动，作此词以赞，称赞柔奴随缘自适的旷达与乐观，同时也寄寓着作者自己的人生态度和处世哲学。

"心安是归处"是一种生活态度。我们是平常人，都会被诸多的小事纠缠，也总是陷入"泥潭"之中：为别人的住房面积比自己大而郁郁寡欢；为别人每日有的灯红酒绿而愤愤不平；为别人有的高官厚禄而愤世嫉俗……整日里处于"烦恼"之中，殊不知"人之所以痛苦，在于追求错误的东西"。

有一个人在河边钓鱼，他钓了非常多的鱼，但每钓上一条鱼就拿尺量一量。只要比尺大的鱼，他都丢回河里。旁观人见了不解地问："别人都希望钓到大鱼，你为什么将大鱼都丢回河里呢？"这人不慌不忙地说："因为我家的锅只有尺这么宽，太大的鱼装不下。"

我们时常渴求生活多多地给予，渴求上天对自己厚爱，渴求获得更多的所需。其实，够了就可以了。多了，"心地"何处装载？

"心安是归处"是快乐的源泉。家庭的幸福、孩子的成才、事业的有成都是令我们默默追寻的目标。一旦我们在寻求的过程中，没有达到理想的状态，便会无端地生出许多的怨气，感叹生活的不如意，感叹世事的不顺，内心被某种不能达到的"欲望"强占。

一个信徒拜访赵州禅师，因没有带礼品，于是歉意地说道："我空手而来。"

看着信徒的表情，赵州禅师说："既是空手而来，那就请放下吧！"信徒不明白，反问："禅师，我没带礼品来，你要我放下什么呢？"

赵州禅师立即回答道："那么，你就带着回去好了。"

信徒更是困惑，说道："我什么都没有，带什么回去呢？"

赵州禅师回答道："你就带那个什么都没有的东西回去

好了。"

　　信徒更是不解，一头雾水，满腹狐疑，自言自语道："没有的东西怎么好带呢？"

　　赵州禅师这才点化道："你不缺少的东西，那就是你没有的东西；你没有的东西，那就是你不缺少的东西！"

　　我们的人生过程中不缺少什么，反而有许多的多余的贪念。一旦放下不必要的贪念，便会浑然感受到阳光的明媚、鸟语的花香，世间一切尽收眼底都是清新可人的。此时此刻的身心便融入了幸福与快乐之中。

　　"心安是归处"——安的是一份自在，归的自我的超脱。

学会释然

不知道从什么时候起,我们都有了欲望,都有了争强好胜的习性。当思绪渐渐沉寂下来后,我们又会自我安慰:每个人都是这么过来的,偶尔"欲望"一下也不是不可以,偶尔好高骛远也不是不可以。

一切都似乎还有那么点阿 Q 的品质。

春天到来了,小虫子们早早地苏醒了过来,总想着要爬出洞穴,享受一下那春日的暖阳,有着"云淡风轻近午天,傍花随柳过前川"的欢乐。阳光抚慰,还没有享足,金穗的却是"清明时节雨纷纷,路上行人欲断魂"的场景。

春天,不仅带来了春姑娘的美丽身姿,还带来了雨娃娃的顽皮的身影。绵绵的春雨一下就是许多时日,小虫子们见不到阳光,也见不到春天那怡然的绿意。

怎么办?释怀吧!

小虫们也会自得快乐,蜗居在小小的巢内,安逸地再睡上一段时光,慢慢地再做一段还流淌甜味的好梦。何乐而不为呢?当春雨结束的时候,绿叶更绿,草地更青,小鸟的歌喉更加脆亮……到那个时候再享受春日的暖阳,又是何等的舒畅?因为那是等待了一个冬日和期盼的心理体验，会分外珍惜。

康是一位快乐的孩子，也是一位稍有叛逆性格的孩子，当然更是一位已有自己主见的孩子。每日都是很快乐，他的脸上永远有着阳光般的灿烂笑容。父母亲常常在他的耳边唠唠叨叨，孩子自然明白"为你好"的含义。他处于成长的过程，与许多同龄的孩子一样，他也有着许多这样、那样的缺点——有时累了，想"偷懒"；有时倦了，想"贪玩"；有时"疲"了，想"放弃"；有时"火"了，想"纠结"。

孩子出现这些"事件"的时候，父母亲还是有些紧张：孩子不会是在"倒退"吧？孩子不爱学习怎么办？孩子的"未来"怎么办？

事实上，孩子已经很明了自己的身份了，父母亲的言语有时还真是"多余"的。在孩子的眼里，父母亲有时不明白自己在想什么。孩子有时也会说"你们不懂"这样的表白。放下身段，释放自己的心情，看到孩子成长过程中的点点滴滴进步。

每个人总想达到"海阔凭鱼跃，天高任鸟飞"的境界，也总想自己有所抱负、作为。当遇到挫折，遇到自己不想遭遇的事件时，内心会不安，深深地在内心形成一道深深的"坎"，无法逾越。"退一步海阔天空"，没有任何解决不了的事情，没有任何不能完成的任务。我们缺少的只是换一种方式去解决，缺少的是换一种心情去对待，"钻牛角尖""绕死胡同"是我们的通病，抛弃"繁琐"，丢掉"欲念"，一切自然都会迎刃而解。

学会释怀，那样会让自己的心情获得"再生"。

让阳光照进来吧!

每日清晨,岑子总是迎着那喷涌而出的第一缕阳光出发。他喜欢阳光洒满全身的感觉,金亮金亮的,充满了熠熠的光彩。

办公室,坐定。稍待片刻,起身拉开办公室的竹叶窗帘。顿时,清晨的丝丝阳光涌进了办公室,铺洒在台桌上、地面上、植物上……岑子重新回归椅子坐定,享受着阳光微笑的问候。

阳春三月,还是有微微的春风调皮地拂过脸颊,有时还轻轻地用那柔柔的指尖划过去,短暂的生疼,也验证着"不知细叶谁裁出,二月春风似剪刀"。春光来了,还时不时地在窗外转悠,许多人仍旧是将窗门紧闭,不与她见面,也不理睬她轻柔的敲门、叩窗声。

让阳光照进来吧,沉闷的心扉中需要她的照亮。

岑子来自农村,经过自己的努力,打拼下属于自己的一块小天地。

康,活泼、开朗,眼睛中总是发现许多新鲜的东西,也总有意想不到的思维。上了小学之后,接受了"正规"的教育。岑子也如千家万户的家长一样,呵护着、渴望着孩子有好的"表现":学习成绩优异、能力非凡、出人头地等等。康的表现似乎总不能达到岑子的期望,他也常常唉声叹气。康见得父亲如此,也总是说:"不要叹气嘛,我会加油,我会好的!"

历经过许多的反反复复之后，岑子的内心开始不安起来，脾气也逐渐地暴露出粗鲁，甚至还动手惩罚过康。训斥、责备等一系列的"非教育"手段逐步替代了本心平气和的家庭教育氛围，康也逐渐变得谨慎、胆怯、偏执。

乌云密布常笼罩在岑子的头顶，内心也常被污浊之气堵塞，让他喘息不得。

一位老师带学生到河边春游，他将学生分成四组，要求他们用竹篮在10分钟内从河里打水到岸上10米外的桶中。

10分钟后，比赛结束，老师分别作出了结论：第一组的同学舀水很卖力气，所以篮子洗得特别干净——获净化奖。正如看书，尽管初时有许多不解之处，看似白看，其实看多了，人的思想和心灵会在不知不觉中得到净化。

第二组的同学跑得特别快，并且每次都很细心得把篮子上滴答落下的水尽量地抖入桶中，水竟然积了三厘米高——获勤奋奖。正如勤奋。尽管有时看似无望，但只要努力了，总会有所收获。

第三组的同学用竹篮打水时捞上了一个饮料瓶和一些漂浮的垃圾——获环保奖。正如奉献。尽管自己一无所获，但对别人也许是莫大的帮助。

第四组的同学居然捞到了小鱼小虾——获意外奖。正如人生，尽管难免失败，但只要坚持不懈，也许会有意料之外的收获。

原来胜负没有定式，从不同角度看就有不同收益。竹篮打水——未必一场空。

每一个孩子的自身努力都有成功的机会。作为家长也好，教师也罢,我们所要看到的是每个孩子其实都是与众不同的一个个体,都是来自天宇的天使。让阳光照进来吧,照进我们的心房,让光亮充满心房的每一个角落,那样我们就会看清孩子的所有的优缺点,也绝对会心平气和地与他交流,也会蹲下身子、走入他的内心,做推心置腹的谈话。改变孩子,首先改变自己。"原来胜负没有定式,从不同角度看就有不同收益。竹篮打水——未必一场空。"我们的人生其实并未胜、负之分,有的你如何去看待自己曾经有过的努力。

改变,从小处说,就是将门窗打开,让阳光照进来!

放飞心灵

一天午后,陶行知从村里走出来,见一群孩子在捉蜻蜓。

他停下脚步,慈爱地抚摸着翠贞的小辫子问:"翠贞,你知道蜻蜓吃什么吗?"

翠贞想了一下,回答道:"吃虫子。"

"吃露水。"一个男孩说。

孩子们七嘴八舌地抢着说:"吃草。""吃树叶。""吃泥土。"

陶先生拉着孩子们坐在田埂上,说:"还是翠贞说得对。苍蝇、蚊子、水里的孑孓,它都吃。你们说蜻蜓是不是我们的好朋友?"

人类与昆虫都是大自然的恩赐。人类常常对类似于蜻蜓的昆虫不屑一顾,捕捉、残害等行为时有发生。作为儿童,他们并未认知世界的多彩,只是停留在一个"趣"上。而叶圣陶先生"慈爱"地"抚摸"着孩子们,并"拉着"他们,与他们交谈着,让孩子们感受到"蜻蜓是我们的好朋友",这是一位多么和蔼可亲、循循善诱的师长风范。

儿童对于周围的事物如同"一切生物一样,有他自己的自然法则",① 他们捉蜻蜓也是出于他们那种自然、本真的生活需求,只是觉得好玩、有趣,并无他想。但我们可以依据这样的内容对孩子们进行理性上的一些认知,获得感知。当然,我们所做的一切还是来源于陶行知先生的谆谆教导。我们可以借助文本问孩子:"你们对蜻蜓都有哪些了解呢?"他们会继续阅读提供的文章内容。

孩子们点点头。陶行知从翠贞手里取过蜻蜓,高高举起。阳光下,蜻蜓的眼睛一闪一闪的,尾巴一撅一撅的。陶先生又问:"蜻蜓的尾巴有什么用,谁知道?"

"蜻蜓用尾巴在河里点水。"

"尾巴是掌握飞行方向的。"

陶行知将蜻蜓小心地翻过去,指着它的尾巴说:"你们看,它的尾巴是一节节的,又细又长。它用尾巴保持平衡,调整方向。据说,在它饿极时,会将自己的尾巴吃去一截。不过,以后又会长出来。"接着他又指指蜻蜓的头部对孩子们说:"它的眼睛很大,结构很复杂,是由成千上万的小眼睛构成的,可以看清四面八方的虫子……"

孩子们阅读完之后,会说:"蜻蜓的眼睛一闪一闪,尾巴一撅一撅的。"是呀!这是很典型的蜻蜓外形特征,由此孩子就会说蜻蜓太"可爱",也很"美丽"。通过再深入地阅读,孩子们还会了解蜻蜓的尾巴的特点是"一节一节的,又细又长",主要是用来"保持平衡,调整方向"的;蜻蜓的眼睛是"很大,结构很复杂,是由成千上万

---

① 《现代幼儿教育法》[美] 波拉·波尔克·里拉德著,明天出版社,1986年版,第135页。

的小眼睛构成的",功能是"可以看清四面八方的虫子"。

"蜻蜓有一堆异常发达的大复眼,几乎占了整个头部的一半。蜻蜓的一只大复眼由1万朵只小眼组成。所以,它能清晰地看到9米开外处于活动状态的害虫。"

"蜻蜓是昆虫世界中最出色的'飞行家'。在做急促的冲刺飞行时,每秒的速度可以达到40米左右,还可以连续飞行一小时不着陆。"

……

无论是文中的孩子们的纷纷议论还是现实生活中的孩子们捉蜻蜓与说蜻蜓时的两种截然不同的态度,也恰恰表明了孩子们对于世界有着自己的独特认识。此时,我们所要做的便是追问一句:"假使你就是哪些捉蜻蜓的孩子中的一员,你会怎么做呢?"答案不言自明:

> 孩子们入神地听着。陶行知用商量的口吻说:"把它放了,好不好?"说着,把蜻蜓还给翠贞。翠贞看着小伙伴们,孩子们纷纷说:"放了它,放了它,让它回家去!"翠贞张开小手将蜻蜓往上一送,蜻蜓展开翅膀向空中飞去。

也正如陶行知先生所说:"儿童于幼小时候就陶醉于想象的世界,一事一物都认为有内在的生命,和自己有密切的关联的。这就是一种宇宙观,于他们的将来大有益处。"[1] 我们的任务就是告诉孩子们怎样正确地表述出自己的世界观,陶行知在文中也是如此之举。

生命不仅仅是存在于我们的人类社会之中,自然界的一切生灵都具有着鲜活的生命,感知生命,敬畏生命,不单单存于我们的心田,还表现在我们的行动。孩子们放飞的也不单单是一只小小的蜻蜓,他们放飞的更是一颗飞翔于天宇之际的"童心"。

---

[1] 《文艺谈·八》叶圣陶著,载于1921年3月23日《晨报副刊》;《叶圣陶与儿童文学》韦商编,少年儿童出版社,1990年版。

"舍""得"之间

舍与得，仅仅是方寸之间。"舍"与"得"从古至今便是一对矛盾体，"二者不可兼得"。

"舍"是丢弃、抛弃。在我们的人生过程中，哪些东西是该舍弃的呢？

人生是一个漫长的求索过程。行途过程中，我们会遇到任何一件事，但未必遇到我们真正所需的事情。常听人在耳边说：我这一生真实悲惨，没有找到一个好工作，没有施展才华的平台。细说原因才发现：抉择时，舍弃了太多。

古希腊哲学家苏格拉底曾将他的弟子们带到一块长势茂盛的麦地前说：请你们从这片麦田的这头走到尽头，采摘一株最大、最好的麦穗给我。前提是你们都不能走回头路，并且只能采摘一次。我在尽头等你们。他的学生进入了麦地，专心地寻找起来。

许久之后，弟子们空手来到了麦地的尽头。苏格拉底问他们究竟是什么原因？原来弟子们不是没有见到大而好的麦穗，而是在看到几株特别大、特别好的麦穗时想也许还会有更大、更好的麦穗在前面等候着，于就没有去采摘。怀有这样的心情一直到尽头，最终一无所获。

我们的人生实在太多的"舍"——放弃了专心做事的态度，多了浮躁；放弃了持之以恒的品质，多了短期效应；放弃了踏实的心理追求，太多了"沽名钓誉"……"舍"去的是自己的人生价值、机遇、抉择的定夺，而懵懵懂懂、一无是处。

"得"是获得。一路走来，我们遭遇到的事情许多许多，我们见到的光怪陆离的事件也极为繁杂，灯红酒绿、名利诱惑时常在我们的眼前左顾右盼、闪来闪去。我们感叹这些对我们的重要，想方设法地捕捉到它们，生怕失去之后，我们的人生会黯淡，我们的"成功几率"不大。

许多时候，我们的课堂会顾及到孩子们的方方面面：他们的字词是否掌握了？是否人人都过关了？书是否会背了？甚至是否会默写了？他们的作文是否会写了？如果不会写是否会强记住一篇类似的习作范文了？等等如此。

抓住我们感觉的任何一"处"所能想到的，完成我们所能做到的任何一"处"，真正实现了"得"。似乎只有这样，我们才安然入睡，自觉对得起自己的职责。"智慧空间"被不必要的"得"暂居，真正有意义、有价值的东西失之交臂。这样的"得"又有何意呢？

《孟子·鱼我所欲也》对于"舍""得"有了更高境界的阐述："生，亦我所欲也；义，亦我所欲也，二者不可兼得，舍生而取义者也。""舍"非盲目，而"得"也非偶然。"舍"掉的是沉沦、浮躁，是智慧地、有目的舍弃，而"得"是智慧地、选择性地得到。

"舍"与"得"，方寸之间，彰显智慧人生。

Πr²

明君是一位思维敏捷、眼界开阔的朋友。虽然年轻,但不失为将才,因为他缜密的思考与处理问题时的镇定。

明君看待问题不但看待问题的表面,而且还看透到问题的背后的生成,同时能兼顾到问题的来龙去脉以及生成之后的衍生的繁杂。他总是在思索着如何将事情的弊端处理成优势,这是智慧所在。

随着缕缕的茶香,窗外的欢歌笑语、五彩的霓虹灯色照亮了我们的脸颊。明君的"Πr²"理论印在我的记忆中。

Πr²,小学生极为熟悉的一条公示:求得圆的面积。但在明君的理解中却有丰富的人生哲学:r 是圆的半径,同时也是人的生活的半径,更广阔一些即为人生的眼界、思维的半径。正所谓"心有多大,人生的舞台就有多大"。

我是一名小学教师,与诸多的小学老师一样,常常由于"小"而自感弱小,对于新的"机遇"总是扭扭捏捏,因为我"小",这些"高处"的东西"不胜寒",是触而不及的。殊不知,"机遇"在任何人的面前都是平等的,只要"跳一跳、蹦一蹦",或者努力地挣脱心中那"小"的牢笼,"一切皆有可能"。我们每个人的梦想也就成为现实。

"心"无"大志",何来远见?何来成功?明君有的是"志存高远",所以他如同飞奔的骏马,驰骋在那属于自己的康庄大道上,游刃于属于自我的研究领域内,享受在属于自己创设的职业幸福之中。

他的人生"半径"在不断延展,用他的话说:"半径决定了你的人生'面积'。用线围城正方形,那是人生的悲哀,因为面积微乎其微;围城正方形,人生的追求还有施展的机会,但给予的区域不多;围城一个圆,那是富有弹性,是最佳的选择,是聪明人的选择,因为人生的圈圈达到了最大化,人生的价值已经在逐步地体现最大化。"

每个人都是人生的主宰,都是屹立于天地之间的英雄。作为一名家长,我们该看到什么呢? r是圆的半径,但同时也是孩子的未来的人生的路途。孩子的未来的路途有多远,取决于家长对孩子的未来规划的有多大,而不是眼前的既得利益。

我们往往纠缠在孩子的那一点点可怜的分数,但却没有思考过孩子是否喜欢学习?是否喜欢老师?为何孩子一到放学就欢欣鼓舞,一到上学就垂头丧气?

如果将 Πr^2 看成是孩子的未来成功,起到决定性作用的 r 便是家长给孩子的"半径"有多大:对自己自信心了吗?学习的能力达标了吗?是否有学习的自觉性与主动性?是否能甄别学习对自己的作用?等等诸如此类。不要以为小孩是"小",我们就擅自地给他们的行为作出裁决。

我们看不到孩子的未来,但我们可以给孩子作出未来的规划,这就是在圈划着"半径"。

一个僧人在无得禅师座下参学了一段时间,突然向禅师告辞,说他感到已经够了,想去云游四方了。

"什么是够了呢?"禅师问。

"够了就是满了,装不下去了。"僧人答得挺认真的。

"这一盆石子满了吗?"禅师随意地指着旁边的一盆鹅卵石说。

"满了。"

禅师抓了好几把沙子撒入盆里,沙子不见了。

"满了吗?"

"满了!"

禅师又抓起一把石灰撒入盆里,石灰不见了。

"满了吗?"禅师再问。

"好像满了!"

禅师顺手倒了一杯水下去,水不见了。

"满了吗?"禅师又问。

学僧没说话,默默地把行李送回了禅房。

我们的人生如同禅师身边装满鹅卵石的盆,"满了吗"?没有!为何没有"满",因为我们看不到它的"半径",但"半径"确实存在。

换个地方呼吸

吐出气为"呼",将气纳入体内为"吸"。一张一合,气流回转,神清气爽,谓为"呼吸"。呼吸为生物本能,是生理所需,也是生存所需,更是为了追求生存质量所需。

呼吸顺畅了,气流在人的体内便会自由流通,人便有了精神气。无论是成人、儿童,还是男女老少,需要每日能呼吸新鲜的空气,感受着顺畅气息带来的那份生活的惬意。

晴朗之日,有人心潮澎湃,看到远处的青山,想象着爬山后"会当凌绝顶,一览众山小"的豪迈风光便激动不已,立刻奔上青山——锻炼身体。及至眼前,当看到陡直的山路,云雾缭绕的树丛,想象着那气喘吁吁的状态便畏惧不前。此时,人的胸肺不由自主地感到了压抑,大口大口的气流来回于身体与自然之间,举步维艰。

同行之人,迈开脚步勇往直前,一步一个脚印,踩踏着脚下本没有的路向山顶攀去。一路上,有山风吹拂的"呼呼"声,有林间小鸟呼朋引伴的"啾啾"声,有潺潺的流水时不时响于耳际的"哗哗"声……虽大汗淋漓,却不觉劳顿,反倒是呼吸之气更为强劲。站在峰顶,眺望远方,振臂高呼:"大山被我征服,大地在我脚下!"这是何等的畅快之感。

呼出吸进，有起有落，如同人生遭遇。

小岑，一位有抱负的年轻教师，一直勤勤恳恳，努力工作。功夫不负有心人，他接到通知要对全区范围内的学科老师进行一次展示活动。他既兴奋又激动，施展才华，展示自己，体现思想的时刻来到了。他认真地做着准备，试教完毕，评议者议论声此起彼伏：

"作者安排课文是有根据的，我们不能破坏课文原有的顺序来进行教学！"

"今天的课堂教学的顺序，不符合学生的认知规律！应该是从'因'到'果'！"

"课堂的气氛看起来显得有些乱，学生的纪律也不太好！"

……

最终，听课的人没有容小岑阐述自己的设想便做出建议："教案重新整理，明天再进行试教！"然后一个接一个地走出了房间。

小岑感觉自己的呼吸加重。

第二次试教。小岑只在自己原先的教学设想上做了微调，完善了自己的理解，听课者们面露怒色。下课铃声响起，听课者面无表情地走出了教室。

至此，小岑完成了自己"华丽转身"——再也没有机会展示、示范，只是他的执着。

小岑反倒觉得呼吸顺畅了，他觉得可以"换一个地方"呼吸了——以自己的行为方式去解释自己的生活。

每个人的一生，有被肯定、鼓掌，有被否定、批评……起起落落都属正常，变化的是别人对我们的看法，不变的应是我们自己的"呼吸"。摆脱掉不必要的"束缚"，换个地方去呼吸，美妙便立刻呈现在我们的眼前。

"缘"来

岑子与新君是一对好朋友，两人有着许多的"默契"：
夏天穿的凉鞋一个样式，颜色也是一致的；
换的手机居然是同一个牌子，铃声设置也是一致；
冬天来临之时，外套的羽绒服样式、颜色也是极为相似；
……
如有雷同，纯属偶然。
这些的"相同"不经意间被新君的孩子颍发现。
岑子与新君被孩子一说，查看各自的装备，果真如此。岑子笑言："说明我跟你爸有缘呀！"

"缘"，左边是一个"绞丝旁"，缠绕的意思，是指相互之间有着联系，这种联系不是一般的联系，而是紧密在一起的。右边的上部是"彑（把上下两横去掉表示相交并拴住）"，专家解释：一双手紧紧地握在一起，明确地表示人与人之间的亲密关系。

"缘"字从糸，从彖（tuàn），彖亦声。"彖"本义指猪嘴，它上吻部比下吻部大，而能半包住下吻部。引申为"包边"。"糸"指"布帛"。"糸"与"彖"联合起来表示"用狭长的布帛作包边，包住衣服的边"。本义是指"衣服的包边"。

"缘"，"包裹"起来的虽然是"衣"与"服"，是否也有"温暖""亲密"呢？当然，我们更相信的还是希望有"联系"的含义融合在其中。不管是否有那样的意思，"绞丝旁"本身就有缠绕、关系不一般的意义。

岑子喜欢去新君家坐坐，新君也喜欢与岑子聊聊天，两人都有共同的志向、兴趣和爱好。孩子也喜欢去，只是总是找借口说："可不是我要去的哦！到了你要说是你想去的哦。"岑子也总是一笑了然。

到达目的地，颖听得康来了，从自己的卧室里出来，脸上堆满了笑容。康看到颖，自然说着言不由衷的话语。稍瞬片刻，两孩子就钻在一起研究这样、述说那样。欢笑声总能从书房中传出来。

一会儿，颖出来说康在捣乱，然后又回到书房去了；一会儿，康出来说颖在看乱七八糟的东西，然后也回到书房去了。如此反复，两位孩子出出进进，向岑子和新君打着对方的"小报告"，只是不追求两位父亲是否去处理。

这就是"缘"吧。

缘，如春天般的暖阳照射在周身的感觉。因为各自怀揣着一缕阳光，所以颖与康才有在一起快乐的"缘"；因为头顶被一缕阳光笼罩，所以岑子与新君才有那么多相同的"缘"。

欲速则不达

绪君是报社的编辑，一位对自己所从事工作充满热爱的人。在相遇、相识中，他了解到我教授的 2011 届孩子们即将出版一本属于他们的文学作品集，就跟我约定：出版后一定要记得送他一本以作欣赏。我应允。

寒假，我收到了来自北京的货运，孩子们的书正式出版了。年后，我也将此消息告知了绪君。

某日，绪君来到我办公室。我送了一本孩子们的文学作品集给他，与他谈及了许多这本书出版事宜。

又一日，绪君在 QQ 上告诉我：他写了一篇有关此事的新闻报道，让我过目。我怀着兴奋的心情阅读着……就在那周，我在本地的报纸的"社会万象"中阅读到了《七小学生合著科幻作品集"精灵世界"》的新闻报道，绪君给予了我很高的评价。

再过两日，我接到一电话，对方来自电视台的陈记者。她谈到阅读了 3 月 24 日的新闻报道后的感想，觉得这是一个很有价值的"新闻"，想采访我。

还是在我的办公室，还是针对那本作品集，谈的还是那些不厌其烦的话题，不同的是将手写方式改成了摄像机的录制……陈记者发来短信：晚上 7:35 播报采访内容。我准时在电视机旁观赏着来自电视台的"今日万象"节目——《县实小学生的"精灵世界"》节目，再次感受与孩子们一起走过读书月、编著文学作品的快乐时光。

那个月底，宣传部领导带领市晚报记者来到学校，也再次就孩子们的文学作品做了全面的畅谈，这次所不同的是还邀请了我的两位已经毕业的孩子在一起做了深入的访谈。

回顾这部作品，回顾我与这届孩子的点点滴滴，许多的幸福溢满心头。

"让孩子们喜欢我这个语文老师，从而喜欢上语文课，直至喜欢写文学作品。"这是我常常挂在口头上的一句话。这样说了就这样去努力做了，孩子们也极为珍惜自己的每一次机会：从平日里的"练笔"到每次的课堂写作，孩子们都能发挥出自己多样的才华。特别是在班级举行的读书月活动中，许多孩子都向全班推荐自己所阅读的书目，每一周的"阅读推荐会"成了孩子们所期盼的。因为从中孩子们能感受到文学作品的魅力，翱翔于那一篇篇动人的故事之中。

《梦幻之旅》故事接龙活动，将孩子们的创作热情推向了高潮，瞬即爆发了争先恐后的创作局面，那一篇篇来自于他们心底的思潮涌动于纸上，刊发于《快乐文学》杂志上，从 2010 年的 9 月连续至 2011 年的 5 月。欣喜之余，他们没有享受，《小书虫漫游记》接龙再次将幻想与梦想展示于一支支笔尖。有了激动便有了感动，有了感动便有了行动。于是，许多孩子开始有了自己的故事创作。

这是此书"后记"上的一段话，我带这些孩子共四个年头。我们从来没有想过要去完成一部文学作品，只是年复一年的做着"读书月"活动，只是年复一年地享受着在一起的快乐。

如果有"欲"，孩子们会慌乱地表功；如果有"欲"，我们也不会踏踏实实地去做好每一项的细节。记住："欲速则不达！"我们所需要的"放慢脚步去长大"。

"心中有佛万物秀"

苏东坡和佛印和尚是很好的朋友，但是两人也喜欢彼比嘲弄一番。

有一天，两人坐着打禅。一会儿功夫，苏东坡睁开眼问佛印："你看我坐禅的样子像是什么？"

佛印看了看，频频点头称赞："嗯！你像一尊高贵的佛。"

苏东坡暗自窃喜。

佛印也反问道："那你看我像什么呢？"

苏东坡故意气佛印："我看你简直像一堆牛粪。"

佛印居然微微一笑，没有提出反驳。

回到家中，苏东坡得意地告诉他的妹妹："今天佛印被我好好的修理了一番。"

当苏小妹听了事情原委后，反而笑了出来。

苏东坡好奇的问道："有什么好笑的？"

"人家佛印和尚心中有佛，所以看你如佛；而你心中有粪，所以看人如粪。其实输的是你呀！"

苏东坡这才恍然大悟。

这是一则流传许久的故事。重新阅读之后，感叹万千：心中有佛万物秀！多么精彩的论断。它道出了我们对待万事万物心态的问题。

现实生活中，有许多人整天抱怨这样不好，那样不如愿。细追查，他们所埋怨的全是个人的私欲得不到满足而生怨气。凡人之所以永远是"烦"，最根本的原因是久于尘世染尘埃。拂去内心的浮躁，生活就如同"潭面无风镜未磨"般的灿烂。有人说，我们是凡人，既是凡人，就有私欲。为了私欲而嘲讽他人、挖苦他人、践踏他人，甚至是打击、玷污人，这难道就是我们凡人所应为？

佛印看苏轼是一尊高贵的佛，因为他看到了苏轼的长处，准确地说，他是用欣赏的眼光在看待万事万物，用一颗包容、善良的心去发现别人的美。

由此我想到了我的孩子。

孩子从小到现在，被我的"烦"心而左右着，他的一举一动，在我们看来有着许多的不足。当我们抛开"烦事""尘埃"时，发现孩子的那点点滴滴如星光一般的优点左右在他的周围：暑期的合理的计划的制定；暑期的按自己设定的计划执行；暑期每日一篇的自我习作练习；暑期的每日一小时的阅读；每日的手风琴的弹奏；每日放学之后的首选是写作业；总是带着令我们有些"烦"的嘴巴问问题……我们往往忽视了孩子这些的优点，我们往往也将自己那颗本身自带的"佛心""佛眼"抛掷脑后，宁愿让尘埃蒙蔽着我们的双眼。

"心中有佛万物秀"，是一句永不褪色的激励原则，也是一句催人奋进的口号！

不犹豫，不后悔

每个人出生后就具备了喜、怒、哀、惧、爱、恶、欲，这是与生俱来的，是人的一种情感所在，简言之就是情绪，通俗地被称为"七情"。

世间万物，有太多的诱惑，让每个人欲罢不能，古人总结出"六欲"，即色、声、香、味、触、法，用现代人的观念来诠释就是求生欲、求知欲、表达欲、表现欲、舒适欲、情欲。

人从小到大，从无知到有知，从幼稚到成熟，都是拜经验所至，也是学习、生活积累所至。在成长过程中，"七情六欲"也随之发展、膨胀，假时日会爆发。

孩子遭遇到无人的境界，感觉到周身充满了陌生之感时，内心会感到无助、害怕，不由自主地生成疼痛，就会到处哭喊着去找父母，寻找安慰。此时孩子体验的是"惧"，这是内心情感造成，并无外界的施压。由此可以看出，每个人从小就有自己给自己"酝酿情感"的机会。

随着年龄渐渐地增长，我们都成为年轻一代，爱恨情仇随着生活圈的扩展越来越多地累积到每个人的身心，每个人也加剧了寻求"欲"的机会。

小林子年处廿十，祖辈生活在小城，自己却在乡镇工作。工作之余，不免也有回城之念，但平坦的生存状态没有引发过多的思考。一晃几年下来，别人的调离以及自身价值得不到体现，"欲"望便萌生。

小林子想方设法地打听，又是送礼，又是求人，那份奔波始终是无果而返。特别是寻人不得，找人无门，甚至于被人拒之门外，随着转身之后一声"咚"的门响。小林子的泪水顺着脸庞滑了下来，他常常跑到无人的旷野大声疾呼："天啊！怎么会这样呀？"即使如此，小林子也没有退缩，也没有对自己曾有过的信念有过犹豫，继续努力奋进。也许是他的诚心感动了上天，在一个风清气爽的清晨，小林子实现了自己的夙愿。

步入而立之年，他也时常遭遇到许许多多坎坎坷坷，但相对早已习惯"打击"的小林子来说，这些"伤痛"已经不能算上什么。他始终坚信：不犹豫，不后悔，踏实做事，总有收获。

0岁出场，10岁成长，20岁彷徨，30岁定向，40岁打拼，50岁回望……这是网络曾经有过的流行语，它将人的一生的起起落落、匆匆然表露无遗。而这其间的"七情六欲"却只字未提，也许个中滋味只有每个经历过的人方才得知。

我们的人生就如偌大的湖泊（甚至于海洋，有时超越天空），自己的"情欲"都是由内而外地生根、发芽、茁壮的，好与坏都是自己的"善恶之念"的"甘霖""阳光"给予的后期培植。不后悔自己曾经有过的选择，不感叹自己曾经付出的努力，不懈怠自己曾有过的追求，我们的人生就会大不一样。

"月""月"相惜

暑期——一个可以放松,可以自由支配的时间线段。因为"可以",所以我常找朋友们聊聊天、喝喝茶,甚至相约出门去看看风景。

朋友——"月"对着"月",相互照耀,你帮我,我帮你的。

俗话说得好:朋友多了好走路。但,是否朋友越多越好呢?不!孔子对交友曾经有过"益者三友":友直、友谅、友多闻。

"近朱者赤,近墨者黑。"这句古往今来,人们津津乐道的话语是否完全正确,我们不去研读。但有一点我们可以感知:结交什么样的朋友,就有什么样的生活。许多人喜欢玩乐,他周围的朋友依然;有的人喜欢吃喝,朋友多数是黏杯共饮……流光溢彩、特色各异是否有不妥?不然,这就是每个人的朋友圈。

真正的朋友势必是"直"的。说到"直",有人误解为不食人间烟火,不赏风花雪月,这是狭隘的内心解读。"直"指的是有高尚品行,懂得生活。

宏,我极为尊重的一位朋友。每次与其一起,周身都感受到他光芒四射的豪情。他的热情不是装出来的,他的激情不是卖弄的,出于真情真意对待给予帮助过他的人。聊谈之际,他说的最多的便是别人的好,别人的优秀,别人给他的启迪。他不浮夸,真心地求得别人的意见；他不谦卑，真诚地向别人请教。

为人诚恳、不虚伪，让我体会到什么是"友谅"？与真诚的人交往，是一种心地宽敞、坦荡不必设防、如婴儿般的清新可人。

利，兄长，也是挚友。从我工作之日起，有难事总是向他咨询，因为他的见多识广，胸中容纳着千百知识。与正直、讲信用、有学问的人交朋友，获益匪浅；与献媚奉承、心术不正、华而不实的人交朋友，坏处多多。

佛语：友有四品，如花、如秤、如山、如地。

如花，好时插头，萎时捐弃；见富贵附，贫贱则弃，这是花友。

如秤，物重头低，物轻则仰；有与则敬，无与则慢，这是秤友。

如山，譬如金山，鸟兽集之，毛羽蒙光，贵能荣人，富乐同欢，这是山友。

如地，百谷财宝，一切仰之，施给养护，恩厚不薄，这是地友。

佛一语中的，惊醒梦中人：

花友、秤友，攀富贵，弃贫贱，有赠则尊敬，无赠则怠慢，都是嫌贫爱富的酒肉朋友，不能视为知己。

山友、地友，能把欢乐给人，卫护一切众生，恩厚不薄，这才是我们所要交往的朋友。

我如何这样的"温柔"

8月8日,一个普通得再也不能普通的日子。要说今日不普通,那就是受到了台风的影响,下雨了。自从放假之后太阳就太过热情,火辣辣地炙烤着大地,每个人的脸上太多红彤彤,一个个成了古铜色的了。

天下雨,我独自站在办公室的走廊上,看着地面上溅起的水花,内心也似乎有"滴答滴答"的声响。朋友的QQ签名上署着"8月8日——全民健身日",让我猛然间想起,多年前的今日,盛大的北京奥运会正式拉开了帷幕,全民有了一个"健身日"。

说到健身,每个人都必须好好面对。

人到中年,大家都很注意自己的身体状况,坐下来聊天时都会说到身体的状况,还说有许多的建议:少饮酒,多锻炼;多吃荤,多吃素……顺口溜一句接着一句,养身之道一条接着一条。事实上,绝大多数人一坐到酒席台上或应酬,这些所谓的"经验之谈"都抛之脑后。

我也总是信誓旦旦地想锻炼锻炼,做一些打算,往往都是半途而废,甚至还会找一些理由搪塞自己的不安。

快走——那个有些类似于竞走的锻炼方式,说快不是跑,说慢不是散步的运动方式，现在已被大多数人所接受的。若干年前，我检查出脂肪肝肥大，并生成其他的一些并发症，医生告诉我：只有这种锻炼方式才能解决。无奈之下，我开始了快走。无论是刮风下雨还是天气晴朗，我都会在晚饭后出门快走四十分钟，效果还真是明显。一段时间后，体重也减轻了，小毛小病也没了。心情轻松了，重视的程度也放松了。

节假日到了，妻说：每日再快走，锻炼锻炼吧！我说好，连续进行了许多日子。

天气微变，我对妻说：天气不好，还是不去吧？

不行！又开始懒了，这样下去前面的岂不是白费了？

今日有聚会，我对妻说：今日有事，不能参与快走了！

看来计划也只是墙上挂挂哦！

……

许多不可知事总会发生，我也会"温柔"地说着这样、那样的原因。"温柔"地对待快走，"温柔"地对待锻炼，最终效果可想而知。

我们的人生的路很长也很匆匆，我"如何温柔"地对待这其中的出现的纷纷扰扰、坎坎坷坷？！

"牵一发而动全身"

最初喜欢"牵一发而动全身"这句经典的话语,不是因为它内容的含义,而是我在总结教育教学随笔时有如此的感触。"年轻时要浓烈,中年时要淡定,而老了要厚重"这句馥郁香酒(酒鬼酒)的广告词让我想到了"牵一发而动全身"。

年轻时,我们需要的是轰轰烈烈,需要的是前进的动力。"牵一发"也许是别人的一句赞美,让自己感受到内心的欢乐,对所从事的工作充满了百分百的热情,激发出自己的潜力,为了目标而不断地去"卖命";也许是一次不平常的平台,让自己得到了展示,信心达到了前所未有的高度……所有的一切都是"浓烈"而给予的,那是一股热情,一股"初生牛犊不怕虎"的干劲。

子曰:"吾十有五而志于学,三十而立,四十而不惑,五十而知天命……""四十不惑"常被我挂在嘴上。当然,"四十不惑"并非是指人到四十岁就什么也不迷惑了。它的真正含义是指人到了四十岁,经历了许多,已经有自己的判断力了,如判断是非、善恶、好坏、美丑……此时此刻,"牵一发"又"牵"在了何处呢?

中年,人生的一个转折点,惑与不惑都在自身的内心存在,只是有的表露出,有的内秀而已。"牵一发而动全身"更多的是对人生的感悟，人生大悟从此时或许开始了。淡定也由此展开。

"牵一发"是谁都预料不到的。中年时分，我们每个人"千钧"系于"一发"。如果"一发"出了问题，你能逃脱到那奔溃的局面？又有几多胜算？所以在"发"未发生变故时，淡定又是必须的。

纷纷扰扰的人世有太多的不如意，只是我们是真"惑"还是假"不惑"？人生的起点与转折点也都系于"一发"。"一发"发生变化，会引起许多我们未知的变化，"牵一发而动全身"告诉我们的是自己要明白"全身"系于在何处？

人生苦短，光阴匆匆，"牵一发而动全身"考验的是自身是否具备浓烈、淡定、厚重等气质的修为。

保持冷静，继续向前

　　2000 年的一天，英格兰东北部诺森伯兰郡阿伦维克镇巴特书店的店主曼利先生在翻开一箱旧书时，发现箱底有一张折叠起来的硬纸片。他打开后发现是一张红色的旧海报，海报上面印着五个单词："Keep Calm And Carry On（保持冷静，继续向前）！"单词的上面是一顶王冠。

　　曼利先生不知道这张海报的来历，他和妻子都认为这张海报非常棒，所以就把它张贴在了书店中。很多人看到这张海报后想购买，但都被曼利夫妇拒绝了。喜欢这张海报的人越来越多，曼利夫妇俩决定把它翻印后公开出售。

　　第一批海报印刷了 500 份，很快销售一空。2005 年圣诞前夕，由于一份很用影响力的报纸把这张海报列入了圣诞礼物推荐名录中，要买海报的订单如潮水一般地涌来，平均每个星期要发出 3000 份海报。

　　当曼利夫妇走上街头，他们发现在 T 恤、马克杯、徽章上，乃至街头卡通涂鸦的图案里，处处都有这张海报的身影。在十分短暂的时间里，这张海报就变身成了风靡欧洲的流行文化。

　　追溯历史，"Keep Calm And Carry On"是一张二战期间英国政府准备在沦陷时鼓舞人心而未发布的海报。

"保持冷静，继续向前！"这句话从大方面说，对于一个国家、一个民族、一个群体具有强大的感召力；从小方面说，对于我们独立的个体同样具有千丝万缕的鞭策。

晓静，如同她的名字一般，清新可人，冰雪聪明，但有一小小的弱点：遇事爱较真，特别是遇到"急事"，总爱钻牛角尖。每日里，她一如既往地做着自己份内的工作，点点滴滴之中彰显着她的睿智——点子、花样总是在无形之中孕育而生，让周遭的同事们刮目相看。她自己也收获着那份属于自己的"自鸣得意"。

一年又一年，平淡中度过了许多日子，主管一直对她爱厚有加，职场上似乎有升迁的希望。

正式的人事调动的时候，晓静没有走上如她所愿的职位，而是调任与她所学专业、特长失之千里的职位。同样是升迁，她的内心却一直愤愤不平。那一刻，她失去了应有的冷静——辞去了已经宣布的职位，游走四方。

重新步入社会，她总想依靠自己的实力重新打拼那一刻属于自己的领域。只是，事事并未想象的那般简单，晓静常常"四周撞墙"，常常"头破血流"。这样的局面让她一直不能很好地平静，她也总是在烦恼、纠结中过着每一天。

又过了几多日，晓静原来的上司知道她的结局，由于欣赏她的那份聪慧，找到她：希望能回到原有的单位，承担本属于她的那份职位。

此时此刻的晓静冷静下来，方知"冷静"的重要。所有的一切都是源于自己的冲动，源于自己的那份"固执"。冷静，属于真正大智慧的人，遇事不慌，遇事不急不躁。

保持冷静，需要的是内心那一份对自己未来的定位。或许我们在行进的过程中有许多这样、那样的不如愿，但这些都是暂时的。冷静思考，跨过这道"坎"，重新给自己"定位"，一定会在另外场所打造出属于自己的"继续向前"。

得之不喜，失之不悲

年少时，气盛，常常跟许多事情较真，非得有一个心理上平衡。似乎不那样，自己对不起自己，时间长了，生闷气、找茬儿等心理疾病便生成，更甚者便是乱猜疑：今天这个人对我不好，明天那个人对我有意见；今天这件事是不是没有"前途"，明天那件事值不值得去做，诸如此类。

哥曾对我说：许多事情跟你说了，你也不会太明白其中的事理，当你自己步入中年后，自然而然会明白一切的。我不详"年龄"有如此的神奇。

渐渐地，中年的脚步近了；渐渐地，中年的思维也跟上了。似乎是一夜之间的事情，我跨过了那道"槛"，那道年龄的门槛，那道心理防线的门槛。也就是在那夜逐渐转为白昼的时刻，自己忽然间看到了"开阔地带"——豁然开朗般地走入了陶渊明式的田园乡村——原来，生活的一切都是源于自然，源于自身的那份内在的安逸与快乐。

令狐兄是我敬重的一位朋友。

他为人坦诚，只需与他交流，他都会将对方的优点讲述出来，也会说出他自己的一些设想，以此帮助交流者寻找自身未来的"方向"。有时，他也会谈谈自己的生活，谈谈自己对未来的设想，那是可以给我看得到的一步一个脚印的行进过程。

令狐兄并非是说说而已，他经常将自己的所有设想付之行动。难能可贵的是，他始终不气馁，他说：许多事情尝试了，才知道生活是如何地去走，才知道自身的价值所在。

他为人坦荡，从不与朋友计较个人的得失。他从不在意给予过别人多少帮助。每当获得他的帮助，我总是怀揣"感谢"，他总说："不算什么，不要老挂记在心头。"

一日，朋友珊问：你知道发生大事了吗？我不解。

珊说：令狐兄得病了，而且很重。

我有些惊讶：那么有朝气的一个人，怎么得病了呢？

珊有些伤感：令狐兄是累出来的。

累出来的。对朋友的热情帮助，对自己未来的设想，所有的一切都在付出实施，为了梦想而不懈地追求。

我真想跟令狐兄说：努力去获得许多固然是好事，为理想奋斗固然是精神，但付出惨重的代价却是不值得。许多许多的事业要做，许多许多的荣誉要争，但可以每日一小进步，如蠕虫般地前进也不失为人生的快乐。

我真想跟令狐兄说：在前行的过程中，我们有得有失，失去的将会远远超过得到的，但这不能说明人生的不如意。你太累、太苦，许多手头握住的"机遇"可以适当地丢失掉一些，给自己减少不必要的一些包袱。

得之不喜，失之不悲——范仲淹所说的"不以物喜，不以己悲"如出一辙的人生哲理。

你若盛开，清风自来

1

漫步街头，街灯晕黄的灯光散亮地映照着每一个从它眼底下匆匆走过的人儿，看惯了事事常常。

琴，独自一个人游荡在街头。

她是一位教师，一位优秀的教育工作者，无论是自身的素质还是教学的功力，比同龄人略胜一筹，而此时此刻，她的内心却被棉絮一般的心绪堵塞着。她有着不同于男子的许多繁琐事务牵绊：因她是教师，女儿的学业监管自然也成了她的主事；因她是班主任，班级孩子们在校每日事项也是她的主事……这些都没有难倒她，也没有让她感受压力。

游于街头，究竟何为？

学校每年都会有晋升、评优，也有向更高一层的发展时机。琴也是一位默默无闻、兢兢业业在努力追求梦想的教师。她除了教育教学之外，还有着自己的兴趣爱好——写写画画、上课展示，似乎没有她拿不出手的"活计"，她获得了如梅艳芳一般的校园美称——百变手。

大众的公认，自我的追求，促使了琴内心的蠢蠢欲动，她总想着诸多的荣誉。只要有机会，她都会参加；只要有机会，她都会努力去争取。一年一度的评优活动开始之际，她自然又是第一个报名。

经过审查、推荐，主管部门的再督查，琴顺利地向更高一层的平台走去。考试、面试等一项项"单打独斗"之后，她冲入了最终的决赛圈。满怀信心的她更是不敢丝毫的懈怠，拼命加卖命地奋进着。

期待总是美好的。

结局有些失望：琴，名落孙山。

晚秋的夜总是带给人许多的落魄，琴的脚步已慢慢地接近家的小区。被冷风吹拂而过，琴猛然间惊醒：追求是需要的，只是追求与梦想还有差距，真正的"追求"还没有等到盛开时节。

2

健儿是全家人的宝，爷爷、奶奶总是嫌呵护不够，父母总觉关爱不佳，外公外婆也总是倍加珍爱，真是"含在嘴里怕化了，捧在手里怕摔了"。

健儿长得一表人才，白白净净，内心有许多别人所不知的秘密，脑袋中有别人不可理喻的想法，表现出来的也总是让大人们不明白的行为。家人都在为健儿的成长做着许多的努力，健儿却似乎不为这些行为"心动"，他有了自己的小主张。

每日里，他开开心心地去上学，妈妈的嘱咐在他看来那是一种多余的唠叨，父亲虽然不常对他说什么，但也总能从小细节上关注着他，这点他是明白的。中学是一块人生成长的肥沃土壤，什么种子都会在这片土壤中生长、冒芽、长叶。

回到家，他喜欢跟父母讲在校方方面面的事情，那些鸡零狗碎的事情他也绘声绘色地描述一番，不厌其烦。总有那么几个人物的名字时常地在嘴边提及,讲述着这几个人的滑稽趣闻。

父母时常为之恼怒:因为不说学习而说"废话",不说正事而说"闲人"。每每此时,大家相互间便有了思想上的对立,你说你的,我说我的,最终不欢而散。

健儿真是对学校的任何事情都观察,所以回家才唠唠叨叨地叙说一番,他或许是在做着自我的推断与甄别。他的心智在逐渐盛开,我们需要的是给他以更多的清风的吹拂,告诉他如何去正确地接受、处理所偶遇之事。

3

"给我一个班级,我就知足了。"这是做教师的份内事,知足与否还只有自知。我每每教一个班,内心还真是有些惶恐,因为生怕耽误了那一双双纯真的眼神,也生怕辜负了那一双双眼神后面的那一个个家庭。

自己是属于较为愚钝类型的教师,读书的年代,我记不住许多知识;教书的时代,我不能如别人般将知识娓娓道来、举一反三。我简单地想:要是我教的每一届孩子都能喜欢我,都能喜欢上我的课,那该有多好。

我尽可能地顺着孩子们的想法去设计课堂的思路,有时可能不大适宜,但只要能给孩子们带来快乐,我想那就是有用的。

我也尽可能地花费时间让孩子们去喜欢文学作品。每次看到有孩子课间在看课外读物,我内心总会被快乐填充着。

自己总觉得应该写一写心得,或者做些摘抄,这样或许给自己长点"能量"。这样想了,我也就这样做了。

自己写了,也想让孩子们与我一样也写一写。我想法设法地寻找课文中的"点",布置一些"练笔",让孩子们去写。稍稍写的好,我就会给他们一个个优星。整理归档时，居然能凑成一本小小的班级优秀习作印客书。

孩子们如花儿般慢慢地盛开，等到时机成熟，自然就有许多成果。不急不躁，或许是我们教育所需要的。

与田野为邻

学校异地重建,我们有幸见证了新校区的启用。入驻其内,感受着那全新校园的美丽景致。

新校区占地近百亩,拥有民国风格的教学楼、科技艺术楼、体育馆、食堂、行政图书楼等多幢建筑;拥有完善的配套设施,实行着一卡通系统。漫步校园内,想象着未来建成的凤蔚广场、阅艺园、博弈园、劝学园、童趣园、虫吟园等多处文化景观,更是一个充满鸟语花香欢乐场所。此时此刻,你身处校园,就已能观赏到树木的苍翠,绿草的茵茵,一派生机勃勃的景象。

处处盎然,这还不是学校的全部。假使,我们的思绪够大、够宽,可以任由视野扩展,向四方蔓延开去,浑身会感觉阵阵的畅快。

四方全是田野,都是未开垦的原始风光。与田野为邻,是我们百年学校的快乐所系。

从窗向远处望去,那远处的山峦层层叠叠,濛濛之中引无尽的遐想。择青山碧岭而居,怡然山水,享受着清新的空气,快乐一天便由此开始。"土地平旷,屋舍俨然,有良田美池桑竹之属。阡陌交通,鸡犬相闻。其中往来种作,男女衣著,悉如外人。黄发垂髫,并怡然自乐。"陶渊明式的田园风光在此重现,怎能不令人心旷神怡？

田野的原生态至今没有被"拆迁"，坡坡岗岗，草丰林茂。几块不大的小池塘静静地散落在田野之上，这儿一簇、那儿一簇的树林高低起伏，形成了一道天然的翠绿屏障。清晨，小鸟扑棱棱地从树林跃起，飞落到校园的建筑顶端，俯视着进入校园的一个个快乐身影，扬起颈脖，高声地"叽叽"直叫，似一曲欢迎圆舞曲。

学校的教育与田野为邻，必然有那么一份"接地气"的考量。地气，来源于平常生活的本真，是山川河流给予大自然的一份灵气。教育，有时被浮躁、名利所牵绊，失去了原有的功效，追求了浮华的外包装。我们与田野为邻，坚持"做事惟精，做人惟诚"，秉承"择高处立，寻平处居，向宽处行"的办学理念，继承和吸收学校传统文化特色，挖掘、融合现代发展元素。"快乐星期三"在校园的每个角落散发着田野之风：来源于生活实践，快乐于兴趣之选择、小雏鹰航模、纸工、书法、排球、啦啦操、手风琴等社团全面铺开，学校处处都有学生的活跃的身影，与飞翔的小鸟相映成趣；乒乓球、书画、编织、摄影、广场舞、文学创作、瑜伽等教师社团逐渐形成每位教师生活的一部分。

新校区处于城市南部新区地带，远离了城市的喧嚣，少了些浮躁，多了些静心静气。每日的校外，没有了小贩们的吆喝，没有了飘着阵阵油香食物的诱惑，也少了许多人来人往的热闹都市的场景。师生们静下心、沉下气地工作与学习，与一年四季的美景相伴，与朗朗的书声为伴。

虽一路之隔，却没有隔阂。每日清晨，学校与田野一致地苏醒，一致地舒展手臂，迎接着每日的旭日东升。

第五辑

家有小儿

孩子,你是我们的未来

曾记得小时读书,老师对我们说:"你们是祖国的花朵,是祖国的未来!"轮到自己做了教师之后,这句话也从我的嘴里脱口而出,对一届又一届的孩子说着这样的话语。

我的孩子从幼儿园走入了小学、中学,他的生活、学习渐渐地影响着我的生活、学习,甚至还涉及到我的情绪。作为一名教师,我对班级的任何一位犯错误的孩子都可以和颜悦色、轻声细语,轮到自己孩子犯错误时,我都会不耐烦,有时还声嘶力竭地教训。

哲人说:每位孩子身上所发生的缺点或不足都带有家长和教师残暴的教育痕迹。起初,我不以为然。渐渐地,孩子小学成长过程验证了这句话。

我既是他的老师,又是他的家长。

作为家长,我能容忍、等待他的不足,如章红作家的《放慢脚步去长大》,静静地等待孩子的成长。作为一名教师,看到别的孩子的迅速成长,相比着自己的孩子,内心的那份不安加上来源于根底的"虚荣心",常常对孩子进行无端的责备。

责备、漫骂或者训斥常常会使孩子身陷"恐慌"之中,对自己的能力与信心逐渐丧失,还有可能会带给别人印象——父亲都说孩子不好，看来这个孩子还真是有许多不足。

"世上有一些人认为，自己的一生至少要把自己的孩子培养成一个有所作为的人；还有一些人认为，为我们的民族和人类培养一个有所作为的人胜过千万个庸庸碌碌的人。"① 这样的话语，猛然间意识到我对自己孩子的教育方式是错误的。

培养一个人不是摘花、种树，也不是市场上的商品买卖，而是需要经过长期的过程。改变孩子首先要改变自己。教育好孩子，首先自己要有正确的观点。

家庭的融洽氛围，家长的说话语气、言谈举止、涉外态度……都对孩子起到不可估量的作用。

我们不要过多地奢望每位孩子将来能成为科学家、医学家、作家或者是腰缠万贯的成功人士。我们可以预设，可以追求，持平常心去"预设""追求"，不将自己的"欲望"强加到孩子的身上，也不可给予孩子急功近利的"短期效益"，真真切切地告诉孩子：未来要成为一个对国家、对社会有用的人。

孩子，你是我的未来。

---

① 《家庭和儿童教育》[苏]A.C.马卡连柯著，丽娃译，上海人民出版社，2011年版，"出版说明"。

不争的事实

作为家长，有时候我们是否唠叨得太多？是否有时又放松得太多？有时又约束得太多呢？

朋友小惠的孩子是一位听话、乖巧的女孩子，也是一位要强的孩子，打心眼里我很是喜欢。孩子话语不多，常常令小惠不满意。

小学，每位孩子必经之路。由于社会的竞争压力，每位家长从孩子小学开始就"不能输在起跑线上"，更有甚者从幼儿园开始。小惠也是其中之一。她关注孩子的每一个脚印，关注孩子的点滴成长，记录着孩子的时时刻刻，也花费了许多的心思去管理、去扶携。

孩子毫无怨言，认认真真地做着自己的那份"责任"——好好学习，天天向上。可难免有时会犯"错"——学习成绩不如意，没有达到全家人所期望"值"。

小惠说："每每孩子考试，自己都比孩子还要紧张，每每考试卷发下来，自己都比孩子还要着急。看到孩子的不足的学习成绩，内心那份不安是难以形容，内心的那份焦虑别人是难以知晓。"

孩子，是祖国的未来，这是从"大"的角度去思量的，培育孩子也是每个家庭应尽的责任。

小学阶段，是一个人习惯养成的阶段，是一个人对于未来的基础阶段。这个阶段，我们应该让孩子明晓"学习是快乐的""我很喜欢学习这门功课""我很喜欢这个老师"……应该让孩子有一个"对未来召唤的内心情结"——自信、从容、踏实、严谨的学习态度。

侯，一位聪慧的、顽皮的小男孩，在他父母的眼中似乎永远长不大，做事情总是马马虎虎、吊儿郎当、草草了事。对于学习，他总能找到"不认真"的理由。父母与他谈话时，他也总是"一句对一句"的长谈，惹得父母时时不顺心。每日里，他都将老师布置的任务完成，质量上不敢苟同。花费了时间不说，还常常被父母说着说那。每当此时，他施展开自己的"唇枪舌战"的本领，来一场激烈的"争论"。最终，火药味弥漫了家里的每一个角落，他也总想"夺门而出""落荒而逃"。

侯没有学习的内力，没有对事情的责任心：自己的学习不去认真完成，总是找理由，这是逃脱。

每个孩子在成长，他们都有他们的想法，但大多数都是随心所欲——他们没有社会的阅历，不知竞争的残酷；没有处事的原则，不知"不作为"带给他们的后果。父母的"焦虑"也是人之常情，谁不希望自己的孩子能够成龙成凤？谁也不愿意自己的孩子"输在起跑线上"。也许，我们可以从另外一个角度去对待孩子：放慢脚步去长大，静候花开。

"我的未来不是梦"

年少时,张雨生的《我的未来不是梦》给我以深刻的印象:

你是不是像我在太阳下低头/流着汗水默默辛苦的工作/你是不是像我就算受了冷漠/也不放弃自己想要的生活/你是不是像我整天忙着追求/追求一种意想不到的温柔/你是不是像我曾经茫然失措/一次一次徘徊在十字街头/

因为我不在乎别人怎么说/我从来没有忘记我对自己的承诺对爱的执着/我知道我的未来不是梦/我认真的过每一分钟/我的未来不是梦/我的心跟着希望在动/

至今听起来依然是那么得让人内心振奋,所有年轻时的梦想一晃而涌上心田。"我的未来不是梦!"时刻提醒着自己去努力,去奋进。每个人都有梦想,而正是有了梦想,所以才有了前进的动力,才有了追求的目标。在追寻梦想的过程中,我们定会失败多次,甚至看不到成功,我们坚持了吗?我们还相信我们依然有梦吗?

我受邀去参加同学办的喜宴——孩子考取大学。同学孩子也是我的学生。小学阶段,同学将孩子从外地的贵族学校转回了本地。与我谈心的那一刻,我看到了同学内心的焦虑。每日里,我尽自己的努力去帮助孩子,让他感受到学习还是有乐趣的,依靠自己的付出还是有收获的。

孩子没有理会别人的小瞧、责备，坚持着做"自己"。在学业前行的过程中，孩子有了自己特殊的爱好：篮球运动，并为之练习着。孩子的父母对孩子不离不弃、始终如一的扶持，最终孩子依靠一技之长，破格被南京航空航天大学录取。

小学，是每个孩子开始追逐梦想的场所。每位教师千不可给孩子定性、定位，甚至说出"智商有问题""没有出息"等话语。小学，是每个孩子梦想开始的场所。每位教师都应小心呵护着每位孩子心中那份梦想树苗，尽心尽力地去培植他们的"梦想幼芽"，让它们生根、发芽。

  一位老师带学生到河边春游，他将学生分成四组，要求他们用竹篮在10分钟内从河里打水到岸上10米外的桶中。

  10分钟后，比赛结束，老师分别作出了结论：第一组的同学舀水很卖力气，所以篮子洗得特别干净——获净化奖。正如看书，尽管初时有许多不解之处，看似白看，其实看多了，人的思想和心灵会在不知不觉中得到净化。

  第二组的同学跑得特别快，并且每次都很细心得把篮子上滴答落下的水尽量地抖入桶中，水竟然积了三厘米高——获勤奋奖。正如勤奋。尽管有时看似无望，但只要努力了，总会有所收获。

  第三组的同学用竹篮打水时捞上了一个饮料瓶和一些漂浮的垃圾——获环保奖。正如奉献。尽管自己一无所获，但对别人也许是莫大的帮助。

  第四组的同学居然捞到了小鱼小虾——获意外奖。正如人生，尽管难免失败，但只要坚持不懈，也许会有意料之外的收获。

原来胜负没有定式，从不同角度看就有不同收益。竹篮打水——未必一场空。

每一个孩子的自身努力都有成功的机会。"原来胜负没有定式，从不同角度看就有不同收益。竹篮打水——未必一场空。"我们的人生其实并未胜、负之分，有的你如何去看待自己曾经有过的努力。

老师们，精心去关爱每一位孩子，精心去感知每一位孩子那稚嫩的"梦想"，真诚地与孩子一道去培育，相信"我的未来不是梦"。

你的明天有落叶吗？

暑期伊始，孩子安排了自己的计划，我们看了也鼓掌以表示我们的认同。执行开始一段时间，我与孩子一起享受着每日完成计划带来的欢愉。渐渐地，孩子的行动慢了。

有时，我轻声问："怎么这么长时间还没有完成任务呢？能不能将速度再加快些？"他也表示同意。有时，我走进他的房间，准备探视一番，而他以"我的隐私之地，不准进入"为由，将我"赶"了出来。

一天下来，有时会有一、两个任务没有及时完成。等到我们催促他赶紧加快速度，争取在规定的睡觉时间之前完成，他便会说："没有关系！我明天起早，第一件事情就是完成这个。"他的话说得肯定、坚决。

我想：兴许他是认真的，会将自己的这个承诺放在心上。

我静待太阳升起的第二天。

有一个小男孩，他家后面有一大片树林，起风的时候，林中的树叶随风飘飞，有时会飞入厅室和灶间，于是，他的父亲要他每天上学前将树叶打扫干净。

天刚亮就起床扫落叶实在是一件苦差事，尤其是秋冬之际，林间的树叶好像互相约定好的似的，总是不停地落下来。每天花大量时间打扫落叶，让男孩厌倦不已。后来，男孩从别人那里得到一个好主意，那就是扫地之前，先将树使劲儿折摇摇，这样就可以将第二天才会落下来的树叶提前摇下来。如此一来，岂不省了明日之事？这个主意令男孩兴奋不已，于是他起了个大早，扫地之前使劲儿将树摇了又摇，这样，他就把今明两天的落叶全扫完了，那一天他非常开心。

从落叶的数量上来看，小男孩的确是将"明日的树叶"收入了囊中，也一并将"明天"提前到了"今日"。我们似乎也看到了"明日得地面没有了落叶"，仿佛也看到了"小男孩站在没有落叶的树底下欢蹦乱跳"的情景，芸芸之中也好像听到了小男孩欢呼的声音。

但，"明日"真的提前到"今日"了吗？

第二天，他起得很早，谁知到林间一看，依然是落叶满地，男孩傻了眼……

男孩站在满地落叶中，突然大彻大悟——无论今天怎样用力，明天的树叶还是会落下来的啊！那一刻，男孩心中一片澄明，他终于明了：世上有许多事是万不能提前的，活在当下、活在今天才是生命中最实在的态度。

"明日"既然不能成为"今日"之需，那么"今日事"不完成到了"明日"又该如何呢？我的孩子的"今日之事"堆积到"明日"势必会成为"明日累赘"，甚至于会成为额外的负担，因为谁也不知"明日"是否"孑然一身"呢？

小男孩终于醒悟到自己行为的急功近利，意识到"脚踏实地"的可贵。那我的孩子是不是也应该要知晓："明日复明日，明日何其多"之理呢？

"明日的树叶"终究不能成为"今日的落叶"，那"今日之事"注定也不能成为"明日之累"。

选择"自己"

台湾作家朱德庸先生《在一个时代里缓慢行走》中坦言:"世界一直往前奔跑,而我们大家紧追其后。可不可以停下来喘口气,选择'自己',而不是选择'大家'。"这似乎暗示我们要更多关注自身。

每日清晨眼睛一睁开,就看到窗外的阳光隐约地投射进来,我们的思绪或许已飞速到一日的忙忙碌碌的工作,想象着今日工作的日程安排,想象着自己的行为是否会影响到大家的不便?其实,我们不必如此按部就班地让自己紧张,也可安心地坐在餐桌旁,倒上一杯浓浓的咖啡,提神、醒脑;或者倒满一杯热腾腾的豆浆,让暖暖的香气息涌入胸怀;或者让思绪踏着淡淡的、铺满休整了一夜的尘埃飘逸出窗格,凌于高阁。

让我们的思绪、情怀暂时回避"大家",归属于"自己"。选择"自己"并非是"君子固本"的狭隘思潮,也不是"自私"的拿捏,更不是丢弃"大家"的氛围。

早晨,卫生委员敏敏正带领着值日小组的成员打扫卫生,乐乐手拿抹布在认真、细致地擦拭着墙壁上的瓷砖,娇娇对着窗玻璃哈着气,然后再用干抹布擦干净,敏敏和晶晶手握扫帚清扫着走廊上的垃圾……看着干干净净的地面，小伙伴们满脸笑容。

这时，磊磊晃悠悠地从她们身边走过，嘴里还油里油气地说："真干净呀！真是一群好少年呀！"小伙伴们也没有理睬，却发现磊磊随手扔了几张纸屑。敏敏弯腰立刻捡起其中一张纸，发现是一张渍纸，忙喊住了磊磊："磊磊，我们刚将地面打扫干净，请你尊重我们的劳动成果，将这些纸屑捡起来！"敏敏说完顺手把废纸扔进了纸篓里。磊磊却不屑一顾，鼻子一哼："地面不干净了？你们是干嘛的？你们再打扫呀！"几位小伙伴跑上去就要跟他评理，磊磊一溜烟地跑掉了。

磊磊选择了"自我"，糟蹋了"大家"的劳动成果。晚间，妈妈在一旁催促着他赶快洗澡，他正在看电视，嘴里嘟囔着："待会儿！"爸爸见状，生气地一声吼，磊磊才不紧不慢地进入淋浴房，"哗啦啦"地洗起澡来。末了，他在淋浴间大叫："妈妈，帮我拿衣服！"妈妈无奈，只得帮他拿毛巾、衣服。他穿完衣服后，淋浴间也不整理，只见洗澡布散落在地面，喷头也丢弃在地面，四周的墙壁上湿漉漉的一大片。妈妈紧跟着后面清扫起淋浴间的乱七八糟的饰物。

磊磊从小就是"衣来伸手饭来张口"，吃饭时，往往将自己喜欢吃的菜端到自己的面前，洗脸时总是如"猫洗脸"一般地糊弄一番，洗脸毛巾总是随意地搁在池盆旁……这样的"自己"缺失的是选择。作为教育工作者，该如何去选择我们的教育，我们怎样将"自我"传递给孩子们呢？作家张晓风在《我交给你们一个孩子》中的话语时刻提醒着我们：

> 我把他交给马路，我要他遵守规矩沿着人行道而行，但是，匆匆的路人啊，你们能够小心一点吗？不要撞倒我的孩子，我把我的至爱交给了纵横的道路，容许我看见他

平平安安地回来。

　　学校啊,当我把我的孩子交给你,你保证给他怎样的教育?今天清晨,我交给你一个欢欣诚实又颖悟的小男孩,多年以后,你将还我一个怎样的青年?

　　世界啊,今天早晨,我,一个母亲,向你交出她可爱的小男孩,而你们将还我一个怎样的呢?!

　　选择"自己"的前提是停下脚步"观望"四周,选择合适的时机顾全到"大家",顾全到身边更多的"自己",让我们"大家"在慢慢之中长大,在慢慢之中"自我"得以成长。

内心的强大才是真正的强大

康:

今天是父亲节,作为你的父亲,我为你的健康、茁壮成长而感到开心!因为无论遇到任何的挫折,你都能去化解;无论父母对你有多少的误会,你都最终敞开心扉与我们谈一谈;无论你的学业如何,你都能与我们谈出你的想法;无论是受到来自我们、老师还是同学的不公的"待遇",你最终都能一笑了之。

孩子,你长大了,爸爸为你感到高兴!

当妈妈十月怀胎,你出生的那天,你知道作为父亲的我是多么的快乐吗?你出生的那天傍晚时分天开始飘起鹅毛大雪。安顿好你与妈妈之后,我站在医院的窗台上,看着洁净的雪花飘了一夜。孩子,你熟睡时的姿态是那么的安详,爸爸常常亲吻着你胖乎乎的小脚丫,你也常咯咯地笑。

当你牙牙学语的时,都是睁大着好奇的眼睛张望四周。你每天都要出门去转一转,因为你天生的快乐,天生的喜欢与自然的接近。爸爸也常常肩扛着你到处玩乐。

当你上了幼儿园后,你都会带给我们新奇的事情。爸爸、妈妈初为父母是那么得开心、快乐。爸爸也记录了你每天的点点滴滴,将来等我们老了,回忆起你带给我们的快乐,那是多么得温馨呀!爸爸、妈妈一直呵护着你,希望你能多掌握本领,多多地了解外面的世界,将来有一个好的未来,所以不知所措地教育着你,也经常责骂、打你。你小小的心田上也留下了爸爸、妈妈对你的"不好",但那些都是爸爸、妈妈爱你的不好的方式。我们努力地纠正着我们自身的缺点。

上了小学,爸爸依旧记录着你的成长过程,也享受着你给我们一家带来的欢乐。这六年中,爸爸还是有打骂你,还是有出言不逊的时候,甚至于还极为凶恶地待你。但,你都一步步笑着走了过来。对于爸爸、妈妈的一些过错,你都能说"那是为了我好"。孩子,你真的长大了,知道了父母的心思,知道了父母的想法。

孩子,你是一个男子汉了,用我们之间常说的那句话来说,"你是一个男人"了。你瞧,出门时,你也总是能够"保护"妈妈了,虽然做的还不够,但你做了。昨晚与妈妈一起去喝喜酒,电话中也告诉我"会照顾好妈妈,绝对不会闹矛盾的",多好的孩子呀!

孩子,虽然你的字迹还不是很工整,我也常常指出这个你的不足,虽然你改正的还不多,但你一直在努力。这是你"要好"的表现。

孩子,虽然我总是为了你的学业、习惯唉声叹气,你也害怕我发火,但你一直在劝我"会好的,不要生气"。多好呀!你都已经会规劝我,知道我的不足,知道帮助我改正错误了。这是你有处理事情的能力了。

孩子,虽然你偶然生气之后会发小脾气:做古怪的行为、说言不由衷的话语、跑出家门不归……事后,你都能坦诚地承认自己的缺点。多好呀!你能正确地面对错误、挫折与不足,这是你有明辨是非的思维了。

孩子,父亲节来临的今天,我不知道该做些什么,我只是想让你知道：我为有你这样的孩子而骄傲：知道孝顺长辈，对爷爷、奶奶、外公、外婆是那么得亲热，整天都想着去他们那里，因为有欢乐；知道对家人的爱，不厌其烦地与爸爸、妈妈唠唠叨叨，也不厌其烦地听爸爸、妈妈的唠叨；知道对朋友的好，虽然还不知道正确地表达自己的想法，快乐地与别人玩耍，有时还与别人产生疙疙瘩瘩的现象，但还总去找那些"仇人"寻求快乐；知道对老师的尊重，老师说什么就是什么；你从来不厌恨世间的人、事、物，即使现在是六年级的毕业生，仍旧整天充满了天真的、快乐的心情，似乎"玩"比什么都重要。

孩子，每次看到你在摆弄着电器，摆弄着你喜欢的音箱、播放器、电脑、电子仪器……并且创造性地、衍生出许多我们都不知道的新功能时，我为你自豪；

当你自己将电器类的器件生发出多种功能或新的组件时，我为你骄傲；

当你每日坐在床上看书不想睡觉，千呼万唤才安然睡觉，爸爸、妈妈内心虽不快，但也为你喜欢阅读而感到欣慰；

当你不会跳绳，在妈妈的帮助下学会了跳绳；当你不会玩滑板，在我们的帮助下，你不但会玩，还有许多新花样，并且教会了许多人，做了小小的师傅的时候，我们为你感到快乐；当你……许多许多的情形历历在目，爸爸为有你这样的孩子而感到欣慰。

孩子，你即将踏入新的学习历程，面对的是新的环境。那将是对你的未来的人生一次新的考验。习惯、目标、态度，这三者在你以后的学业过程中将起着决定性的作用。只有内心强大了，才是真正的强大。而内心的强大是需要自己不断地去学习，不断地去积累，不断地展示自我获得。

每个人都是强大的个体，只有自己将自己树立坚定的目标，并且为了目标而去不断地奋进才能真正实现个体的"强大"。正如我们曾经学过的一句话说得那样：我们要目标专一而不三心二意，持之以恒而不半途而废，付出了努力、汗水，我们才能获得掌声与鲜花。

　　孩子，前进吧！中学是你大展身手的地盘，中学是你施展才华的领地。爸爸、妈妈相信你一定会更加的精彩，也一定能创造出更多的辉煌。

你的父亲于父亲节前夜

撕撕撕

雪花飘落了一天，小康按照老师布置的作业要求努力地完成着。虽说写字的速度跟上了，但字的工整度上还要加强。我告诉孩子慢慢来，不着急。

他的阅读练习结束了，他的写字练习也结束了。接下来他让我抽了读书情况和背诵情况。当时间的指针指向7：30，感觉良好，因为没有哪一天他是如此高速完成的。

妻看到小康的作业完成了，又对我说："我听得别人说要买AB卷，做上面的练习，是吗？"我没有应答，因为我一直没有买。我拿出另外一套"课课练"给小康加强。

我们一个题目一个题目地操作着。当我读到"按照课文内容填空"的时候，他的心思似乎有些开小差了，我立刻纠正了他的做法。此时，他没有看清楚题目就做，而且错了，我告诉他错了。显然，小康有些不耐烦了。我没有立刻意识到事情的严重性，对于孩子内心我没有足够的重视。

一会儿，他错了，用力地用橡皮在书上擦拭着，我生气地说："轻点！不然会破的！"他也很生气，于是更加用力了，我再次大吼："你怎么不把它撕掉呢？"他听得这句话后，抓起书真的撕了起来，我顿时感到愕然，一时不知该说什么。怒火在心头涌起。我拿过他的本子，说："你有本事撕呀！"当时的语气是极其严肃的，声音是极其高的。小康又抓起本子撕了起来。我茫然了，孩子怎么了？他难道不理解我的意图吗？我大吼："你把你的书也撕掉吧！"我极度生气。他看着我非常惊慌，看到我递过去的"自读课本"撕掉了封面。我更加生气了，拿起他的语文书，说："撕！撕！"他说："我不撕！"我仍旧吼着："撕掉！"他显得有些惊恐，抓起书撕了起来。

我不知所措。

妻看到我们俩这幅情景，着急地在一旁叫道："你们干吗？"我生气地做到了一边。妻把小康叫到了一边："孩子，你怎么会撕书呢？"孩子的回答令我大吃一惊："是爸爸叫我撕的！"妻说："他叫你撕，你就撕？""我不撕的话，他会打我的！"我听得心中一阵揪心：我平时的教育是多么得失败。

孩子"撕"书是由于害怕我的"打"，我以往的教育方法是多么得粗暴，孩子小小的内心留下了深深的印记。

过了若干年的那个炎热的夏季，蝉趴在屋外的大树枝上"知了！知了！"地叫着。晚间时分，暖热的气流没有消退，人浮躁的心情也涌上了面颊。

妻劳累一天回来后，要检查孩子一系列的暑期作业。不知为何大家相互之间发生了矛盾，孩子开始不理智地嚷起来：

"我就是不想做！"

"我恨透了学习！"

"我就是不想！"

也许受到了天气的影响，嚷嚷的声音一浪高过一浪，孩子继续在嚷着：

"都是你们逼的！其实我一点都不喜欢学习！"

他边说边将自己的一本本子撕掉了。妻看了，无语。我在一旁看了看那张已经涨红的脸庞，没有多说什么，紧跟着孩子来到他的房间。

我面对着他，靠在办公桌上，他神情凝重地看着我。我知道他内心在想"是不是要惩罚我了？"我告诫自己：冲动是魔鬼！绝对不能发火，因为发火解决不了问题，也解决不了孩子内心的那份在失去的"自我"。我慢条细理地问："是不是不想上了？"

"是的！我就是被你们逼的！"怒火依然在胸中燃烧。

"那你刚才撕东西干嘛？"我逼问着。

"我就是要毁掉这些！我不想要了！"他不依不饶。

"如果你觉得撕掉这些，心理舒坦，那我帮你！"我接上他的话。

他愣了一下，显得没有想到我会有这样的话语。为了证实我说的是真实的，我取下他书架上早已不用的那些成旧的本子、书籍、练习册递给了他。开始，他很兴奋，没想到我这么支持他的行为。他很是疯狂地撕撕撕。

我明白他此刻不是真正的快乐，而是宣泄的快乐。

不一会儿，坐在地板上的小康四周就堆起了厚厚的一层纸屑。他的"疯狂"也开始慢慢地淡化下来。他告诉我累了，不想再撕了，我继续鼓励他撕下去。他此刻全然没有了先前的那些"怒势"。又撕了一阵，他告诉我不想撕了，言语中说自己很伤心，许多的书、本子和一些"珍贵"的资料都被自己撕掉了。

每天清晨，不等寺院里的晨钟敲响，僧侣们就被老方丈的呼唤声喊醒了。不过，老方丈呼唤的却不是寺院里僧侣们的名字，而是他自己的名字。

多少年了，老方丈总是在晨钟敲响的前十分钟左右，率先起床，站到寺院附近的山坡上，对着山谷大声呼唤自己的名字。有一个小和尚曾经问过老方丈："您怎么天天呼唤自己呢？这样做有什么玄机吗？"

老方丈笑笑说："我天天晚上在梦中出走，甚至云游四海，腾空万里，根本无法约束自己。醒来后当然要呼唤自己了，把自己及时地唤回来呀。不然的话，就有可能把自己走失了，再也找不到自己了……"

孩子在成长的过程中，常常会被繁杂的尘事所绊杂，也总是想挣扎出来，由于受到长辈们的训斥或者强压，他们根本无法释怀，渐渐地，"自己"就流失了。为了帮助他寻回"自己"，这时的撕书不失为一种方式，等待宣泄的过程中，孩子会慢慢地感觉丢失的"自己"会走回来，内心会被自己的行为震撼，会在不知不觉中去思考自己的行为。

我们丢失的仅仅是无用的书籍、本子，即使是一些看似很重要的书籍、本子，如果"自己"丢失了，这些东西又有何用？孩子的一切需要我们做大人地慢慢引导，慢慢指引。

榜上无名，脚下有路

孩子上中学了，开始进行的是军训。我们一家都在为孩子的中学之行左右思考着：是否每日要去接送？孩子是否能适应新学校、新生活？是否能适应老师的授课方式？受到挫折是否能独立解决？

孩子军训回到家，我都是挥挥手，露出真心的微笑对孩子说："欢迎回家！"孩子虽然有疲惫，看到迎接他的我们，脸上还是会绽开笑容。

一所新的学校，一位新的老师，一群新的面孔，一道新的风景，一节新的课堂……全新的东西展现在孩子面前的时候，我能想象到他的兴奋，我能感受到他怦然的心动。我从他的脸上读懂了这些。

这是可贵的"孩子气"！

进入小学，老师的"榜单"上没有康的名字，因为孩子不属于"认真型"的学生：他做作业的字迹不端正，上课有时爱"走神"（他的思维是跳跃式的），试卷上答题也总是简洁意赅，学习成绩一直处于中等，这样的学生老师不讨厌就已经是网开一面了。

孩子不是"听话型"的，他总给人感觉"好动"：一会跑东，一会跑西，上课的坐姿不会"双手抱臂"。当他有问题接受老师的教育时，他总有一些理由来解释。孩子不是"情商型"的，学习一般，与人处事不圆滑，有一说一，有二说二，直来直往，没有"陈腐"，参加各类活动的机会也少。

小学阶段，我对孩子过于苛刻、焦躁，时常对他有不满与训斥。孩子一直唯唯诺诺，很少与我说上一些"真心话"。结果，我不知道孩子究竟在想些什么？他需要些什么帮助？孩子上中学了，军训时被教官罚做俯卧撑；自我介绍时别人有掌声，而他没有；被老师当作"反面典型"进行批评，并且还写了反思……我告诉孩子：人生不如意十有八九，有挫折时，一定要好好想想自己为何被别人当作了"典型"？从自身找原因去克服，从小事去注意，以自我的内心强大去改变别人对自己的认识。只有自己做好了，才能证明一切。

"路本没有，走的人多了，自然就成了路。"鲁迅先生说的这句话正是孩子现在所遇到的现象。这条路（求学之路）每个人都在走，它早就业已存在。只是，自己心中的那条"目标之路"还没有走出来，需要的是自己的不断迈进，踏踏实实地去踩，自然也会成路。

榜上无名，脚下有路。只要奋斗，总能进步！

孩子，你就是一棵小辣椒

妻喜欢养花，从春到冬栽栽剪剪，一棵棵花草在她的手下成长着，一盆盆花草在我们家生长着。那一簇簇、一丛丛的绿意时常散发着无限的生机，让我顿生爱慕之心。

有时，我也会帮忙培培土、浇浇水。遇到兴之所及，我也会到阳台将一盆盆花草搬回家，搁一盆吊兰在孩子卧室的书橱上，再摆一盆常青藤在孩子的床头柜上，让它们吸走空气中的杂质，呼出清新可人的氧气；我也会给三盆高低错落的幸福树洒上甘露，端来牡丹吊兰搁置在我的书桌上……有时又会将这一盆盆的花草搬到阳台外面的衣架上，它们晚间可以淋浴在颗颗晶莹的露雾之中，享受着大地之精气。

时间长了，我也偶尔帮妻照料一下花草，以彰显我对这些小精灵的呵护之情。

在诸多的花草之中，有一盆我叫不上名字的小独苗，让人很是爱怜——嫩叶娇小，根茎细柔，风一吹似乎就要折腰。

一到骄阳四射的时候，我将它搬至家里，生怕被晒蔫了。妻看见了，总是又将它搬出去，接收阳光的照射。

每当雨水来临时，我将它挪回阳台，生怕被浇透，会淹死。妻见了，又总是再次搬回原位，让它接收风吹雨淋。

一段时日，我干脆将小独苗搬到了洗浴间，那里不受风吹日晒，而且湿气比较大，一定适合它的生长。

某日，妻对我说："哎，不知道怎么回事，你总是将小辣椒搬来搬去的。"我说那是爱护，免得它被日晒雨淋、风吹雨打。妻说："那棵独苗苗是小辣椒，它需要阳光雨露，需要风吹雨打，这样的环境才是它所需的。否则，它是不会结果的。"

原来如此。我再也没有按照的意愿"呵护"小辣椒了。

一个星期后，小辣椒结果了，那一个个尖尖角的小辣椒挂满了绿叶丛中。

我原本的"爱"是错误的——表面上看是照顾小辣椒，实质上违背了它的生长规律，"不经历风雨，怎能见彩虹"？

孩子从小学到中学，如同小辣椒的成长一般。

每个做父母的都希望能将孩子成长过程中的每个脚印都给他们画好，但孩子们就是不愿意按照"既定的脚印"去走，甚至还会将"脚印"抹去。即使有按"脚印"去走的孩子，日后走路时不知究竟该先迈左脚还是右脚？

小辣椒每日都在健康、茁壮的成长。我每日都会去欣赏一下它挂在绿叶丛中的那一个个的"小铃铛"，似乎也会听得到那一声声"叮叮当，叮叮当"的响声。

孩子，你就是这棵小辣椒！

"我不是一只鸵鸟"

康一个人独自前行在街道上,天气有些闷热,但内心却仍感觉有些寒意,他紧张的眼神寒寒窣窣地向四周张望,唯恐有人在关注着他,结局还是有些让他得意:因为周围的人没有一个关注他,都在各自行色匆匆。

他步过红绿灯,转过围栏,进入步行街。

他要去的地点是父亲工作的场所——一所他曾经待过的小学校。康左看看右看看,生怕遇到熟人,也不知怎么的,他不太愿意遇到熟悉面孔的人。

小学校都是小孩子,老师们也如孩子们一般脸上洋溢着孩子气。康也是从小孩子渐渐成为了一名少年,个子高了,身材日趋挺拔,只是他还没有做好心理准备。

他对父亲说:最讨厌遇到几个熟知的小孩子。

父亲问:为何?

他作答:因为小学生总是说他的样子怪怪的。

父亲接着又问:你什么行为给他们留下了如此深刻的印象呢?

他作答:当初遇到他们时,自己曾经做过鬼脸,没有想到他们喜欢抓住"小辫子"不放。

父亲轻声笑了笑：哦，原来如此！小孩子就是喜欢记住那些有趣的事情，包括鬼脸。他告诉康以后遇到人不要有这些不恰当的鬼脸，行为端庄，别人一定不会在意的。

康也知道这些道理，但他忍不住对那些熟知的人还是做出异样的动作，出于无意。

父亲还告诉康：千万不要做一只鸵鸟。

康不解。

父亲做了解释：鸵鸟的感觉器官很敏感，当然这是它自身的生存原因造成的。人类当中也有许多人对外界发生的事情也很敏感，总喜欢牵扯到自己的身上。

康笑了，说：你在说我。

父亲没有直接答话，而是继续解释：人们都说，鸵鸟遇到紧急情况，比如害怕的危险时，总喜欢将自己的头埋进沙土里。其实，这是误传。

康插话：埋进沙土里，鸵鸟早就死了。

父亲赞许康的话语：是呀！从人们口口相传的话语中可以看出，鸵鸟很是害怕遇到危险。现实生活中，鸵鸟遇到危险第一反应便是奔跑，它的奔跑速度是急速的。

康追问：那人们为什么还说鸵鸟头埋沙土呢？

父亲没有做解释，而是说了另外一件事：你看，现在是午间了，天气已经热了，你还穿着春秋衫，而且还将拉链一直拉到顶，像不像一只担惊受怕的鸵鸟"埋沙子"呢？或许有着"鸵鸟精神"呢！

康不承认，他问什么是"鸵鸟精神"？是好是坏呢？

父亲说：其实，人们所说的"鸵鸟精神"比喻逃避，不敢面对现实，不肯正视困难和危险的人。这个意思来缘于每当鸵鸟遇到劲敌追赶无法脱身的时候不是战斗，而是把头深深地埋进土里（人们误传的信息），不敢面对危险，所以人们就把那些遇到危险只想逃避的人的行为叫做鸵鸟行为,这就是所谓的"鸵鸟心理"。

康坚决不认可父亲的结论,口口声声在说"我不是一只鸵鸟"。在往后的日子里,康还真的知晓了冷暖天气时加衣、脱衣,也不再拉拉链到顶,对于许多事情也不再避讳。

明天会更美好

轻轻敲醒沉睡的心灵慢慢张开你的眼睛／看看忙碌的世界是否依然孤独的转个不停／日出唤醒清晨大地光彩重生／让和风拂出的影像谱成生命的乐章／唱出你的热情伸出你双手让我拥抱着你的梦／让我拥有你真心的面孔／让我们的笑容充满着青春的骄傲／让我们期待明天会更好……

自从孩子上了中学之后，我恍然之间醒悟了许多：他终究是要慢慢成长的，他终究是要渐渐地懂事的，他终究是他有未来的，正如这首歌词说的那样：明天会更好！

自从上了中学之后，孩子每日早晨起床的时间提前了，他也不再为睡懒觉而狡辩，因为他知道：辩解的最后便是不遵守规则——迟到。那样是不是一个中学生的所为。他每天都在遵守着作息时间的规则。我为他与小学相比的这点进步而感到高兴。

自从孩子上了中学之后，他每日都喜欢与我们谈心了。当然，这个前提是我们相信了"未来"——放下了身段与他交流，感受着来自他内心的独白。我们都很认真地听取着他的倾听，为他的一切而欢欣鼓舞。我为他与小学相比有自我分析而感到高兴。

自从孩子上了中学之后，他每日总是提到许多同学，有"优生"的故事，我们给他树立目标，他也表态努力向别人学习；有"不足"的故事，我们给他讲解问题的所在，他也接受，并且能正确地对待……少了浮躁，多了思考；少了纠结，多了理智，我为他与小学相比的进步而感到高兴。

美国传奇教练伍登，在全美十二届的篮球年赛当中，替加州大学洛杉矶分校赢得十次全国总冠军，被大家公认为有史以来最称职的篮球教练之一。

有记者问他："伍登教练，请问你是如何保持这种积极心态的？"伍登很愉快地回答："每天我在睡觉前，都会提起精神告诉自己：我今天的表现非常好，而明天的表现会更好。""就只有这么简短的一句话吗？"记者有些不敢相信。伍登肯定地回答："简短的一句话？这句话我可是坚持了二十年！重点和简短与否没关系，关键是你有没有持续去做。如果无法持之以恒，就算是长篇大论也没有帮助。"

伍登没有什么惊天的成功秘诀，有的只是一个对自己的鼓励，对自己的信心，并且拥有持之以恒的心态。我们是否看到了孩子的"未来"？看不到！是否对孩子的"未来"做出判决了？无能为力！既然"无"，为什么我们对待眼前的孩子的表现就轻易地给予一个"长长"的盖棺定论呢？

这是不是也是一个"无"的能力思考呢？

相信孩子的"明天"能有点滴的进步，看到孩子的"明天"会更美好，并且恒久地去关注、关心、关爱，相信一定有让我们"值得骄傲"的"未来"！

喝咖啡

康上中学后,学习的课务多了,压力大了。星期一到星期五,他一回到家就忙着做作业,客厅的时钟总默默地转了一圈又一圈,开始转入夜深。看着他一天天长大,我有时竟然不知道如何跟他说学习注意事项,说生活感受了。每周的双休都是匆匆而过的。

本早已准备好的座谈也草草了事,没有如意。本周星期二,我对他说:假使他的作业完成的早,我们坐下分别泡上一杯咖啡,边饮边聊。他欣然同意了。

吃过晚饭,时间不长,孩子告诉我作业已全部完成,并且时间不长也将"一课三练"的部分内容做了一下。我信守承诺,取出早已准备的咖啡杯。他说:我来,这个我专业。看着他欢喜地泡着两杯咖啡,我知道今日的聊天将会有很多的收获。

浓浓的咖啡端上,冒着暖暖的热气。康告诉我,喝咖啡不能快,要慢饮,需要品味,有时用勺敲击咖啡杯沿,发出清脆的"当当"声,那更有滋味。

我抿了一口咖啡,聊起了他近期的学习状态:从近期的作业情况来看,进步了。我想听听你对自己学习的看法或想法。

康静静地,没有以往那浮躁的举动。他娓娓道来,先是从语文学科说起，特别谈到了自己的不足：对古文的理解不到位，对字词的理解感到困难。对文学作品中人物性格的赏析、事件的分析不是很清晰，还有作文写作时自己的构思已经欠缺的地方。

孩子对自己的学习是如此的了解，有着如此清晰思路。只怪我们平时没有很好地与他交流。他毫无顾忌地说着自己对语文知识、知识点、技能的一些疑惑。我也谈了自己对语文这门学科的认识（我虽是教小学语文，但学科应该是融通的）。我针对孩子提出的一个方面说出了解决的方式或方法。当然，我只是作为一个参与者来与孩子提出建议的，真正来面对、解决的还是孩子自身。

语文的交流融洽、高效。

在谈及数学时候，他也说到以往的不足，也说到了现在。言语之间，他特别感谢王老师，因为老师对他的不离不弃和真诚的帮助，使得他学习的信心足了。我也说到他的不足。今天这样的氛围，他丝毫没有反感，我穿插着说到近期他做的作业的正确率，鼓励的话语总挂在我的嘴边。

康也说：数学是属于理科，理科需要的是多练多做。我说这就是"熟能生巧"。

康对自己的英语也说到了感受：背诵的不够，单词的记忆不佳……在漫谈的过程中，我也慢慢地品味着咖啡的滋味，听取着孩子对学习的感受。

咖啡浓情，与孩子的交流也是浓情。在友好的氛围中，在亲密的交谈中，孩子有着许多自己的主张。朋友式的谈话会让孩子更加的了解自身，了解父母对他的关爱，也乐于接受。

榜样的力量

康,我的孩子,一位热情洋溢、充满个性的孩子,也是一位有自己独特思维的孩子。他的内心涌动许多我不知的秘密以及那些充满稀奇古怪的想法。

婷,我的侄女,一位知书达理、美丽善良的孩子。她在英语学习上似乎有着先天的敏锐度,大学上的是外语专业。毕业后,有了一次在通用公司实习上班的机会。在外企中,她一直很努力地学习着,并且磨合着自身的不足。

每次婷回到溧水,我都会让康与她相聚。康也一口一口"老姐"地套着近乎。康深受着姐姐的影响,许多时候嘴上挂的都是"姐喝的是咖啡""姐的工作环境超级棒"等等话语,言语之中充满了羡慕。

我看到了康对婷的崇拜,每每发觉康说及婷的"优越生活面"时,都会提醒康:"姐姐不是去享受的。她有这些是要靠自己的努力才能获得!"康也点头表示认可。我常常避开谈婷的"安逸"而去说及她的努力奋斗过程。榜样的力量是无穷的。我们也让婷与康聊,特别是聊她在上海工作的辛苦,聊她工作量之大,聊她一个人在上海的闯荡的感受……康,每次都会睁着大眼睛听着。因为婷是他的榜样,榜样让他能够安静。

平时康一提到婷，我们都会说："每个人只要努力，都会获得成功！甚至于快乐的生活。"康对于英文的喜爱也有婷的一丝缘故在其中。

颖，好友的女儿，一位满脸欢笑、内心充满阳光的孩子。每次步入颖的家门开始，颖总是满心欢喜地迎接着我们，与康有说不完的话语，康也总是喜欢在颖的房间内说属于他们之间的知心话。

颖的学习能力很强，从小到大，她没有让她的父母烦一点心思，学习成绩一直是名列前茅，她总是那样地快乐地接收着海量的知识。康与颖在一起，颖总是毫无保留地说及在校的生活，也总说起学习的事情。康也从她那里感受到了许多学习的快乐，无形之中也总能感悟到许多学习的方式方法。

颖总能宽容康许多的言语上的"冲击"，也总能宽容康许多的过错。颖的宽容大度总使不安静的康收到感染。久而久之，再去颖家做客，康也会变得遵守游戏规则，尊重别人的意愿。

这就是榜样的力量。

某日，我对康说："爸爸朋友的女儿结婚，你去吗？""去！"这样的回答只是一种敷衍或纯粹为了应酬。我接着说："朋友家的弟弟，也就是新娘的叔叔是一位科学家，这场婚礼上，我们可能会遇到他。"一听此话，康的问话多了起来："他在哪里工作？是中科院的？还是工程院的？是研究物理学的？还是研究天文学的？……"一双眼睛流露出的是期待。

这就是榜样的力量。

婚礼前，朋友特意来到我们面前，告诉我要引荐他弟弟给我们认识，我与康前往。此时的康显得有些激动，眼睛不知看哪里好，手也显得不自然。来到面前，我们见到了科学家，一位专门研究天文学的科学家。慈祥的笑脸，朴素的话语，丝毫没有高高在上的架子。我与他做了短暂的谈话，相互寒暄了一阵。康一直在旁边聆听着，丝毫没有平常的随便、随意。这就是榜样的力量。

榜样能使人安静，榜样能使人奋进，榜样也能使人积极进取。

进步就好

QQ空间中看到好友转载的文章《为什么美国孩子个个自信》，感触良多，思考也很多：我们看到的是美国孩子长大后成了许多这个"家"、那个"家"，总觉得美国孩子有许多的智慧，总以为美国的教育是科学的，实质上根源不在于此，而在于我们家庭的教育，或者说是作为父母的教育至关重要。

当孩子来到这个世界上，美国的父母会对孩子说：宝宝，无论你以后是健康还是病弱、聪明还是愚笨、听话还是捣蛋、漂亮还是丑陋、学习成绩好还是差，爸爸妈妈都会永远爱你，养育你直至你成为独立自主的人。这就是无条件的爱。仅仅因为你是我的孩子，所以我爱你，和你是个什么样的孩子无关。

我们时常对孩子说，"孩子，我是爱你的！"而实际行动上却存在着打骂现象，甚至于咬牙切齿地殴打，这难道是爱孩子吗？对于孩子的爱，我们真的要如文字中所显示的那样——"无条件的爱"，并非是做作的、虚情假意自私的爱。

我们时常对孩子说"孩子，我做的一切都是为了你好！"真的是如此吗？孩子的喜怒哀乐，作为我们真正地了解了多少？他们的内心想些什么？需求些什么，我们真的知晓吗？"一切都是为了你好"，只不过是为了作为父母的我们的私心而已——孩子成绩不好，脸面无光。

我与新君常常谈及小时候的一幕一幕，也谈及小时候玩耍的一招一式。回想起来，童年的快乐仍旧存留在我们的心底，现在的孩子呢？他们的童年去了哪里？对于他们的童年还有印象吗？

"仅仅是因为你是我的孩子，所以我爱你，和你是个什么样的孩子无关。"这是美国式父母教育自己子女的思维方法。我们为何不借鉴呢？

有的父母可能会说，中国的孩子承担的"风险"太大，因为人口众多，就业形势如此严峻，现在不打拼，以后难有成就，难有立足于社会。那意味着不能够养家糊口，多么"现实"的期待。于是，从小就要"锻炼"——高压下的畸形教育，高压下的无形摧残，孩子们的童年淡然无存。他们留下的只是一片灰色的记忆。

每个孩子小学阶段（乃至中学阶段）的生活都应该是快乐、阳光的，应该是快乐地迎着朝阳出门去上学，映着夕阳的余晖归来；脸上始终有灿烂的微笑，有纯真的表情……

爱孩子，应该爱他们的一切，包容他们的一切，当然也有他们的暂时的不足和失败。"暂时"不能取代"以后"，"暂时"也不会替代"未来"，我们所需要的是给孩子一个理想的未来，一个充满强大的自信心，一个阳光的心态，一个端庄稳健的习惯。

只要进步就好！每走一小步都有新的发现，都有新的感受，都有新的成长，这就已经足够了。

只要进步就好！今天比昨天有了收获，今天比昨天学到了更多的知识，今天比昨天取得了点滴的成就。

慢慢地陪着你成长

晨起,准备去南京。康的声音似乎大了些,总是在那里嚷嚷着什么,我没有听清楚,继而孩子的妈妈也叽里呱啦地说起了"道理"。结果,两人你一言我一语地说个不停。

我们总是纳闷,孩子从什么时候开始喜欢挑字眼,斗嘴劲了?我们说的许多话语,他似乎总不能完整地听下去,总是要找出"一二三"的理由来相对应地说明一番。这难道就是成长中的"逆反性"?

康的房间总是乱,我们总想着要整洁,所以便说了起来:"你的房间怎么这么乱呢?"

没有回音。

"你的房间这么乱怎么办呢?"音调高了一个八度。

"哦!"听者回了这么一句,教育者的内心一阵心慌:这不是在挑衅吗?

"你能不能整理一下呢?"音调仍旧没有下伏的趋势。

"马上!"仍旧是不紧不慢的回答。

"不要'马上',你的'马上'时间太长!"继续强压着心头的怒火。

"……"没有了回声,也没有动作。

"啊！说了你半天，怎么一点动静都没有呢？"满脸怒气地冲进了房间，横目冷对。

"哎呦！"康站起身来，应对着教育者，用手推着一边说着，"不准走进我的房间，你出去！"

"你怎么能这样粗鲁呢？怎么能这样对待父母呢？我们都是为你好！"

"哎呦！我知道的！你出去！"又是重复着刚才已经说过的话语。

……

一句一句就这样来来去去地对白着。

这仅是一个缩影。随着时间的推移，康自然就形成了如此反复的"对白习惯"，也就不能有真正的内心的接受"教育者"的"教育"。

我们总是以自己的身份来对人对事，高高在上的身份时，总表现出一份强势，而被"强求者"往往是慢腾腾的如一只蜗牛般地前行。康，似乎就是那么慢腾腾，不慌不忙的"蜗牛"——或许他不知道自己究竟那是重点，哪是次要；或许在他的内心深处，早已知晓自己该如何去生活、学习，只是一步一步地按照自己的步伐在前行罢了；或许他"感冒"我们这些大人的唠唠叨叨；或许……

或许还有许多个理由来思考他的内心，但有一点肯定存在：到了青春期的康一定已经有了自己的想法，我们应该顺应他的思想去引导他，让他的"计划""态度"应运而生。

我们看到孩子如蜗牛般地前行，内心焦急万分，总想走上前去帮助他快速地"走路"。殊不知，蜗牛根本不在意我们的"帮助"，甚至冷眼斜视着。

伴随蜗牛去散步，我们无暇顾及身边的美景，忽视了与孩子一起成长时的乐趣：花园里的花香、温柔的威风、鸟叫虫鸣……不要太过于着急蜗牛不能到达终点，需要的是脚踏实地地与蜗牛走好每一步。

原来，牵一只蜗牛去散步等同于蜗牛牵我去散步。

即将开学,你做好准备了吗?

孩子:

春节过了,新的一年就这样在无声无息中来到了。我们还没有享受完春节带来的那份轻松与清闲,开学的日子便来到了身边。

从放假的那一刻开始,你也给自己做了许多的总结,也分析了自己一个学期以来的成功得失。我听到的不单单是你对自己学业的分析,更多的是你成长过程中你对自己点点滴滴的感悟,这让我欣喜了许久,对你似乎有了许多的放心。

从放假的那一刻开始,你按部就班地完成着老师所布置的功课,当然也想让自己的"阅读理解"有所长进。于是,你有了"每日一篇"的练习,至大年三十晚上,你信守着许诺。

孩子,在你成长的过程中,你妈妈与我一直在欣赏着你的成长,在喜悦中感受着的长大,在欢乐中与你一起愉快地生活着。有你,有我,有爷爷奶奶,有外公外婆,还有你的哥哥、姐姐、姑姑、姑父等等的亲人在一起地生活,是多么得幸福。

从那么一丁点大一直长到个头超过我,作为父亲的我内心总是被快乐充溢着,因为你是我生命的延续,我为你自豪,我为你骄傲。

昨晚,你也早早地做好了所有的准备,将完成的寒假作业、所有的教材、文具等一系列的东西摆放在了新洗好的书包中。不再像小时候乱七八糟的模样了，不再让我们催促地。昨晚，你早早入睡了，你说"要收心了，要起早了……"你是一个遵守作为学生规则的孩子。

今日，是开学报到的日子，你也按照惯例起了床，我与你妈妈也早早地与你一道做着早晨的一切事宜，是那么得和谐、自然。

孩子，你的优点有许多许多。只是还有一些不适合的一些"执着"需要改进——

小时候，我们常常看到双休日的时候，你都会安静地坐在家里的一角，认真地阅读着课外书籍，一看就是一个小时，而如今这样的场景却很少见。虽然你常常是在睡觉的时候躺在床上看许久的课外书，但给我的感觉是匆匆然。

每次你打开电脑，你总爱捣鼓程序、软件的"来龙去脉"，乐此不疲，有时为了一些解不开的"疙瘩"，你会研究半天。春节期间"每日一小时"基本做到，偶尔会超时，这也是由于你对"程序""软件"放手不下的缘故。我极为羡慕你寻找各方资料解开"疙瘩"的劲头——这个也希望在学习文化知识上能时常见到如此的场面。

孩子，每个人都有自己高雅的兴趣、爱好，只是这些都必须建立在适当的年龄、适当的时机、适当的场所方才能绽放出光彩，反之会黯然失色。

由于昨晚下了一场大雪，学校延迟了一天报到、开学的时间，你也忽然间有了一点点的松懈。今晚你对自己的诸多行为"寻找"了一些理由，这是我最不喜欢听到和看到的。当然，事后，你迅速地自理好洗漱、上床关灯睡觉告诉我"我是一个遵守规则的人"。

孩子，我欣喜地看着你成长，看着你每日的快乐，接收着你来自校园的那每一份份的故事。即将开学，你做好准备了吗？今日的你与往日的你有什么不同?今日的你比往日的你有何进步?

　　我相信:阳光、快乐的你在未来的日子里一天比一天幸福,一天一天地收获着自己的努力。

爱你的父亲于深夜

寻 找

康，渐渐地长大了。我们的唠叨也渐渐得多了起来，总是不放心他的这个与那个，看不惯他这样与那样的行为。他，没有接纳我们的唠叨。唠叨多了真的是成了唠叨，甚至成了一种摆设。

昨日大雪，康回到家时鞋子已经湿透，他仿佛没有被寒气困扰，相反还有一丝丝的兴奋，因为多年未见的大学不期而遇了。

今晚，是康新年假期的最后一日。由于大雪封路，学校为了学生的安全，取消了报到、上课而延后了开学的时间。

步入睡眠时段，康开始检查起上学的准备工作：

新的钢笔已经买了，水笔笔芯已经买了，文具都已准备停当。

上课的教材摆到书包里了吗？

"咦"的一声从康的房间传了出来，他继而走到我的面前，举着一本练习册问："你见过类似这个封面的书吗？"

"没有！你的房间我都没有怎么进。"

转身又去咨询他的妈妈。

"你都不让我们进你的房间，我没有见到你的这本书。"

"明日是第一天，怎么就出现了这样的问题呢？"他显然有些着急，以前可不是这样的神态。

"不要着急,好好找找。"我没有如以前那样地责备他,而是用平和的语气安抚着。他继续在屋内寻找着,嘴里还叽里咕噜地说着万一找不着的解决方案。

片刻之后,他告知我们没有找到,可能是丢失了,或者摆放在什么地方自己忘记了。我问:怎么办呢?他说跟姐姐去借。

我看了看钟,已经九点多一点点,屋外也是黑漆漆的一片,按理这时他应该上床睡觉了。我没有提出任何的参考意见。他执意要去,我只是说先打个电话给姐姐,防止姐姐那里没有。

电话联系之后,有!他欣喜万分,拿上手电和自行车钥匙,下了楼。我说了声"小心,注意安全,骑车慢些"便不再说什么。

过了大约四十分钟之后,他取回了书,并且核对一下这本书与练习册的内容是否一致,紧张之余并没有忘记书内容的准确性。

无论是大人还是小孩,每个人都会有马虎、粗心,这些行为也会造成不必要的麻烦。对待结果,我们都应担当起,这也是一种责任。

康,有了"过错",不再像以往那样逃避或者找一个理由来搪塞,而是积极地去解决。能承担是有了"自我",能解决是有了"责任"。

保留那份"声音"

康渐渐地长大,个子也在无声之中超越着我。每次看到帅气的孩子,内心充满了幸福。我们与大多数的父母一样,渴望着孩子能做到"好好学习,天天向上",希望他能"出人头地"。基于这样的思想状态,我们对于孩子的许多不足,总是提出这样、那样的意见,也对孩子的"顽抗"给予斥责,甚至是动手动脚的惩罚。

"家家有本难念的经"——我们总是以这样的口吻来说服自己家庭中出现的故事。实际上,许多"难念的经"只是我们没有认真地思考、总结造成的。孩子的许多不足或者偏差都留有父母不当教育的影子。

小时候的康是一个乖巧的孩子,小嘴巴总是热情地招呼着见到面的每一个长辈,懂礼貌、知礼仪,人见人爱。入小学,我们对孩子的态度开始转变,总是拿他的许多不足与别的孩子相提并论,事后不是生气就是一顿责骂:"你看人家的孩子,为什么做的那么好?""人家都是规规矩矩,你为什么有这么多事情?""人家的字迹总是很端正,而你却总是写不好字?""人家的学习成绩很好,你为什就学不好呢?"等等。当时还是一年级的孩子,不知所措地看着我们。

康二年级,我下乡对口交流。这年,我没有尽到关注,孩子的许多习惯就在那一刻耽搁了。当我完成交流任务回到原单位后,孩子的许多学习情况暴露在我的眼皮底下,我没有很耐心地与孩子沟通,而是粗暴地横加指责,战战兢兢之中,孩子与我们一道度过了一年又一年。

孩子的不足许多都是父母的无知教育而造成的。在孩子即将结束小学毕业的那个年头,我与妻儿做了长久的促膝谈心,心平气和地检讨着自己,真心地对孩子说着自己教育的过错,也希望从心里深处让孩子原谅以往那个粗暴教育的我。

改变孩子首先要改变自己,改变孩子一定要相信孩子。

康上了中学,我也实践着自己与孩子谈心之后的承诺,遵守着各自的信条。孩子的内心慢慢地修正了对我的态度,我也在极力地改变着以往的个性,静下心来与孩子一同成长。"每个人在你的一生之中,或早或晚,都会听到一个召唤你灵魂的声音。如果你听到了这个声音,你能听凭这个声音的指引去成长,最后你的生命就会结出一颗饱满的果实。"[①] 孩子的成长不是一朝一夕的,也不是按照一定的轨迹在前行的,过程中必然会遇到许多的困难和挫折,甚至于令大众(老师、同学、亲戚及家人等)不满意的时候,我们如果能以包容的心态接待孩子所犯的错或不足,引导他树立远大目标,持之以恒地向前迈进。

目标,对于每一个人来说是成长的动力,也是成就自己的动力。作为父母,告诉孩子未来可能会遇到的困难,让孩子内心埋下一些解决问题的种子。"要少在孩子耳边讲大道理,你今天要这样,明天要那样,或者你要怎样怎样,如果我们成天对孩子这样说的话,他

[①]《朱自强小学语文教育与儿童教育讲演录》朱自强著,长春出版社,2009年4月第1版,第110页。

就听不见那个召唤他的，若有若无、隐隐约约的声音。"①

　　作为父母，要适时地利用环境和自己、家庭的资源为孩子创造看世界的机会，让孩子在内心圈划出未来的蓝图。无论成与败、得与失，有了这样的"声音"，孩子以后的路途便不再迷茫。

---

　　① 《朱自强小学语文教育与儿童教育讲演录》朱自强著，长春出版社，2009年4月第1版，第110页。

如喷涌的甘泉

每一个人都需要别人的夸奖,有了夸奖,做事的积极性一定很大;每一个人都需要别人的肯定,有了肯定,自己的信心才有更足的能量。成人如此,儿童、少年也是如此。

我理想中的孩子成长需要有健康的身体和健康的心理。健康的身体是呵护、锻炼形成的,这可以依靠后天来塑造。健康的心理却不是那么容易得来的,需要每一个人对成长中的儿童、少年倍加关注、关爱,如播下泥土之后的种子一样,需要适宜的阳关、雨水和空气的滋润,方能茁壮。近期,我一直感受着孩子那充满朝气的心理状态。

孩子所在的班级有一个很重要的特色:每个人都有演讲的份。演讲必须要准备演讲稿,并且稿子事先必须要给老师看。这样的安排可以看出老师的良苦用心:一是锻炼每位孩子对学习的认知,二是锻炼每个孩子的言语表达及大众的承受能力(即社会感知度),三是将自己的语言运用能力通过写、说尽可能地表达出来。

每次临到孩子演讲时,他都提前许多日子开始准备,别人说的什么,回来他也会跟我聊,说说自己的感受,然后谈谈自己的思路,继而埋头创作。当然,他在创作的过程中,也会跟我一起协商,征求我的意见，我也说一些自己的看法。大多数情况下，我尊重孩子自身的理解和创作。

　　本学期轮到他时，老师出的题是《我人生的第一位老师》。孩子跟我说到老师的一些规定，也谈到同学们已经说过的内容，最终他确定写"诚实与守信"的内容，将这两点化成自己人生的"第一位老师"。我做出了肯定，觉得很不错的一个创意。

　　孩子前后操作了三天。临到他要演讲的时候，班级临时有变化，他的演讲又推迟了。那晚，他跟我说到演讲稿：准备要做一些处理，因为定的主题内容有同学已经说过。我也认可，孩子的自觉是多么得可贵。

　　经过再一次地修改，确定演说的内容是与母亲之间的一个承诺故事，这是发生在小学的故事。怀揣着如此的故事，孩子快乐地去上学了。

　　放完学回到家，孩子跟我说：演讲还不错。孩子还说：他的演讲完毕后，老师改变了演讲的方式方法。我说：你看，因为你的成功的演讲引起了老师更多的思考，做出了形式的改变，这是你的进步！

　　老师没有对每位孩子的演讲做过多的评判，无形之中多了一份"呵护"。这"呵护"如喷涌的甘泉，滋润着孩子的心田。每每说到此时，我都会说："你看，你的作用还是挺大的，老师很重视你的！"有意与无意的夸奖、肯定，都是让孩子接受了成长的"健康心理"，让每一天都充满阳光，充满快乐。

让孩子的心灵去闲逛

康,每日要早起,为的是在规定的时间内到校。春日的早晨,陪伴孩子们的是小鸟的欢鸣声。路边的棵棵小树的嫩叶早已爬满枝头,翠绿翠绿的,入眼入心都显得那样得清爽,可惜来来去去的孩子们根本无暇顾及它们,任由它们的春来秋去。

"我上学去了。"康背起沉重的书包,离开家,下了楼,蹬着自行车去往学校。我也骑着电瓶车上班了。我无需像中学生那样得匆匆闪过,边骑边观赏着初春的美景:路边的小树"枝头花落未成阴",柔和的春风吹拂着脸庞,有着丝丝的凉意。小桥、流水、人家,一派怡然的山水画。偶尔,从田地里传来轻轻的蛙鸣。

步入偌大的校园,内心更是被民国风格的教学楼建筑所感染,快乐充溢着胸膛。乘公交车来上学的一群群小学生,如鸟儿一般地飞奔进入校园,叽叽喳喳,这里一伙,那里一簇,欢乐、笑容写满脸庞。

"复习!考试!"老师的一声喝令,全体学生神情紧张。小学生也有如此紧张的时刻,又是考试惹的祸。笑容消失殆尽,取而代之的是满脸的愁容。人人都在谈论"课改十年",我们究竟做了什么?我们究竟改了什么?应试教育与素质教育一直在相互依存着前行,

"斩不断，理还乱"。

猛然间，我想到了早晨脚步匆匆的中学生的身影，看看眼前稍显紧张的小学生，内心顿时显得不安起来，难道我们的教育就是让孩子们从小开始就"拉满弓""紧绷弦"吗？难道孩子们从小学开始，内心就被"考试""分数"填充吗？难道我们的教育就是要让孩子们整齐划一地成为一个个"优等品"吗？

我明显得看到孩子们的心灵在震颤。

教师可能会说："我们要适应这样的教育大环境，不考试，哪来知道学习的效果？"家长可能会说："条条大路通罗马，但只有考上高一级别的学校，孩子的将来才有胜数。"社会可能会说："优胜劣汰！"

如此众多的振振有词中，我们不得不这样做了，或许是违心的，或许是无奈的，或许还有坚定的。然，小学生在惶惶之中，逐渐失去了对学习的兴趣，甚至还有厌恶的情绪，之前的那一张张笑脸在课堂上难以寻觅。张晓风老师在著作中曾这样疾呼："学校啊，当我把我的孩子交给你，你保证给他怎样的教育？今天清晨，我交给你一个欢欣诚实又颖悟的小男孩，多年以后，你将还我一个怎样的青年？"

小学生的天性是玩乐。每日来到班级，就有了伙伴的快乐。课堂有时也是他们"玩耍的乐园"——被老师们称之为"做小动作的"大有人在；"愣神发呆"看窗外小鸟、蝴蝶飞舞的也时常有人；偷偷摸摸地在左手玩右手，或是取出一张纸头，折了又折，画了又画的……这都是他们在自己心灵里"自由翱翔"的外显。

"有做小动作"不怕，提醒场合的适宜，并寻找机会，让他一展身手，让孩子这样的心灵得到充分的"闲逛"，感受着来自动手动脑的快乐，在欣赏成功作品之余的那份喜悦与幸福。让游荡的"心灵"在正确的田野中释放。

"愣神发呆"看窗外小鸟、蝴蝶也不是一无是处,说不定此人正在想象着与小鸟、蝴蝶一起飞翔的那幅场面。我们何不妨与他一起畅谈那"飞翔"的愉悦呢?想象一下与小鸟、蝴蝶还有哪些有趣的故事呢?记录下这点点滴滴的"飞翔路程",让飘零的"心灵"在设定的滑行轨道上飞得更好、更快、更高!

我们总以为与孩子们硬生生的"牵手"孩子们会愿意。我们将孩子们当成了"被牵者",他们被硬拉生扯地往前走,停不得,我们还口口声声地教育着。这样的"教育"不能不说是一种破坏,不能不说是一种摧残。

给孩子的心灵以空间,让孩子们的心灵得到"闲逛",让孩子们牵着我们的手,倾听他们的心灵的呼唤,那将会是"花香四溢""满天星斗"。

"三副面孔"

"在校做个好学生,在家做个好孩子,在社会做个好公民。""三好"教育深入每户家庭,家庭教育中存在着许多的缺失却不被我们所知。

孩子在学校,认认真真、规规矩矩,对于老师的话语似乎有着不可争辩的"膜拜"。在老师们看来,这样的行为是好学生的标准,最起码是一个学生应该遵循的基本规则。

回到家,每位孩子转眼成了一个个"魔法师",因为他们的行为与在校的行为有了本质的区别:蛮横无理、横行霸道、口出狂言……这些词语一下子都能灌而呼之。家长们感受到的是为所欲为的"小皇帝"。

假期,孩子会步出家门,接触社会,康也不例外。许多朋友传递给我的信息是另外的一幅场景,每个人说及孩子都是"有礼貌""有教养""有主见"……

三个不同的场面,三副不同的面孔,让我们感到有些惊讶。为何孩子们有如此的现象?是不是除了我们的教育有偏差之外,更多的是不是我的家庭教育存在着很大的不足或纰漏呢?

对待孩子的教育上,我舍不得静下来听取他内心的那份稚嫩,口口声声说：我知晓你的内心是如何的想法。实际上，我对孩子成长过程中的一招一吸的感受仍旧是不明白，抱着自己的老框框去思考。

今日的孩子不是昨日的我的童年，今日的社会也不是昨日我们物质匮乏的时代，在孩子的成长过程中，我的确需要"好好学习，天天向上"。

不要让"写作"远离了孩子们

在我看来,"写作"是一个专有名词,从大的角度去说,它是指人类有意识地使用语言和文字来纪录资讯、表达意向;从小的范围去说,就是人们采用一些手法表现所见所闻所思。无论是何种方式产生的"成果",我们不妨都将之称为"文学"。

我们往往将"文学"束之高阁,谈之色变,无形之中将之与我们的生活实际相互隔离开来。对于学生的"作文",教师们更多的也是一本正经地讲解方式、方法,甚至于还有应试手段,层出不穷。殊不知,这样的说法,学生们听来都是惶惶不安,哪还有心思去进行习作,忙于应付的心态多了些。

我们为什么不将学生写出来的东西也称之为"文学"呢?为什么不称他们一个个为"文学家"呢?可能会有一些人觉得这就是"伪善的文学""伪善的文学家"。我们如果降低"身段"读读孩子们的一些作品,了解他们的内心,这样的"伪善"一定会剔除掉的。

孩子有孩子的心里,孩子有孩子的写作手法,孩子有孩子的抒情表意的方式,我们首要做的便是鼓励与适当的指点、认可。

从前有一只蚂蚁叫皮皮,他又贪玩又淘气。有一天,他跟父母吵了一架，气得跑了出去。找他的好朋友蒲公英玩。

皮皮坐到蒲公英身上，突然风儿一吹，蒲公英飞到了天空中，在填上自由自在地飞扬。

他们飞到一片沙漠的上空，风儿吹过，黄沙漫天飞舞，弄得皮皮睁不开眼。

皮皮问蒲公英："为什么这儿是沙漠？"

蒲公英说："这原本是一片绿洲，可是由于人们的乱砍滥伐，土地失去了森林的保护，就慢慢地变成了贫瘠的沙漠！"

他们飞到了一条小溪的上空，只见一位游客随手丢了一根点燃的香烟在小溪旁的草地，那火顺着风势，越烧越大，那火舌就如同一串红色项链，不一会儿小溪旁的草都被烧光了，顿时小溪沸腾起来，正向一个小土丘奔去。

皮皮问道："为什么小溪会沸腾？"

蒲公英答道："因为草地被烧光了，小草本可以深深地抓住泥土，不让水流，而现在草地被烧光了，泥土也松了，溪流定会泛滥成灾。"

皮皮又问："为什么？"

还没等皮皮问完，蒲公英就问："你看，丘陵上的两只蚂蚁是谁？"

皮皮定睛一看，是爸爸妈妈！皮皮心里想：他们肯定是为了找我才跑出这么远的，现在他们遇到危险了，我要去救他们……还没等皮皮下令，蒲公英就冲了下去，救了皮皮的父母。

皮皮父母原谅了皮皮。皮皮对父母说："我想让小溪不再沸腾，这就是我的心愿！"母亲和父亲对视了一会儿，异口同声:"这也是我们的心愿。乖儿子,让我们一起加油吧!"

(朱天翔《蚂蚁的心愿》)

以上的文是朋友的孩子的原创文,读罢之后,我相信你一定也会称赞一番。孩子能学以致用:将阅读过的《云雀的心愿》的构段方式拿来借鉴,能结合《蒲公英》的主人公的视角写故事,并且穿插了这两则故事中的故事,进行了自我的再创作。这难道不是一种文学创作的能力吗?

不要对孩子们说"写作",那样只会将"写作"与孩子们隔离得更远。

忧与爱

前几日，我与编辑朋友交流时，她提及到了家庭教育、学校教育的一个现状：一些有权钱的家长很强势，或者过度溺爱孩子却不怎么懂教育方式方法的家长，过多的干预老师的学生管理工作，教师是如何看待的？

我们的孩子生活在"三维教育"空间之中，即家庭教育、学校教育、社会教育，任何一个"教育"的不到位都会对孩子的成长造成不利的影响。孩子是家长的"心肝""宝贝"，这是人之常情，如果将孩子送入学校，从不与老师联系，事事都交给老师，以为万事大吉，孩子的教育便缺失了"家庭"，不就成了"畸形"吗？孩子的成长是一个过程，他们的变化是渐行渐近的过程，有的家长过分频繁与老师联系，总想看到孩子的每一步的"脚印"，这样难免会使老师有"教育疲倦"，重复的（或客套的）话语也会自然增多，孩子也觉得日日处在监控之中，心身得不到片刻的安宁。

有时，作为家长与学校教育相触时，如"士气过剩"，必然会形成"居高临下"的局面，这不是平等的交流，更不是"教育合力"的范畴之内。教师面对这样的家长，只会心生厌恶之感，内心不会存于"尊重"之感。

尊重是一种对人不卑不亢、不俯不仰的平等相待，是对他人人格与价值的充分肯定。家长、教师，乃至学生，在"教育"的范畴上是属于一个平台，大家相互间只有建立了平等、尊重，"教育"才真正起到良性的作用。它往往决定着家庭教育、学校教育的同步并进。

许多家长"忧"的是孩子成长过程中是不是会遭受很多的挫折，从而形成"担忧"。其实，"挫折"对于教育来说，也有积极的意思，主要我们正确地去看待、利用便可以。我们可以帮助自己或孩子来克服受挫折之后的心理障碍，进行"自我调节"：

自我激励。在遭受到挫折后，我们要忘却暂时的不愉快，"化悲痛为力量"，培养自信心和竞争力，勇于面对困难、挫折的挑战，自强不息，加倍努力去实现追求，达到目标。

自我疏导。遇到不顺心的事时，控制自己的情绪，冷静下来，反思自己的言行，找诚恳、乐观的朋友或亲人倾诉，认识并评价自己，学会宽容，使消极的情绪变为豁达、轻松，把自己从苦闷的环境中解脱出来。

自我转移。选择可能获得成功或能够转移意志的活动来替代弥补，借以恢复自信或减轻内心的苦闷，使学习、生活充满乐趣和更具有活力。

挫折就是成长，在"挫折"的过程中，孩子会看到自己成长过程中需要积攒哪些人生阅历，何乐而不为呢？

我们拆开"虑"看，"虑"一方面具有着"虎头"的气势，但内心却是不稳定的。这里表明的就是"心浮气躁"的征兆，或者说是主见左右偏离的状态。作为家庭教育，左右摇摆的"思维"是极为不利的，那样会让孩子看不到正确的方向，也看不到对待事情如何"斩钉截铁"地做出决断。

适度的教育，家校同步的教育能为孩子未来发展创造一个合适的环境。

第六辑 博言博语

绿的精灵

春光是如此的明媚,那温暖直射到身上,顿生出阵阵的活力。"竹外桃花三两枝,春江水暖鸭先知"不足以表现出春天的景致。儿童才是春的使者,正如冰心说的那样:"游人不解春何在,只拣儿童多处行。"

校园内的孩子们如同春风一般,风风火火地奔跑着,鼻尖上散发着颗颗汗珠,脸庞上呈现出春意——如桃花般的红晕。他们已经将春风紧紧地拥入了怀中,你不见春风与孩子们一起在欢快地"咯咯咯"笑吗?

我漫步在校园的林阴道上,四周环顾地寻找着那阵阵传入耳膜的笑声。轻轻地,生怕打乱了春风轻盈的步履。那片片饱满的绿蕾上颗颗雨露不正是刚才玩乐而散发出的春的香气息吗?

阳光透过未成形的绿叶的指缝中流泻而下,洒落在我的身上,形成了斑斑驳驳。我背负着一粒粒流动的音符,舞动着春的身姿,传唱着春的乐章。

抬眼望去,枝头的片片新芽沾染了浓浓的绿汁,青翠欲滴。闭眼深吸一口,清香之气溢满胸肺。

绿,随风而至;绿,随心而生。

春的使者

满怀着渴望，柳枝头的芽儿在沉睡了一冬的那个阳光明媚的早晨醒来了。她打了个呵欠，想揉揉矇眬的双眼，但周身却被包裹得动弹不得。她忙不迭地打量起四周：自己如蛹般地蜗居在一个狭窄的空间内。她耸耸了肩，酸、麻、疼的神经使她不愿再努力挣脱束缚。

迎着那星星点点洒满全身的暖暖气息，芽儿又昏昏然地睡去了……

不知过了几久，芽儿被"嘭嘭嘭"的声响唤醒了。原来她那饱胀的芽尖破裂似的向外伸展着。芽儿满心欢愉地歌唱起来，身旁的兄弟姐妹们也随着韵律而一起欢腾起来。

"嘭嚓嚓！嘭嚓嚓！嘭嘭嘭！……"

节奏越来越快，芽儿们的身姿在顷刻间全都舒展开来。那如蝴蝶翅膀般的薄翼向外透着晶亮的绿意。

一片片、一层层、一簇簇。

薄翼在阳光的照耀下先是嫩绿，接着转为鲜绿。芽儿们抖动着绿翼上的晨珠，一粒粒、一颗颗地从枝头滑落，晶亮晶亮地染绿了枝头，空气中也湿润了一片。

此刻的林间小道，也沾满了层层的绿色。

春 雪

昨晚由于处理一些稿件而迟迟未眠,直至指针轻轻地"咯噔"一声,时间滑过了凌晨12点。起身,揉揉有些倦意的双眼,搓搓显得有些僵硬的手指,偶听见窗子上有"啪啪"的声响。推开一扇窗子,一股冷风迎面灌入,还有丝丝的凉意贴浮在我的脸颊。用手一摸,是冰珠子!借着室内的灯光向外瞧去,原来此时的天空下起了春雪,一片片,斜斜的,接连不断……

妻早早地起床了。她惊喜地对我与小康喊道:"今天下雪了!"我听得此话匆匆穿戴完毕,站在窗前向外看去,只见屋外洁白一片,小区内的幢幢楼顶已经成了银装的世界。楼前的小道上现出早起人儿的行行脚印。

雪下着。

走出家门,我问小康:"孩子,你是坐在车的前面还是后面?""前面!""那将会很冷哦!""没关系!"他显然是要欣赏一番美丽的雪景。我们迎着雪花的问候上路了。

雪花丝毫没有放慢自己的脚步,仍旧是步调一致地纷纷坠落。一朵朵的雪花从深褐色的天空中飘落下来,看不清楚它的来踪,也瞧不见它的归宿。

"好奇怪哦！"教室内，孩子们正七嘴八舌地议论着。

"怎么了？"

"春天了，怎么还会下雪呢？"

"是啊！是啊！"有人在一旁随声附和着。

"老师，现在的情形可不可以说是'瑞雪兆丰年'？"

"我认为不可以了。现在是春天，小麦等一些庄稼已经开始生长了，来的这一场雪会使得它们的生长受到影响，所以不能说是'瑞雪'了。"我边说边抬眼看了看仍在漫天飞舞的雪花。

雪，依旧不紧不慢地飘撒着。它没有太多在意我们的谈话，或许是它太过于寂寞，太过于孤单？在人间美丽的春天也赶来与花儿、草儿聚聚？你瞧，它们玩闹得多欢：相互追逐着，相互嬉戏着，挨挨挤挤。有的落在树的枝头，斜卧在树杈上，一不小心，一个翻身，飘悠悠地跌落在花丛间，"咯咯"的笑声不绝于耳；有的则默默地轻伏在小草的叶瓣上，做着短暂的停息，告诉小草来自白色世界的美丽童话：雪孩子、小飞人、圣诞老人……一粒粒，一片片，一团团，成了绵绵的花，成了亮亮的盐，软软的，柔柔的，捏一捏，再呵一口气，它们则变幻着身子，以雪化水，以水化溪，汇流成河。

"吹面不寒杨柳雪！"

春之舞

1

随着一声惊雷,春的喜讯传遍了大江南北。

不知不觉中,我们心中填满了绿色。我感受到春姑娘在人间播下的点点滴滴的希望甘露。嫩绿的芽儿悄悄地"破壳"而出,那股顽皮的劲儿比得上当年它们的父辈、祖辈。慢慢地、渐渐地,花儿朵朵爬满了枝头,显示的不正是"树头花落未成阴"?

我信步在校园的边边角角,寻觅着我钟爱的春色。那不是常令人驻足的小池吗?"泉眼无声惜细流,树阴照水爱晴柔。"脱去冬装的小树将那枯黄的树叶洒向池水之中。小池中的鱼儿摇摆着晶莹的尾巴,顶着片片落叶相互追逐着、嬉戏着,在荷叶丛中装扮着自己美丽的身姿。偶尔冒出水面,深呼一口气,它们随即又慌乱地躲进池中,窃窃地感受着来自外界的新鲜空气;偶尔打一个饱嗝,吐出一圈一圈的泡泡,在阳光的映照下五光十色。

树影、蓝天、白云、落叶……揉合在一起,形成了一幅美妙的图画,那依偎在树丛中的假山,年年如此,日日依旧,重复扮演着守护神的角色,不变的是那坚定的信念。

"远看山有色,近听水无声。"

2

一缕强烈的夕阳直射入我的眼角,让人感觉是那样的灼热。看看身边的孩子,额头上已是汗珠颗颗,笑脸上却是洋溢着欢乐。校园内又恢复了往日的宁静。在夕阳余辉的陪伴下,我与小康顺着林阴道走向校门口。

生活中常有不经意的事情发生:刚刚还是骄阳似火,顷刻间北方的天空中出现了黑乎乎的云朵,那阵势似乎是驰骋战场的千军万马,呼啸着、奔驰着向我们扑来。

刚开始,我们并未在意什么。当我们走到校门口时,紧随而至的旋风跑到了我们的前方,不知是"玩耍",还是"故意",它卷杂着满地的尘埃,用力一掷,投向我们的身上。那满眼的黄土飞扬,打着旋儿,在我们四周久久地不愿意离去。我只好背对着风儿的"亲密接触"。小康呢?他早已躲进了我宽大的衣服里,慌乱着,惊恐着。稍瞬片刻,他探出脑袋,想看个究竟,不想风儿又是一阵袭来,紧张得他抓住了衣角,生怕迷糊了双眼。

风依旧猛烈着席卷着大地,天空中飞舞着片片扬起的灰尘。高空中的乌云夹杂着阵阵雷声向南方挺进。

我与小康骑着车向家中奔去。一路上,树叶晃动,人行匆匆。路人渐稀,留下的风儿在空旷地带游离、舞动。

时隔不久,雨点"噼哩啪啦"地敲打在窗玻璃上,告诉我它的到访。我们已安全逃离了风儿的"簇拥","躲进小楼成一统"。风儿、雷儿、云儿不甘心让我们得以清静,"轰隆隆"、"哗啦啦"、"呼呼呼"地滋扰着我们的生活。在我看来,那可真是一曲欢快的春之舞曲。

我久久地伫立在阳台，看着外面的世界：雨水在风的助威下斜斜地、用力地拍打着对面的屋顶，溅起的水花腾起阵阵雾霭。"斜风细雨不须归"，路途中已是没有了行人的踪影。我独享着伴雨而来的轻飔，点点的雨珠欢蹦着、亲吻着我的脸颊，"倏"的一下，融入了我温暖、惬意的屋内。

屋外，夜色阑珊，春雨绵绵；屋内，烛火灯明，爱意浓浓。

清风明月

1

　　清风冷月，婆娑漫漫。无人的小道，漫步心境敞开的我。抬眼看看若即若离、随影而动的月亮，心中飞跃出无限的遐想。

　　清风徐徐。是否感觉到了孤独，来去匆匆间你的家在哪儿？没有话语？没有思绪？是否不愿提起什么？月儿追逐着清风，清风留恋着月儿，相互间期待着捕捉到闪闪的足迹，期盼着片刻的驻留。"哗哗哗——"是否你已经飘至竹林，停息在清清的竹竿尖，散发着柔柔的清香，轻轻地躲藏着婀娜的身影。及至我到了眼前，你又飘逝远方，慌乱地眨着眼睛，惊恐地探视着，迷惘地等待着……

　　月儿弯弯。那个早已被人们熟知而又忘怀的金轮，张望着清风的游离飘荡。月高夜深，寒露点点，清风滑过的苔藓上，印有她随意留足的小小印迹。"又疑瑶台镜，飞在青云端。"情境悠闲，静心无为。

　　深夜，月儿无倦，清风无恋。有的是欢笑，像小鸟一样愉快地追逐着。悄悄地、半掩着的脸庞在云层中嬉戏。

　　黑，清风的喜爱；黑，清风的所求。

2

音乐声起,感受着音乐带来的阵阵澎湃的心液:"明月几时有?把酒问青天。不知天上宫阙,今夕是何年。我欲乘风归去,又恐琼楼玉宇,高处不胜寒。起舞弄清影,何似在人间?……"我携手苏轼同观明月的清辉,共赴清风给我们带来的温馨。

张望此时的窗外,见到的是漆黑黑的一片,人影的晃动进入不了视野。小虫"唧唧"地欢叫着,给自己许一声轻松的诺言。远处星星点点,那是夜的眼睛。

苏轼举杯吟唱,我抚琴协奏:"转朱阁,低绮户,照无眠。不应有恨,何事长向别时圆?……"猛然间,苏轼乘风而去,留下汩汩余音。虽不够豪放与不羁,但思绪乘势追随、奔流。随着自我,漫步中秋,陶醉在天宇之间,独享着明月的关爱,企盼着清风的吹拂。

今夜无月,清风不起。

3

月光照水,水波映月。我倚靠着窗台,独享着月光那温柔清辉的抚摸,感受着清风的做伴、嬉戏。

天色迷朦之中,黑压压的一片树林与村庄再天籁之音的呼唤下,发出了沉睡的呼噜,那样的安逸与平和。

徐徐清风,是无止的欣慰;丝丝声鸣,是夜虫的歌唱;柔柔白云,是思绪的回旋。

小儿独睡温柔之乡,那么可爱,那份让人顿生爱怜之心,难以割舍。此时的内心,油然而生阵阵暖流。轻抚着小儿柔嫩的脸庞,心底涌动着阵阵欢喜。

月光影照在我的房间，显得是那样的洁白，那样的明亮。"床前明月光，疑是地上霜。"此时的天地之间，充溢着洁白，那样的祥和。

眼中的你

阳春三月的日子里,燕子呢喃地诉说着来自南方的消息。柳枝则静静地倾听着燕子的喋喋不休。

夜幕初垂,月上柳梢头。柳枝只觉周身饱胀得马上要破裂似的。当清晨的露珠在柳枝轻柔的手臂上舞蹈时,忽感枝藤上"嘭嘭嘭"地冒出了点点的新芽。它们一个个慌乱地张望着,露珠、雀儿、柳枝傻愣愣地看着,不知道该说些什么,该做些什么,只是安静地等待着。

绿芽乘势用力向外挺了挺身体,"啪"的一声,叶儿张开了,"嘘——"的一声长叹,绿芽儿吮吸着春的甘露,呼吸着早春的气息,满怀惬意地微闭上眼睛,沉沉地又睡去了。

丝丝柳絮不知不觉中爬满了树梢。只轻轻的一阵微风,柳絮们如同欢乐的孩子,你追我赶地跳离了枝头,自由自在地飞舞起来。它们乘着春姑娘的快乐,捎上新芽的问候,飘飘扬扬地飞满大地。

多么美妙的一场柳絮雨呀!

高耸的土丘上,已密密地布满了颗颗青翠,一群孩子手持纸鸢,奔跑在土丘之上,那"咯咯"的笑声唤醒了地上沉睡的溪流,唤来了远方的呼唤,也招惹来了丝丝的柳絮。

你呀!一派春的气息;你呀!一片清新的芳香;你呀!一柔浓浓的暖意。

原 点

"朱老师好!"

"蒋老师好!"

"作为我一个一线教师,我认为杂志应该有一个导向,就是给予教师更多的操作层面的指导。我发表的文章,98%都是来自于一线的实际。理论的层面,说实话,我还真有点感到力不从心。"

"您写的文章,内容还可以,只是角度上不够新颖。角度不新,方法上就谈不到独特。这样一来,编辑的采稿率相对低!"

"我深深地理解'校长参考'版块是从学校的管理层面来论及的。我不是校长,我怎么去理论呀?"

"那么,为什么有些一线教师能写好?因为他们在管理方面掌握的知识比较多!一篇优质的稿件是理论和实践结合最好的。我说的不是学术范围的,学术范围的另当别论!"

"管理,有些老师在意,有些老师不在意;有些老师天性就适合'写',有些老师适合'管'。"

"管理类的稿件只有身在其中,才能写好。校长是管理层的领导者,如果每位教师都能像绝大多数校长那样写好管理类稿子,那么我们中国的教育就有指望了,因为不缺少校长类人才。你看我在这指导你怎样操作，真正让我写，我也不知道会写成什么样子。但编辑就是个主持人，只要运筹帷幄就可以应付工作，当然，做个能写又能编的编辑是人生的高境界。无论遇到任何事，不要把心中那个气球放气！"

"我坚持的是两个原则：境由心造、天道酬勤！"

"我再帮你添上一句：事在人为。不要忽略这一点，很重要。"

"我的两个原则是'一实一虚'。不管怎样，写点自己喜欢的文章比较好。看点自己喜欢看的报刊、杂志、书籍是更好的。"

"呵呵！希望你尽快将遗憾弥补，不断提高学识、开阔视野、深层思考、创造佳作！"

"谢谢你的厚爱！你这样一说，我一则感到精神振奋，二则感到压力过大。当一事无成时候怎么面对呢？"

"努力吧，蒋老师！我不仅看到你写作的提高，而且看到你教学上做到百尺竿头，更进一步！回到原点，做一个轻松、快乐的自己吧！"

有时，我们索取得太多，所以时常感受到生活是那么得无奈。其实，只要你稍稍向后退一步，回到"原点"，看看前方的目标，再给自己一次努力、争取的激励，你会觉得天空是那么得湛蓝，空气是那么得清新，阳光是那么得迷人，风儿是那么得和煦……

回到"原点"，认清自己；回到"原点"，蓄意待发！

那只跳动的蝴蝶

1 幻化

蛹倒垂在枝头,被层层密密的茧包裹着,一动也不动,任凭风吹雨打,全然不知混沌年轮的转变。

那只被束缚的蛹苏醒了,并开始蠕动。她伸了伸手臂,只听"咚"的一声,原来是拳指触及了壳壁。她睁开睡意朦胧的双眼,只觉漆黑一片。蛹惊愕。迷乱之中,她用脚蹬踏着,用手撕扯着……

一缕光线透过缝隙射入茧壳内,蛹使出浑身解数,慢慢挣脱硬壳。她从那网袋中脱离了出来,周身多处被刺伤。阳光暖暖地呵护着她的身躯,清风柔柔地拂拭着她脸颊的汗珠。阵痛后,蛹突感双肩猛然间生出一对翼翅,且上下飞舞,轻盈的身体随即飘浮到了空中。偶遇池塘,她发现如镜的水中现出五彩斑斓的身影——那是她的身姿,原来她已幻化成了一只翩翩起舞的蝴蝶。她惊呼着:"美呀!"

2 愉悦

蝶儿日日寻欢,夜夜歌舞,感受着生活的乐趣。

阳光再次光临人间大地，挥洒着点点金色的光芒，所有的一切顿时变了色调。此时，蝶儿漫步在万花丛中。她舒展着自己婀娜的倩影，花儿为之动容，欢迎着她的到来；鱼儿为之动情，顶着小泡泡游来游去；风儿为之动心，追逐着她的踪迹……无忧无虑的蝶儿感受着芳香，吮吸着甘霖，怀抱着关爱。

显然，她有些醉了！

3 寻梦

渐渐地，渐渐地，蝶儿感觉着生活的灿烂；渐渐地，渐渐地，蝶儿感知着来自大伙对她的夸奖、赞美，享受着从未有过的舒坦与安逸。蝶儿被"熏"醉了。你瞧，她已悄然入睡。

突然间，她感觉自己得身体更加的轻盈，步伐更加的轻快。她振翅高飞，直上云霄。累了，她踏着风儿栖息；渴了，喝一口天籁给予的甘露；倦了，她裹着云儿入眠……她相信，只要自己努力，努力，再努力，自己就会触及到天堂，那个令自己魂牵梦萦的地方。

猛然间，她浑身一震，醒了。蝶儿揉揉惺忪的眼睛，张望着缤纷的花圃、绿油油的草地，眼眶中尽是茫然。

4 蜕变

晨起，蝶儿伸展着双翼，抖动着五彩的身姿，享受着清新爽人的雾霭。暮归，蝶儿收起那对惹人爱怜的羽翼，停栖在属于自己的暖巢中，回想着遇过、路过的条条道坎，追忆呵护、怀抱身心的张张笑脸。那份流露出的惬意，让人顿生爱慕之心。

美丽总是短暂的，小小的蝶儿终究也是如此。

在那次追寻失落之后，蝶儿放弃了"理想"，抛弃了"虚幻"，摆脱了"期盼"。她知道,那些只是"南柯一梦",她想要的是实实在在的生活,心中拥有也该是那对现实生活的不懈追求,对现实生活的时时珍爱。

秋分将至,蝶儿又将又一次的轮回。这次,她不再害怕,不再迷惘,不再让自己在时间中消逝得无影无踪。秋风轻飔中,她收获着以往在花儿间播种的果实,沉甸甸、金灿灿的;杨柳长发间,她收集着春季播撒的芳香,清香、清纯……清风吹起,虫儿奏鸣,蝶儿的门栏旁堆积着丰硕,她心中装载着明月的祝福。在一片寂静声中,蝶儿围裹起一团洁白的丝网。

一只孤独的蛹倒垂在枝头,被层层密密的茧包裹着,一动也不动,任凭风吹雨打,全然不知混沌年轮的转变。

我是"鱼人"

朋友将自己签名换成"鱼人",猛然间将自己处于"矛""盾"状态:我的矛能击穿任何盾;我的盾能抵挡任何矛。

"鱼人",傻乎乎一条四处游荡的生物,没有落脚点,没有"草根",随波逐流,始终不能证明自己的能力。"鱼人",具有强大的修为,只是暂时没有爆发,如同海底的沉闷火山,处于休眠状态,表面上看起来是那么得软弱无能。

这就是"鱼人"。

"鱼人",究竟是何物?某种仍然处于沉睡之中或是等待之中的强大深海生物的附庸或是创造物。换言之,"鱼人"是人类对于自身的一种认知。

古希腊得大哲学家苏格拉底有不少学生。一天,学生们向他请教怎样才能坚持真理。苏格拉底让大家坐下来。他用手指捏着一个苹果,慢慢地从每个同学的座位旁走过,一边走,一边说:"请大家集中精力,注意嗅空中的气味。"

然后,他回到讲台上,把苹果举起来左右晃了晃,问:"那位同学闻到了苹果的味儿?"

有一位同学举手回答说:"我闻到了,是香味。"

苏格拉底再次走上讲台,举着苹果,更加缓慢地从每一个学生的座位旁边走过,边走边叮嘱:"请同学们务必集中精力,再仔细嗅一嗅空气中的气味。"

稍停,苏格拉底第三次走到学生中,让每位学生都嗅一嗅苹果。这一次,除了一位学生外,其他的学生都举起了手。

那位没举手的学生左右看了看,慌忙也举起了手。

苏格拉底脸上的笑容不见了,他举起苹果缓缓得儿说:"非常遗憾,这是一枚假苹果,什么味儿也没有。

"鱼人"是怎样的一种人?不会如苏格拉底的弟子们那样,有臆想的人,而是有自己的思维,具有独立思考能力的人。在纷乱的杂事中能独处一室,能看透物质本质的人。

"鱼人"是怎样的一种人?是如苏格拉底那样,具有大智慧的人,时常有"唯我"的个性展现的人。常常抱有"世人皆醉我独醒"的人。

锦鲤俗称日本鲤鱼,是很多养鱼爱好者最爱的观赏鱼。日本鲤鱼的神奇之处在于,如果你在小鱼缸里饲养它,它只会长到两三寸长;如果你把它放入大鱼缸或者小池塘中,它就能长至六寸到一尺长;放进大一些的池塘,它能长到一尺半长;如果把它放进大湖之中,让它不受限制地充分成长,有朝一日它可能会长达三尺。日本鲤鱼能长到多大,与池塘的大小有直接关系。

如鲤鱼般性格成长的人,就是"鱼人"。我们的心境就应该以发展为己任,我们也可以将自己"造就"成"鱼人"——修炼身心,修炼素养。

心如原野

早晨,阳光似乎露出了笑脸,翻一个身,我依然入睡。窗外的杜鹃总是早早地在催着我们要早起,但置若罔闻,我们仍能心安理得地去随自己的心松散。

手机铃声响起,我拿起接话,原来是好友打来的。笑谈的言语中,问我今日准备做些什么?有什么安排?是否还没有起床?我都一一地回答了:没有安排,不做什么,还在享受"慢生活"。

这样吧,随我去看看我们新落成的校园吧!好友在电话那头直接给了安排。

好的!我也没有多思考,就直接应允。

准备出发时,我问康是否愿意同行?听说是我好友的邀请,他也不假思索地就答应了。

坐在好友的新车里,顺着美丽的无想山的山势忽上忽下,忽左忽右,忽高忽低,起起落落,心在车里跳跃,心在山岭间飘拂。

好友的校园是暑期刚刚整修完的,那新砌的教学楼成U字形,显得凝重、大方,粉红色的外墙不张扬还稍显活泼,与孩子们的笑脸颇为相似。友人带领我们在校园内巡视了一遍,感受着那份"新情",叙说着那份"新愿"。

办公条件的改善，给大家带来了激情；学习条件的改善，给孩子们带来了快乐。

心如校园，那是一份火红的愉快。

车行在万绿丛中，满眼都是郁郁葱葱的山坡。

车停止在一片开阔地带，小桥、流水跃然眼前。那淙淙的流水声传入耳际，不得不让人来到河道旁，观赏着那清澈水池中的一草一物，顺手捞一捞水草，清凉的水珠滑入指尖，爽亮可人。

站在小桥上眼望流水，只见条条银色的小鱼在游动，闪着银光的鱼儿们你追我赶地欢快生活，鱼戏东，鱼戏西，鱼戏南，鱼戏北，伴着哗啦啦的水声，分明是一首快乐的圆舞曲。

抬眼望远，片片池塘映入眼帘，小船儿在池塘边停息。康试着站在船头，竹篙撑底，船微行。那份渔歌唱晚的风景闪现在我的脑海中，勾起了多少童年的往事。

博言博语

记得初来小城参加工作时，我也尝试着自己写点东西，那时没有电脑，完全手工制作。写好一篇文，修改之后，要反复抄写许多遍，最终才能定稿。那样的辛苦是不言而喻的。

一晃眼，到了网络时代。博客也走入了我们的日常生活，它也成为我们的向导、教练、裁判。

博客本身的存在就是一个"方向"。信息时代不但需要埋头教书、兢兢业业的教师，还需要"眼观四路耳听八方"的技能。做一个瓮中之鳖、井底之蛙，永远只有"井口"的视界，而网络却是信息来源极为丰富的新闻渠道。它里面的信息量真正实现了"取之不尽用之不竭"，对于终身学习的人来说，这难道不是给了明确的方向吗？

除了"方向"，这里还包含了"引导"。所谓引导，就是精神、思想的指引的向导。我们是从事教育工作的人，需要不断地锤炼自身的不足，需要不断地增添自己的专业素养，需要不断地补充能量。现实工作之中，除了正常的进修、培训之外，除了自身的不断地读书之外，网络的交流（教研）已成为必然。你不见我们现在常常举办的网络团队、NOC等形式的现代信息技术方面的竞赛，这些竞赛给予大家的是"外面的世界更精彩",是帮助我们寻求更多的知识容量,获取更多的专业知识。

博客的建立,我们便有了一个精神的家园,有了一个可以抒情释怀的场所。我们也可以在这样的博客群体性的圈子之内,学人之长,了解更多的"方向",掌握更多的知识。

博客,有专家曾形象地将它比喻成是"自留地"。每位建立博客的人,对"自留地"都会倍加珍惜,那是属于自身的"无形资产"。为了将这样的"自留地"日益壮大,必然要对之"施肥",而"肥料"从何而来,自然需要是"购买"。博客之中的"购买"就是"学习"。

向谁学习?自然会向博客群中的大师们学习。每个博客是"自留地",那千千万万个"自留地"构成的便是丰产的麦穗地,里面有着众多的颗粒饱满的麦穗,总有一款适合自己。苏格拉底让弟子们在麦地里寻找最大的一穗,就是让弟子们明白人生的价值取向,而教育博客不也是"教育专属地"吗?它分明在教育着众多的博友们:教育无止境,学也无止境。

博客不但是在"教"会我们去做好自己的"自留地",而且也在"练"就我们撰写博文的能力。撰写博文,就是磨炼思维,锻铸思想,让我们在自觉不自觉之中形成属于自己的教育领空。

博客是自由的,但教育博客的聚集地,是教育工作者的归属地,是"心灵特区"。这本身就已经提醒我们:此地的博文需要是专业的。说东说西的东西都会汇聚到"教育"这个范畴之内,这也是一条博客法则。

博客虽然没有论坛那样更多的跟帖,但有更多的阅读量,有更多的质量上乘的博文,虽随意,但不随便。博友之间对精彩的博文还会写上一两句自我的理解,"判"出自己的所思所想。

曾记得在一次有关博客的专题讲座中,我做过如此的收尾话语:习惯了有博客的日子,每天要做的第一件事就是打开博客。读读别人的文章,写写自己的心得,思考自己的教育。用自己的方式行走着我的博客,久而久之博客成了我的一种习惯,一种生活的习惯,一种感悟教育的习惯。博客,让我品尝了快乐;博客,改变了我的思想;博客,更丰富了我的生活。博客带给我思考,带给我发现,带给我分享,带给我成长。

珍惜当下

突然之间，S倒下了，不省人事，大伙的心揪了起来。当日，大家都在关注着S的状态，心思也被此事牵动着。

不知何时，许多人都估计不到自己生存的状态，一味地追逐名利，在心头总是辨别好与坏：

我的生活是否够富裕？是否物有所值？是否有追求富足最大化？

我的地位是否够威武？是否能广纳百川？是否能一挥而就之本领？

我的身价是否够档次？是否能吸引大众的眼球？

我的收入是否够层次？是否能够日进百斗？

等等如是的奢望，没完没了的追寻。

其实，都是浮云！

暗自沉下心情，静静地聆听自己心跳时，会发现：那一刻才是最真实的。当完成没有了自我的意识，没有了自我的存在，再多的金钱有如何？再高的地位有如何？

每个人存于世都是不易。我们自出生日起，就"哇哇"啼哭，因为来到世界是痛苦的，以后遭遇的是磨难，而时间不会停止，步伐不会停歇，年轮也不会因你的不愉快而不增加。

自然苦难很多，为何我们不珍惜当下？

我们觉得还有许多东西割舍不下，我们舍不得放下那些毫无用处的包袱。到头来，包袱成为了自己生活的累赘，成为生活的垃圾。

什么最重要？是物质的富足？位高权重？还是心安理得？

当我们身体遭遇到细菌的侵蚀时，我们会不由自主地想到健康的重要性；当我们的心情不快乐时，我们会不由自主地想到那些快乐、幸福的时光……

珍惜当下！

做些什么？

"做教师真好！有两个月的暑假，可以好好休息休息了！"我笑了笑，没有接上话。

"不上班了吧？暑期该好好调整了。"我笑了笑，没有接上话。

听惯了大家都说"暑期可以好好歇歇"的话，也默认了教师这个职业所拥有的那份满足与特权——两个月的暑期生活。两个月真的是那么轻松自如？像朋友们说的那样"好好调整了"吗？

许多同事在炎炎夏日之中，要去进行专业的培训、进修，以提升自己的专业素质；许多同事冒着烈日出门游览大川河流，欣赏美丽的异地风情……

这些身心、体力上的"忙碌"是不是也算做休息呢？如果是的话，那还是不停歇的脚步在眼前晃动，疲倦的身形在奔波。如果不是，那什么才是真正的休息呢？

我总喜欢跟家人说：明日我有空，我可以处理家里的××事，可以将没有做的事情做一做。结局依旧是忙碌不停。我总承诺孩子要在家陪陪他，说：我们可以利用假期好好地去散散步，早晨起早去走走，锻炼锻炼我们的意志。结果是这样的许诺还没有实施起来。

这样的"计划"做不成功，那样的"事情"完成不了。没有关系，因为我们是在生活，有生活就有每日的"新鲜变化"。

放假了，我也常常要去单位处理一些事情，迎着阳光也好，迎着夏日的雨滴也罢，心情开朗，那就是一种幸福。为单位也好，为别人也好，那就是一种快乐。我们身处在这个世界，每日都有幸福的"气息"在等候着我们去吮吸。

放假了，虽然不能日日陪孩子，但能给孩子一些提示，他能接受，我快乐；他不接受，我也当做他已经长大，有了主见。每日，孩子能按照指定的"计划"去生活，就是一种快乐，就是成长的标记，我们无需太多的忧虑。每日，孩子能与楼下的同龄玩耍，我就快乐，因为他有了"生活圈"，这就是成长，我们为他欢欣鼓掌。吃过晚饭，孩子嚷着让我与他一起出门去游荡，我也会应允，因为他觉得与父母在一起就是快乐，我何乐不为？

放假了，每日睡觉也比较迟，妻担忧我的健康。但，我的精神不疲倦，上上网、聊聊天、看看新闻，偶尔还会看看电视剧、电影，我觉得这就是放松，这就是愉悦的心情。疲倦了就关机睡觉，不疲倦就乐在其中。清晨起床后，我会翻阅正在阅读的书籍，划一、两个深刻的语句，留点自己的感言，又收获了一些；午休前，再信手翻阅，又得到几点启发。日积月累，不知不觉之中，自己也看了几本书籍，虽然愚钝不能牢记，但那一条条的红线便是我深深的阅读印记，这就够了。

放假了，我也喜欢乱涂乱画，以表达我满心的欢喜，满心的快乐。以我笔写我心，以我心抒我情，以我情感知那份安逸。

做些什么？少些"欲"，多些"乐"，直至于你心中的所想！

无 言

屋外"噼里啪啦"地下着冬雨,估计淋在身上会引发瑟瑟颤抖。屋内的我虽然没有被雨淋落,但内心却遭受被冰冻的感觉。

周六,我与往常一样,坐在办公桌前继续操作着我的一个又一个的文档,享受着沉醉其间的快乐,分享着那一串串字符带来的欢欣与鼓舞。

夜色渐渐地深沉,四周出奇得安静。

稳了稳自己的心情,我揉揉已经不再明亮的眼睛,想到自己的移动硬盘已经处于半新半旧的状态,数据时而"显露",时而"隐身",思绪突然飞扬:能否下载一个软件接受一下"治疗"呢?于是,点击、下载、安装……这些都是我平时喜欢"捣鼓"的一系列动作,娴熟而怡然自得。

我看着密密麻麻的一串串英文字符,有些茫然,只是凭借所剩无几的点点英文认知,半梦半醒之间点击了按钮,屏幕上随机迅速地飞起一行行的英文字符,我不知是何物,也不敢妄肆地再按任何一个不知晓的键钮,只是傻傻地等待程序地自我解脱。

"滴滴……滴滴……"移动硬盘中传出了异样的声响,还没容我有思考的余地,电脑显示屏出现了黑屏,同时出现了几行英文提示语:"no boot……"我傻乎乎地等候着。

时间一分一秒地流逝了,人、机处于默然状态。

我只得停止了电脑的工作。

重启。仍旧是那一行英文字母。

再重启。仍旧是那一行英文字母。

我搔搔后脑勺,不知然。

将安装盘重新推入光驱,安装……

黑屏,一切停止。

电话联络了南京好友,他告诉我,我的电脑的引导区出现了问题,让我找近区的朋友帮助解决。

第二日,我联络了好友阿辉,他推荐我一家电脑公司去维修,检测完毕之后,电脑专家告诉我:电脑硬盘由于被我重新写入了数据,已经找不到以前存在的数据。

我不甘心,让他帮助再找找,他又用数据恢复软件寻找我的资料,结局仍是一无所有。

二十多年积累的文档,家人的所有数码照片,孩子的成长记录文档、影像资料以及我的所有的书稿、学生们的习作……灰飞烟灭。

如同此时屋外的小雨一样,绵绵悠长。

寻找"点"

几日前，与朋友非聊天，她传递了这样的一条话语："听人赞美你啦！"非接着还告诉我别人夸赞我原因的一些信息：笔耕不辍、找到了合适自己文风的路、找到适合自己发展的路……如此的夸赞，我既感到快乐，又感到惶恐。如果从鞭策的角度来看待这些话语，这二十多年的教学之路，一路过来的确有许多值得回味。

年少时，自己对写文是否热衷，我已经无从考证，记忆之中也搜寻不到半丁点的"写文印记"。隐隐之中，我依稀记得上中师的时候喜欢看点杂书，偶尔写点浪漫文字。

毕业从事工作的最初三年，不知是自己的愚笨还是不知教育教学是何物，竟然写不出任何的文字。多年后回想起那段日子，只言片语也没有留下。

感谢来到了小城的实小。

报到当日，我站定在充满古朴、素雅的校园中时，猛然间有些莫名的触动。那个炎热的九月份，不单单让我记住为了一杯水，楼上楼下一桶接着一桶拎水的辛苦，还让我懂得了"寻找文字"的重要性。多篇回忆中，我都铭记着那段时光：独坐在学校集体宿舍，一本本看着教育教学方面的书籍，用自己不太强的记忆力尽可能地记住多的文字，也尽可能多地有点收获。之余，自己也试着写点模仿得来的文字。或者是受到了身边的为数不多同事的影响,自己记住了"笔耕"的重要性。

从文字中获取力量,从写作中获得快乐。

自己写文起初也是"投机取巧"——从别人的文字中获得灵感,模仿、总结出篇章。多年后,我还曾为自己的这样一段历程规划了一个课题:《注重读写结合,构建"模仿起步"到"借鉴、迁移"的作文训练模式》。

也许是模仿给予的启发,对于学生习作的指导我也更多地遵循了这样的原则。

古人说:"问渠那得清如许,为有源头活水来。"模仿,需要阅读大量的书籍,否则那就会失去"源头"。这也是模仿给予我的另外一个方面的收获,也正是从那个时候起,我开始了阅读之路。

在行进的过程中,我开始受邀为诸多的学生读物报刊、杂志撰写大量的学习辅导文。有的报刊、杂志一写就是几多年。此时此刻,我开始思索"系列",也就是这样的原因,我接触了儿童的"需要"。也就是从那个时候开始,我致力于学生的习作的发表,越来越多的学生发表了作文,他们许多也走上了文学的创作之路,最终在2011年收获了文学作品《精灵世界》的正式出版。

模仿写,写教辅,这些都不能算是真正的写作。真正的写作应该是写自己的思考,写自己的经验,写自己的想法。我们从事的是小学语文教学,我永远成不了教育家,但我可以为实现自己想法而孜孜不倦地去写作。

这个时候的写作就应该集中"点"——关注自己的教育教学过程中的注意"点",总结自己多年以来的侧重"点"——我的小学生作文实践操作的思考也就在这两三年中孕育而生,一系列的总结性的文章出炉。所有的这一切,或许就是朋友们所说的"适合自己发展的路"吧!

不求精彩,但求经历!

片片翠叶

夏日来临，晨起出门便被火辣的阳光照射得睁不开眼，世界的一切都是那么亮堂堂的了。

放假之后，慵懒的心情拽着乏力的身躯在家里游来荡去，为的就是躲避阳光的拥抱。一会儿上上网，与好友们闲聊，打发时间，收集新闻；一会儿从不大的书房走到不大的卧室，驱赶寥落的心情；一会儿来到有着许多花草树木的阳台，推开纱窗，享受片刻夏日午后的阵阵凉风……

浑身被热浪包裹着，总是湿润润的。我时常想象着那冬日的皑皑白雪，那刺骨的寒风，似乎如此就能有清凉，实际是一个自欺欺人——午后的热浪毫不客气地涌入了卧室、铺满了家里的边边角角。当然，它们也免不了与我拥抱在了一起。

坐在靠近阳台的床榻边，推开厚重的三层玻璃门，让心胸敞开在热浪的面前。阳台上种植的一丛丛花草树木生长得正艳，活力四射。它们似乎没有被那暖暖的热气所卷席，依旧是亭亭玉立、绿意盎然。

看着那棵棵绿色的小树苗，内心不觉感到凉意，胸前似乎有轻轻的风儿在围着我打着旋。不经意间，我看到脚底下的那一片片落叶，都是绿色，何时滑落到地面的，不得知。

　　片片落叶似乎懂得我的心思，慢慢地全部挪移到我脚的四周。我的脚底板也成了绿色，我站立起来，感受到柔柔的一片，如踩踏在厚厚的草地上。

　　惊觉一醒，地面的落叶随风滑向了地板上，一前一后地追赶着，向着家的客厅移去。它们是想送去更多的青翠，还是想散发出更多的生机与盎然呢？

　　我没有追赶上去，而是坐在阳台的地砖上，看着那一片片的落叶围聚在我的身边，听着它们那一句句的私语，欣赏着那一片片已经探头进入客厅的精灵们。

当财神遇到情人节

天,黑蒙蒙的。

财神爷打了一个呵欠,看着屋外那微微的亮光,翻了一个身,又闭上了双眼。这几日真是忙得够呛,许多户人家都给他捎来了祝福,忙得他阅读完祝福都花费了许久许久的时间。这不,疲倦了,刚躺下没有多久。

值班官来到财神爷家,告诉他准备工作了。财神爷翻了一个身,起了床。是呀!初五,各家各户都巴望着他去送祝福呢!

财神来到天神之路,只见东方的天空已经是五光十色,还伴随着阵阵的雷鼓声,莫非雷神也帮忙发放派送、凑热闹?

财神掏出手机,拨通了雷神的手机,原来他没有去。远处的轰鸣声是家家户户为了迎接财神而燃放的鞭炮。

踏着祥云,财神开始了派送祝福之旅。

喜庆的鞭炮声响彻天宇,礼花飞舞在空中,五颜六色的煞是好看。

每条道路旁都点燃着祈福的香柱,缕缕轻烟向财神传递着喜悦。财神一路派发着祝福,每家每户都收到了财神的祝福。

每个人的脸上都洋溢着快乐,幸福在心田回味。

天,渐渐地亮了。财神爷走在回家的路上。

鲜花遍地开。

春姑娘还没有来到此处,何来鲜花遍地?财神也有些纳闷。

路途之中,财神遇到了月老,咨询着"鲜花遍地"的景象。月老哈哈一笑:那是人间欢庆情人节呢!你不见成双成对的人吗?你不见手捧鲜花的那年轻、快乐的姑娘的笑脸吗?

财神恍然大悟:我这是遇到了情人节,有道是,"永老无别离,万古常完聚,愿天下有情的都成了眷属。"

一"网"情深

秋季,我回到了阔别一年的学校,荣幸地结识了进修培训处几位师者。如此的相遇让我知晓"快乐"的真谛,由于教师继续教育工作,我享受到了校本研修给予成长的那点点滴滴。我罗列着走过来的一个个足迹,拾捡着颗颗的成果。

进修学校利用全国继续教育网、上级主管部门的资源开展了形式多种的继续教育培训,也连续举办了多期小学教师各级各类网络远程培训班,收到很好的培训效果。

善于思考,善于总结,善于谋划是几位师者留给我的印象,在全国继教网培训过程中,他们看到了远程网络培训带来的教师继续教育培训的变革,于是设想利用网络建立自己教师培训的网上资源。

"没有做不到,只有想不到。"几位师者在多年的探索之后,构建了自己的远程教育资源库,包括教学软件库、素材库、教学信息库,为全区教师继续教育网络远程培训做了基础性的工作。

新事物的生成总是令人兴奋,也需要不断地探索前行。他们建立第一支队伍:学科管理员队伍。为此,还制定了详实可行的规章制度,罗列一二:

上传"学科资源"由学科资源、网络课程、推荐书目、测试试卷、研训信息五个版块。资源内容可以是学科专业理论文章、课堂教学实录、优秀课件、优秀试卷、经典案例、课题研究、经典专业知识欣赏或讲解、学科教学动态等等，文本、音频、视频都可以。

学科管理。对上传的所有内容与教师的学习情况要精心管理，有问题的内容要及时修正，教师完成的配套作业要及时认定，保证全县该学科教师顺利、高效地完成网络培训。经常与教师进修学校培训处保持联系，沟通管理信息。

……

看似平常，看似简单的条条框框，却凝聚了几位师者的聪明智慧与开拓创新的思维。我也荣幸成为其中的一员，边学边让自己成长，也思考过远程网络培训的优势：

可根据地区培训特点逐步设立培训场所与管理网络平台。

支持校本培训与研修。

有效利用现有网络资源，节省上级建设费用。

大大降低学员实际培训消耗费用。

充分利用网络辅导教师、学科教师的资源，为发展地区名特优教师做坚实的后背支持。

……

又是两年的时间，师者们没有停歇在业已存在的网络培训的"基调"上，而是孜孜不倦求新求变求实效，将远程网络培训的一支队伍扩大成两支队伍，增设了远程网络培训班班主任。为了更好地发挥资源，他们不惜重金重新构建了网络远程继教网平台，不厌其烦地测试平台的各项指标，盛邀每一位学科管理员进行学科资源的建设，召开一次次的相关专题会议，完善了一项项的规章制度：《学科项目负责人工作职责》《学员学习操作手册》《继续教育平台辅导员操作手册》《网络班班主任工作职责、注意事项》等等。

我是一个凡夫俗子，天资不聪慧，还有些木讷，但生平中遇到了这些师者，内心的欢愉不禁常常外溢。

蝴蝶飞呀飞

身在农村,看惯了蝴蝶、蜻蜓、蜜蜂等小昆虫的飞来飞去,并不在意它们的去留,也不在意它们的生活与生活的状态。小时候,去往上学的路上,看到蝴蝶停歇在花朵上,我有时会停下脚步,慢慢地上前去捕捉,结果往往是空空两只手。

田野的稻田中,隐藏着许多我叫不上名字的一些鸟儿。一次的田埂踏足,我看到一只长着长长脚的小白鸟在稻田里深一脚浅一脚地走着,看上去不是很灵便。走近一看,我才知道它的脚受伤了,所以才跛着脚在走路,很容易我就捉住了它。

鸟儿似乎知道了自己的处境,奋力地挣扎着,终究没有逃脱掉我的小手。我将它带回家,用一个纸盒子精心地为它制作了一个温暖、安全的家。每日里,我也会扔一些米粒给它,也会带回一些干草铺垫在盒子里。

我的努力并没有获得小鸟的好感。每次它都是躲在纸盒的角落怯生生地看着我。没有多久,小鸟便去世了,我很是伤心,找了一片干净之处,掩埋了它。

自那次之后,我再也没有心思去捕捉小鸟或小虫来饲养,生怕又是如小白鸟一样的结局,那可是一场悲伤的结局。

一群探险者去山洞探险，进入后点燃蜡烛，发现有一群蝴蝶，于是退出去了。过了一段时间，探险者们再次进入，却发现蝴蝶飞到山洞深处了，小小蜡烛影响了蝴蝶的生活环境。

这群蝴蝶受到了探险者的打搅，飞到山洞的深处，不正是与我的小白鸟的结局有着异乎寻常的相同吗？不管我们是出于何种心理——探险也罢，好奇也罢，帮助也罢，等等，有一点却是无形的事事——我们干扰、破坏了这些与人类一同生存在地球上的精灵的世界。

我们没有经过允许或者根本没有在意它们的感受便强行地"闯入""抢占"。

妻总是说我对康的态度有些时好时坏。而我自己则知道，症结的所在是我没有设法了解他的内心世界，往往却是自以为是。每个孩子的内心都是一个巨大的磁场，都是一个小宇宙。我们要试图了解，也必须得采用磁场的"异性相吸"的方式，可我们并未做到这点——因为总是摆出长辈的架势，摆出教育者的态势，摆出懂得很多的模样……形成了与孩子相抵触的磁场，始终靠不到一起。干吼、责备、怒骂等一系列的行为就发生在我们与孩子之间，那只小小的鸟儿能不担惊受怕吗？能有好的环境吗？一定也会躲藏到那深深的"山洞"之中。

一只蝴蝶的翅膀或许能引起一场龙卷风，丧失了飞翔的可能，蝴蝶不再是蝴蝶。阳光下的蝴蝶是自由自在的飞舞，山洞中的蝴蝶有着自己的生存方式，我们不能想当然地让山洞中的蝴蝶走出山洞，也不能因为我们的不小心、不在意，而让它们往山洞的深处越飞越深。